BIBLIOTHÈQUE

DES ÉCOLES ET DES FAMILLES

MME EMMA D'ERWIN

HEUR ET MALHEUR

OUVRAGE

Illustré de 50 gravures dessinées sur bois

Par H. CASTELLI

PARIS 189.

LIBRAIRIE HACHETTE ET CIE

79, BOULEVARD SAINT-GERMAIN, 79

HEUR ET MALHEUR

3914. — Imprimeries réunies, B, rue Mignon, 2.

BIBLIOTHÈQUE

DES ÉCOLES ET DES FAMILLES

HEUR ET MALHEUR

PAR

Mme EMMA D'ERWIN

OUVRAGE

Illustré de 50 gravures dessinées sur bois

Par H. CASTELLI

DEUXIÈME ÉDITION

PARIS

LIBRAIRIE HACHETTE et Cie

70, BOULEVARD SAINT-GERMAIN, 79

1890

Droits de propriété et de traduction réservés

HEUR ET MALHEUR

CHAPITRE PREMIER

La maison et le jardin de M. Guérin.

A quelques lieues de Lyon, dans un pays de vignobles confinant au Beaujolais, se trouve une vieille maison de campagne qui a conservé tout entière l'antique simplicité. Bâtie en équerre, elle forme, au nord et à l'est, les deux côtés d'un carré, complété au sud par un vaste hangar et les écuries, et à l'ouest par un petit mur de briques aux assises de pierre. Le portail, flanqué de deux petites portes latérales, s'ouvre au milieu de ce mur et donne accès dans une grande cour, très-rustique, où se prélasse ordinairement un troupeau d'oies blanches et de jars au plumage gris. Une nichée d'enfants vient souvent s'ébattre au milieu des paisibles volatiles qui, tout effarés, se dispersent à la hâte et jettent avec ensemble le cri peu mélodieux qui sauva jadis le Capitole.

C'est ce qui venait justement d'arriver un beau matin du mois d'août. La sonnette de la porte d'entrée avait retenti, et toute la bande des enfants en vacances s'était précipitée pour ouvrir; car les enfants, si vous l'avez remarqué, aiment beaucoup à ouvrir les portes. Ce qui se cache derrière, c'est l'inconnu, l'imprévu, un visiteur peut-être, un événement, un message, enfin du nouveau. Cette fois, c'était le facteur rural, donc une lettre; car le père Vignot, qui

1

savait son métier, se contentait de jeter le journal dans la boîte, quand il n'apportait que le journal. Une douzaine de bras se tendirent pour recevoir la fameuse lettre, la main de Lucien la happa au passage. Il y jeta les yeux, vit le timbre de Lyon : « Pour ma tante, » cria-t-il. La tante, qui était restée près du perron, fit deux ou trois pas pour rejoindre son neveu, déchira l'enveloppe et lut rapidement.

« Quel contre-temps ! dit-elle, en se tournant vers sa sœur, Mme Guérin, qui a suivait ; mon beau-père est malade, assez malade, je le crains, puisqu'on le veille la nuit. Grand'mère ajoute pourtant que cette indisposition n'a pas de gravité et qu'il ne faut ni me tourmenter, ni changer mes projets. Elle a beau dire, je ne puis la laisser dans cet embarras, cette inquiétude peut-être. Seule, elle se fatiguerait tellement qu'elle tomberait malade à son tour. Elle sera enchantée de m'avoir, je le sais, mais par dévouement elle n'en conviendrait jamais ; ainsi, je n'ai point à la consulter, je vais faire ma malle et partir ce soir à quatre heures. Ce qui me désole, c'est le chagrin de mon pauvre Georges. Il était si content, prenait si bonne mine, si bon appétit ! A la ville, il va redevenir tout pâlot, énervé, ne plus rien manger. »

Les enfants s'étaient rapprochés et avaient compris de quoi il s'agissait. Georges, voyant qu'on s'apitoyait sur son compte, se mit à gémir et à pleurer d'une façon lamentable. Il se trouvait l'être le plus malheureux de la création et se plaignait en sanglotant de son triste sort, sans s'inquiéter le moins du monde des souffrances de son pauvre grand-père et du chagrin de bonne maman, qui cependant, en cette circonstance, s'oubliait elle-même, comme toujours, pour ne songer qu'à la santé, au bien-être et à l'amusement de son petit-fils bien-aimé.

Georges geignait si fort que son désespoir fut contagieux. Son cousin André fondit en larmes. Le bébé, épouvanté de leurs clameurs, se mit à pousser les hauts cris dans les bras de sa mère ; les oies renforcèrent le vacarme : c'était à ne pas s'entendre. La petite bonne Mariette, qui était d'humeur joviale, fut sur le point d'en rire ; mais Mme Marcey s'émut tellement de la douleur de son pauvre Georges, qu'elle se sentit prête à pleurer, et sa sœur le devina bien.

« Écoute, dit-elle, il est très-facile de tout arranger. Tu dois venir en aide à tes parents, c'est évident ; mais Georges, au milieu de cette maladie, ne serait pour vous qu'un embarras. Laisse-le-nous; il achèvera les vacances avec ses cousins. Si ton beau-père se remet promptement, tu viendras le rejoindre bientôt, ou le reprendre dans six semaines si la maladie se prolonge. »

Mme Marcey hésitait, car elle n'avait jamais quitté son fils. « Et puis, disait-elle à sa sœur, il te donnera trop de souci; il est si vif, si entreprenant! » Un autre aurait dit volontaire, indiscipliné; mais le vocabulaire des mamans est plein de tendres indulgences.

Le bébé se mit à pousser les hauts cris.

Mme Guérin insista avec bonté; les enfants parlaient tous à la fois, imploraient, suppliaient, les yeux de Georges pétillaient de désir. Cela, plus que tout le reste, décida de la victoire.

« Allons, j'accepte, puisque vous le voulez tous, dit Mme Marcey; mais tu seras bien sage, mon petit Georges, bien obéissant avec ta tante, bien complaisant avec tes cousins. »

Quand on obtient ce qu'on souhaite, les promesses ne coûtent rien; Georges en fit tant qu'on voulut. Il allait être studieux comme Lucien, raisonnable comme Alice, paisible comme André, en un mot, un petit saint. Mme Marcey partit le soir, après mille et mille recommandations à Mme Guérin, à Mariette et à Catherine la cuisinière, à Vincent le vigneron, à Simonne sa femme, même à Alice et à Lucien, enfin à tous ceux qui pouvaient surveiller ce précieux enfant, joli, éveillé, caressant, mais étourdi comme une linotte et obstiné comme une mule.

« Ne t'inquiète donc pas tant, lui disait Mme Guérin : dans les nombreuses familles les enfants s'aident et se contrôlent entre eux, et, quand ils sont bien élevés, ils exercent les uns sur les autres un entraînement qui facilite beaucoup la tâche des parents. Le tien se mettra au pas et tout ira comme sur des roulettes. »

Elle n'en était pas tout à fait aussi sûre qu'elle cherchait à le faire croire, mais elle tenait à rendre service à sa sœur et à la laisser partir en toute sécurité. Il y avait à cela deux raisons : la première, c'est que Mme Guérin avait l'habitude d'obliger et de secourir tous ceux qui pouvaient avoir besoin d'elle ; la seconde, c'est qu'elle aimait tendrement sa sœur et la plaignait beaucoup d'être restée veuve au bout de cinq ans de mariage, en ne conservant qu'un enfant.

Quand Mme Marcey se fut installée dans la voiture publique, quand elle eut fait par la portière beaucoup de signes d'amitié, qu'on lui eut crié mille adieux, agité tous les mouchoirs, quand enfin la lourde patache eut disparu au tournant de la route, les enfants rentrèrent et le portail se referma.

Il s'agissait de caser M. Georges ; mais, comme la maison de Mme Guérin était une vieille maison, cela ne fut pas difficile. Ces maisons-là, en effet, sont de bonne composition, on en fait tout ce qu'on veut. Comme les costumes rustiques, elles ont été créées en vue de l'utilité, non de l'apparence. Les maîtres n'en sont point les très-humbles serviteurs, ne s'embarrassent point, pour les entretenir, d'une nuée de domestiques ; quelques seaux d'eau et quelques coups de balai les rendent en un moment très-présentables. En revanche, car il faut tout dire, ces maisons-là manquent d'architecture, la distribution en est irrégulière, on les a traitées sans façon et arrangées suivant les goûts et les besoins de chacun. Les qualités brillantes leur manquent, c'est incontestable, mais on le leur pardonne et elles savent se faire aimer quand même. Un hôte inattendu ne risque jamais d'en être éconduit poliment sous prétexte que la place manque ; il est toujours facile d'ajouter quelques couverts à la grande table, de mettre des draps blancs à quelques lits inoccupés. Oh ! les bonnes maisons, complaisantes, hospitalières, prêtes à tout ! comme on s'y plaît, comme on s'y trouve bien, comme on les quitte à regret, comme on y revient avec joie, surtout quand on doit y retrouver une aimable et excellente famille comme celle de M. et de Mme Guérin !

Une douzaine de bras se tendirent.

Un ancien dont on trouvait la maison trop petite répondit, suivant les auteurs : « Puisse-t-elle seulement être pleine d'amis! » Quoique celle où vivait Georges fût très-grande, le souhait de Socrate s'y réalisait pour lui. On comprend alors combien il était heureux, d'autant plus que la plupart de ses amis étaient de son âge : le plaisir des jeux les plus animés se joignait au charme de l'intimité. A dire le vrai, en cette saison la maison n'en était pas souvent témoin; on se contentait d'y dormir et d'y manger, et, comme le temps était beau, le reste des journées se passait au grand air, dans les vignes, dans les bois, plus souvent encore au jardin, ce beau jardin anglais planté par le père de M. Guérin, et qui avait, trente ans auparavant, soulevé tant d'objections, ne se trouvant pas conforme, à cette époque, au goût classique de l'arrondissement.

L'avez-vous vu? se disait-on; il n'a ni goût ni grâce, c'est un fouillis abominable, on se croirait dans un bois. Parlez-moi du jardin de M. Galichon; celui-là au moins a de belles allées d'arbres bien droites, des quinconces bien alignés, des charmilles taillées au cordeau et qui ressemblent absolument à de grandes murailles de verdure; c'est noble, régulier et, ce qui est encore au-dessus de tout, ce sont des ifs. On les a travaillés dans la perfection : ils ont la forme de pyramides, de boules, de tours; il y en a même une rangée qui imite d'une manière étonnante des caisses d'orangers, avec leurs oranges; à dix pas, c'est à s'y méprendre; et voilà ce que l'on peut appeler un beau jardin!

M. Guérin le père vit bien ce qu'on pensait de ses innovations; mais il savait qu'on ne peut contenter tout le monde, et il ne tint compte des critiques; ses arbres non plus, qui poussèrent drus et vigoureux. Il y en avait de toutes sortes : des arbres du nord et du midi; des acacias et des sapins, des mélèzes et des thuyas, des bouleaux de Norvége et des peupliers d'Amérique et d'Italie, puis mille variétés d'arbres à fruits et d'arbustes à fleurs. Tout cela jetait son ombre sur les pentes gazonnées, abritait des centaines de nids, remplissait l'air, au printemps, des mille parfums des lilas, de l'aubépine, du cytise, se couvrait en automne de poires, de prunes, de pommes, de nèfles, de noisettes, et au midi, sur une superbe treille en espalier, de grappes lourdes et dorées; enfin, c'était à la fois un verger, un parterre, une prairie, une forêt, mieux encore, une salle de récréation délicieuse, avec de larges allées pour faire tourner la corde ou courir le cerceau, de belles pelouses pour lancer la balle ou le cerf-volant, des fourrés impénétrables pour abriter des jeux de cache-cache, pleins d'émotions palpitantes et de découvertes imprévues. Comme il était sage, ce grand-père qui avait compris que le vrai et charmant luxe d'une maison de campagne, c'est son jardin!

CHAPITRE II

Les nœuds de Mariette et la vache Bardelle.

Georges, pendant près d'un mois, fut si content que l'on n'eut presque rien à lui reprocher. Il était docile sans peine, l'exemple de ses cousins l'entraînait, comme l'avait prévu Mme Guérin; puis il n'était encore blasé sur rien, et les journées lui semblaient trop courtes; mais au bout de quelque temps sa nature inquiète et aventureuse commença à reprendre le dessus, et depuis une quinzaine il donnait, comme disait Mariette, bien du *tintouin* lorsque Mme Marcey revint le chercher. Le grand-père allait mieux; mais sa belle-fille ne voulait ni l'abandonner encore, ni laisser à sa sœur qui allait être fort occupée par les vendanges prochaines, la garde absorbante d'un enfant turbulent. Elle était donc arrivée un jeudi matin pour repartir le lendemain et, tout en causant avec sa sœur, s'occupait à remplir la malle de Georges. De qui parlait-elle? Encore de Georges. Elle voulait savoir tout ce qu'il avait dit, tout ce qu'il avait fait, pendant ces six semaines. Mme Guérin profita de l'occasion pour donner quelques bons avis, conseiller plus de fermeté.

« Tu aimes ton enfant, dit-elle, c'est très-permis; aime-le *beaucoup*, mais aime-le *bien*. L'amour maternel n'est qu'une passion, toute semblable aux autres, et tout aussi peu méritoire, s'il en partage les faiblesses et les entraînements; pour devenir une vertu, il faut qu'il soit doublé du sentiment du devoir, qu'il sache s'imposer au besoin de saintes violences. Je sais bien qu'avec un seul enfant tout est plus difficile, les choses se font avec plus d'art et moins de naturel ; cependant on peut réussir.

— Il y a bien des ressources avec Georges, répondit Mme Marcey, il m'aime tant, il est si sensible !

— Ne t'y fie pas ; la sensibilité est peu de chose sans la force de la volonté et l'empire sur soi-même ; elle peut même se combiner parfaitement avec l'égoïsme. Les enfants doués de sensibilité, je l'ai vu plus d'une fois, se croient bons parce qu'ils sont émus, et contents d'eux, se tiennent tranquilles ; mais la vraie bonté se prouve par des actes, et surtout par des sacrifices. Georges te mange de caresses et te tyrannise sans pitié. N'as-tu pas remarqué sa manière de se justifier ? Quand il a fait quelque sottise, il ne manque jamais de te dire : « Oui, je suis bien étourdi, bien emporté ; mais je t'aime bien et *j'ai bon cœur.* » Il ne sort pas de là, et c'est très-commode en effet. Avec ce bon cœur, on est volontaire, impatient, paresseux, et on croit tout racheter par quelques câlineries et quelques larmes. On voit les autres soumis, aimables, pleins d'égards, et l'on ne s'en étonne pas ; les autres en ont besoin pour se faire aimer, après tout, ils ne vous valent pas : *ils ont moins bon cœur.*

— Comme tu es sévère ! Il y a du vrai dans ce que tu viens de dire ; toutefois tu exagères beaucoup.

— Pas le moins du monde ; j'élève une nombreuse famille, j'ai déjà de l'expérience et je tâche de t'en faire profiter. Malheureusement l'expérience d'autrui ne nous sert que bien rarement, et l'expérience personnelle ne s'acquiert que par des épreuves souvent très-douloureuses. Mon affection voudrait te les épargner, et c'est pourquoi je moralise au risque de t'impatienter. Je souffre en voyant tes transes perpétuelles au sujet de Georges. A force de surveillance tu l'as préservé jusqu'à présent de tout grave accident ; mais tu te fatigues, tu te consumes, et plus il grandira, moins tu pourras le suivre pas à pas. Son esprit d'indépendance croîtra forcément avec les années ; que d'angoisses tu t'éviterais si tu pouvais auparavant l'accoutumer à l'obéissance. Mes enfants sont loin d'être parfaits ; pourtant à eux cinq ils me donnent moins de peine que Georges ne t'en donne à lui tout seul, parce qu'on ne peut en rien compter sur lui et qu'il ne pense jamais qu'à éluder nos défenses, quand il ne les brave pas. »

Mme Marcey le sentait si bien qu'elle interrompit sa sœur pour lui demander si elle était bien sûre que l'on surveillât les enfants.

« Leur oncle et Mariette sont auprès d'eux, tu peux être tranquille ; d'ailleurs ils vont rentrer, car voici la pluie. »

Mme Marcey fit encore deux ou trois voyages de la commode à la malle, puis ne put s'empêcher de remarquer que Georges ne revenait pas et qu'il allait se mouiller et s'enrhumer.

« Le voilà justement, reprit Mme Guérin, il traverse la cour avec les autres. Bon, ils s'en vont sous le hangar, c'est leur salon d'été, les voilà tous qui grimpent sur les pressoirs ; ils vont jouer la comédie, cela nous donne une heure de sécurité. »

La conversation se renoua, les mères étaient tranquilles ; les enfants enchantés.

Ils avaient passé une charmante après-midi, parce que l'oncle Charles avait joué aux quilles et à colin-maillard avec eux, et que les enfants s'amusent toujours mieux quand une grande personne se mêle à leurs jeux. Il paraît que, même pour cela, une direction n'est pas inutile. Malheureusement on appela M. Guérin pour une affaire, Mariette resta seule à la tête du bataillon. Il y avait là sept enfants bien comptés, Mariette trouvait que c'était beaucoup.

« Passe pour les miens, disait-elle, mais les autres sont de vrais démons. » Les siens, c'étaient : Lucien, l'aîné de la famille, leste, adroit et déjà raisonnable ; sa sœur Alice, douce et paisible, qui passait des heures entières à retourner son jardinet. Elle avait dix ans, son frère en avait treize, leur sœur Cécile était près d'achever sa neuvième année ; André n'avait que six ans ; enfin, le dernier né, désigné sous le nom de Toto, se démenait dans les bras de Mariette qui le déclarait le plus gentil de la bande. « Je n'ai pas peur qu'il monte aux arbres ou se jette dans le puits, celui-là, » disait-elle, et jamais sécurité ne fut mieux fondée, puisque Toto ne marchait pas encore. Mariette avait d'ailleurs bien besoin de ce soulagement : depuis six semaines Georges ne lui laissait pas un moment de repos.

« Je n'ai jamais vu un enfant pareil, murmurait-elle, il se fera tuer quelque jour, on n'a pas idée de ses inventions ; on dirait qu'il a le diable au corps. Il *exale* notre André, comme dit madame, et détraque même les petites filles. Où a-t-il passé ? il vous glisse des mains comme une anguille. Ici encore, je suis assez tranquille, mais j'ai peur de l'étang qui est au bout du pré et du puits du jardin potager. Je vais m'asseoir sur le banc qui est à côté du puits, ça fait que je monterai la garde, comme dit mon cousin le soldat. Oui,

mais l'étang? la barrière ne ferme que par un petit loquet, et
M. Georges pourrait l'ouvrir, je l'y ai déjà pris deux fois. Comment
m'arranger? Ah! j'ai un bout de corde dans ma poche, voilà mon
affaire. »

Et Mariette posant Toto sur le gazon se mit à consolider la fer-
meture par d'inextricables nœuds. Elle s'y reprit à plusieurs fois et
ne fut contente que lorsqu'elle eut essayé de les dénouer sans y parvenir. « Voilà qui est bien, dit-elle; ce soir, en emmenant les enfants, je couperai la corde pour que Simonne puisse rentrer avec ses
vaches. En attendant, M. Georges aura le temps de s'escrimer si ça
l'amuse, il ne viendra pas à bout de mes nœuds, j'en réponds. Mais
où est-il? j'ai beau chercher, je ne le vois pas. Monsieur Georges!
monsieur Georges! »

Georges, qui était en train de dévaliser un massif de noisetiers,
acheva de bourrer ses poches, puis se présenta d'un air candide.
« Mon Dieu, Mariette, je suis là, le loup ne m'a pas mangé, que tu
es ennuyeuse avec tes peurs !

— Bon, bon, monsieur Georges, tout va bien pour cette fois, mais
vous êtes si lutin que je me méfie, car si vous vous cassiez bras et
jambes, votre maman dirait que c'est ma faute. Allez jouer à la balle
avec André, c'est très-amusant et on n'y risque rien. »

Georges se dirigea du côté de son cousin, et Mariette alla se mettre
en faction près du puits; mais elle n'y était pas encore que Georges,
se dissimulant derrière les arbres, s'était rapproché de la barrière.
Il examina le nœud.

« Mariette a raison, dit-il, impossible de le défaire; elle a dit qu'elle
le couperait, je l'ai bien entendu; il n'y a pas d'autre moyen en effet.
Et, tirant de sa poche un petit couteau, il attaqua l'obstacle. Est-elle
grosse, cette corde, et ces nœuds... il y en a bien cinquante. Est-il
possible de les serrer si fort? Cette Mariette est d'un entêtement! »

Tout en poursuivant son monologue, Georges avançait sa belle
besogne. André l'appela, mais il n'eut garde de répondre : « Je
veux voir les vaches encore une fois, puisque je m'en vais demain; la
noire est bien belle, mais je ne m'y fie pas. Si je pouvais traire Bardelle, comme ce serait amusant ! Elle n'a pas l'air méchant... quand
elle lèche son petit veau, elle me rappelle maman quand elle me dé-
barbouille. Seulement elle a de bien grandes cornes. A quoi lui ser-
vent-elles, ces cornes? A me faire peur, voilà tout. Eh bien, je
n'aurai pas peur. Est-ce qu'un homme a peur? et je suis un homme

Elle s'y reprit à plusieurs fois.

puisque j'ai plus de sept ans. Maman voudrait m'élever comme une
petite fille, me mettre dans du coton. Simonne file, elle ne me verra
pas, Mariette est sur le banc, près du puits; mais elle me fait perdre
tout mon temps avec ces maudits nœuds. Encore celui-là, et puis cet
autre, courage, ouf!... c'est fini. »

Et M. Georges, tout fier de sa victoire, ouvrit lestement la barrière, la referma derrière lui et se mit à courir dans la prairie. Il

Georges se jeta à la renverse.

était ravi, s'ébattait comme un jeune chevreau en liberté, et de
temps en temps regardait Bardelle, en se demandant s'il allait l'a-
border. La physionomie de la pauvre bête était fort encourageante,
elle broutait son herbe avec la plus grande placidité. Georges se
rapprocha peu à peu; Bardelle continuait à brouter, Simonne filait
toujours. Le petit garçon se planta en face de la vache qui ne parut
pas y faire attention. « Faut-il la traire? se demandait Georges, on
dit que c'est difficile. Bah! essayons. »

Il se glissa sous le ventre de la bonne mère nourrice, son petit
veau le regardait d'un air étonné. Il saisit le pis tout gonflé de lait,
la vache battit l'air avec sa queue, le petit veau avança la tête.
« Rien ne vient. Comment fait-on donc? » Il tira plus fort; la vache
leva son pied gauche et en donna sur l'herbe un grand coup. Georges
fit un mouvement en arrière, puis se rapprocha et recommença.
Cette fois, il avait tiré plus fort et tout aussi maladroitement. La

vache mécontente fit entendre un formidable beuglement. Georges se jeta à la renverse et bien lui en prit, car Bardelle, pour se débarrasser de lui, s'était mise à courir dans le pré comme une folle et le petit veau cabriolait à ses côtés. Cette fugue fit relever la tête à Simonne, elle vit Georges et vint à lui. « Allez-vous-en, monsieur Georges, dit-elle, mes vaches ne vous connaissent pas, et elles ont des cornes ; puis vous les tracassez toujours ; elles ont beau être *amitieuses*, elles finiraient par se fâcher et il vous en arriverait du mal.

— Oh ! je ne veux pas les tourmenter, dit Georges qui en avait assez, je venais seulement pour faire un bouquet de ces belles fleurs qui sont au bord de l'étang, cela ne me fera pas de mal. » Et, avec sa vivacité ordinaire, il avait déjà cueilli une touffe de salicaires roses, arrachant la racine avec la tige ; mais il voulait en atteindre d'autres et se penchait, se penchait... si bien que Simonne n'eut que le temps de le retenir par le bout de sa jaquette, au moment où il allait perdre l'équilibre.

« Vrai, monsieur Georges, lui dit-elle, il faut retourner là-bas ; vous l'avez échappé belle. Tenez, en voilà des fleurs, en voilà, en voilà plein mon tablier. Vous en avez assez, j'espère, emportez-les vite, et que ce soit fini. On aurait bien dû fermer la barrière du jardin au cadenas, car vous êtes toujours à vous faufiler partout comme un furet. Ça n'est pas ici comme à la ville, voyez-vous ; il y a des bêtes, il y a de l'eau. Il faut se méfier, sans ça la culbute, et puis, bonsoir, plus de petit garçon. Et la pauvre maman, qu'est-ce qu'elle ferait dans ce monde sans son petit Georges ? Il faut penser à ça et ne pas être si écervelé. »

Elle le reconduisit elle-même jusqu'à la barrière qu'elle referma et fit ensuite un soupir de soulagement.

« Gentil, se disait-elle en retournant vers Bardelle, bien gentil, mais gâté. Pauvre dame, ça se comprend, elle est veuve et elle n'a que lui. Et puis, il est drôle, mignon, quoique bien harcelant. Je parie qu'il a *taquillé* mes vaches tout à l'heure, quand Bardelle s'est mise à *druger*. A-t-elle sauté ! a-t-elle beuglé ! Bien sûr elle avait quelque chose. Bon, voilà le petit avec les autres, je suis tranquille à présent. »

CHAPITRE III

Le pressoir et le bouquet de Georges.

Simonne, n'ayant rien de mieux à faire, se remit à filer ; mais elle ne fila pas longtemps, car une ondée arriva et ramena bêtes et gens à l'étable ou à la maison.

« Rentrons, mes enfants, criait Mariette de son côté, en rassemblant son troupeau où ne se trouvaient pas que des moutons, rentrons, voici la pluie. »

Les enfants ne se hâtaient pas et regrettaient le jardin ; mais Georges eut une inspiration et cria, de toute la force de ses poumons : « Aux pressoirs ! aux pressoirs ! »

C'est en l'entendant que les deux mères plus tranquilles reprirent leur conversation comme on l'a dit plus haut.

« Aux pressoirs ! » répétèrent tous les autres dans un superbe unisson, en se bousculant à l'envi. Ils y grimpèrent comme des chats, car, tant qu'on est petit, on aime à grimper, cela vous donne en une seconde une taille de géant ; on regarde ceux qui sont en bas du haut de sa grandeur. Ensuite, ces pressoirs (il y en avait deux) servaient de théâtre au besoin. On les avait laissés sous le hangar, où ils étaient établis de temps immémorial ; mais c'étaient de vieux serviteurs, incommodes, difficiles à manœuvrer ; ils ne servaient que dans les années de grande abondance. Le reste du temps, ceux du cellier, beaucoup mieux agencés, suffisaient aux vignerons. Les enfants se regardaient donc comme chez eux, sur ce

2

plancher massif, entre ces lourds plateaux de chêne. Dès qu'ils
savaient marcher, ils escaladaient le petit marchepied qui y conduisait et passaient là des heures entières ; après avoir joué, parfois ils
s'endormaient. Toto lui-même s'y plaisait : c'était pour tous comme
un second berceau.

« Nous allons jouer la première pièce, dit Lucien, je prends
Cécile, Antoine et André. (Antoine était un voisin de campagne à
peu près de son âge.)

— Et moi, et moi, qu'est-ce que je ferai? cria Georges.

— Toi, tu regarderas avec Alice, Mariette et Toto ; il faut bien
quelqu'un pour regarder. Tout à l'heure tu joueras à ton tour. »

Georges n'était pas trop content; mais Alice, qui s'en aperçut,
l'entraîna doucement. Lucien, sans en avoir l'air, était déjà diplomate ; il savait bien ce qu'il faisait et il avait justement laissé Alice
pour qu'elle s'occupât de Georges dont la personnalité brouillonne
eût troublé ses essais dramatiques. Alice, en effet, obtenait plus de
Georges que tout autre. Elle avait sur lui la supériorité de l'âge, et
puis celle que lui donnaient son caractère, sa complaisance, sa
raison, sa douceur.

« Viens, mon petit ami, dit-elle, pendant qu'ils préparent leur
pièce, inventons la nôtre ; quel rôle veux-tu faire ? »

Georges chercha, s'anima, s'amusa, sa bonne humeur revint, elle
dura environ cinq minutes, mais ensuite un regret l'assombrit.

« Que je suis fâché de ne pas voir la vendange, dit-il. Bon papa
aurait bien dû être malade plus tôt, il serait guéri à présent et
maman resterait ici. »

André, dont le rôle n'était pas long à apprendre probablement,
qui avait même peut-être un rôle muet, allait et sautait d'un pressoir
à l'autre ; il entendit le mot *vendanges*.

« Ah ! oui, c'est bien amusant, dit-il ; quand on emmène sur la
charrette les bennes vides à la vigne, je monte dedans ; quand elles
sont pleines, je les suis par derrière. On jette tout le raisin dans la
grande cuve et il se met à bouillir, bouillir comme le pot-au-feu de
Catherine ; on entend le bruit et on voit une écume blanche, toujours comme sur le pot-au-feu ; seulement on n'écume pas : il
faudrait de trop grandes écumoires. Quand tout a bien bouilli, on
presse la grappe en faisant tourner une roue. Il y a deux hommes
pour la manœuvrer, mais on ne me laisse pas approcher ; ensuite,
papa goûte le vin nouveau ; il a un petit gobelet en argent avec un

anneau que l'on passe à son doigt comme une grande bague ; on me fait goûter aussi : c'est doux comme du sirop, c'est très-bon.

— Comme tu dis ça! je parie que tu vas devenir ivrogne.

— Oh non! reprit André, rouge d'indignation, jamais! Je ne veux pas ressembler au père Vincent. Je l'aime bien, les jours ordinaires, mais pas les jours où il est ivrogne. C'est les dimanches, on ne le reconnaît presque plus. Il va en zigzag; il ne sait plus ce qu'il dit, ni ce qu'il fait. Tu ne l'as pas entendu la dernière fois; figure-toi qu'il a appelé maman : « Ma petite commère, » puis il a voulu embrasser Catherine, qu'il n'aime guère, et battre Simonne, qu'il aime beaucoup. C'est bien bête et bien vilain, un ivrogne, je ne le serai jamais. »

Après cette profession de foi, André rejoignit sa troupe; Georges resta à contempler le pressoir.

« Je ne comprends pas bien ce qu'il m'a dit; comment presse-t-on? A quoi servent ces grosses machines de bois qui sont là sur les côtés, accrochées au poteau par ce crochet de fer? explique-moi donc ça, Alice.

— Ces gros plateaux de chêne se rabattent sur la grappe que l'on a mise en tas au milieu du pressoir. Deux hommes les saisissent de chaque côté, pendant qu'un autre vigneron ôte le crochet qui les tient relevés contre le poteau. Papa dit que c'est incommode, dangereux, on ne s'en sert pas souvent.

— Incommode, pourquoi? Est-ce que c'est bien difficile d'ôter ce crochet? dit Georges, qui s'était rapproché pour l'examiner et y portait déjà la main.

— Georges, Georges, n'y touche pas, maman l'a bien défendu, s'écria Alice; nous n'y touchons jamais, tu te ferais écraser.

— Tu crois?

— Mais certainement, c'est horriblement lourd.

— Alice, Alice, cria Cécile, en avançant sa bonne mine fraîche, c'est moi qui suis la reine, viens donc faire tenir dans mes cheveux ces belles plumes d'oie; les garçons ne peuvent pas en venir à bout, ils sont si maladroits!

— Viens-tu, Georges? demanda Alice.

— Non, non, dit vivement Cécile, il ne faut pas qu'il voie les costumes; d'ailleurs ce sera fait tout de suite. »

Georges resta seul. Il regardait les plateaux de chêne et le crochet.

« Cela n'a pas l'air si lourd, pensait-il. J'aime bien Alice, mais elle a peur de tout ; au fait, c'est une fille. Sa mère lui fait des contes, je parie ; on a cette habitude avec les enfants. Elle les croit, mais moi, pas si bête ; et puis, je suis déjà très-fort. Voilà ce que je vais faire : je vais mettre mon beau bouquet, que j'ai pris dans le pré, entre la planche et le poteau ; il me gêne, mes mains chaudes le flétrissent ; une fois qu'il sera placé, je rentrerai le crochet dans l'anneau, ça tiendra parfaitement, et ce sera on ne peut plus joli. Seulement c'est difficile de l'ôter ce crochet, je crois qu'il est rouillé ; appuyons les genoux ; maintenant tirons bien, nous y sommes..... Ah !.... »

Alice revenait au même moment ; elle poussa un grand cri : « Georges ! » et courut à lui.....

Mariette, depuis quelques minutes, était en train de causer à l'autre bout de la cour avec son amie Claudine qui venait d'acheter des œufs chez Simonne, et elle lui disait à ce moment même : « Je vais avoir du bon temps, M. Georges part demain ; il est bien mignon, bien avisé, mais avec lui on est toujours dans les transes ; on dirait qu'il a du vif-argent dans les veines et il n'en fait qu'à sa tête. Il a des inventions diaboliques, figure-toi..... »

Elle s'arrêta court et devint blanche comme son tablier. Elle avait entendu le cri d'Alice, puis un bruit sourd. « Ah ! mon Dieu ! » dit-elle. Et, mettant Toto dans les bras de Claudine, elle courut vers le pressoir.

CHAPITRE IV

Pauvres mères, comme on les fait souffrir!

Mme Guérin, sous une forme nouvelle, insinuait pour la dixième fois à sa sœur cette vieille vérité de la nécessité absolue d'habituer les enfants à l'obéissance, lorsqu'un tumulte inusité vint glacer le sang dans ses veines. Des cris horribles, déchirants, se faisaient entendre dans la cour. Les deux sœurs se regardèrent; elles avaient compris : toutes deux croyaient à un grand malheur. Mais lequel? Elles se trouvèrent en même temps au bas de l'escalier; il semblait qu'un tourbillon les eût emportées. Un groupe effaré s'agitait au fond de la cour; elles y coururent; personne ne prit garde à elles, on ne les vit pas. Mme Guérin arriva la première. Elle aperçut Toto qui pleurait à quelques pas sur les bras de Claudine, Lucien pâle et immobile un peu plus près, Cécile et André qui, serrés l'un contre l'autre, poussaient des cris affreux. Ce n'étaient donc pas ceux-là; mais son regard perçant cherchait les autres. Tout à coup il s'arrêta fixe, terrifié, puis d'un bond elle se retourna, enveloppant sa sœur de ses bras, s'efforçant de l'entraîner.

« Georges! Georges! criait Mme Marcey, où est-il? » Hélas! la malheureuse mère se tut; elle venait d'apercevoir son cher enfant, immobile et livide au milieu d'une gerbe de fleurs éparses et toutes tachées de son sang. Alice, étendue près de lui, les yeux entr'ouverts, mais vagues et éteints, semblait mourante comme lui.

« Mes pauvres enfants! murmura Mme Guérin.

— Mon Georges ! » s'écria sa sœur, en se précipitant sur le corps inerte du pauvre petit.

Le sang coulait de sa tête par une large blessure, mais il respirait encore et son cœur battait faiblement. Mme Marcey, de ses mains tremblantes, se hâta de bander la plaie avec son mouchoir. Les domestiques, les vignerons, s'empressaient. Avec des précautions infinies, ils enlevèrent dans leurs bras les deux enfants et les emportèrent à pas lents vers la maison. Les mères suivaient ce triste cortége, se demandant si dans une minute tout espoir ne serait pas perdu.

Les mauvaises nouvelles vont vite. M. Guérin, qui faisait une tournée dans le village, apprit bientôt l'affreux accident, et, plein d'angoisses, se hâta de rentrer chez lui. Malgré ses craintes, il espérait un peu que l'on aurait exagéré ; mais du premier coup d'œil il comprit qu'il s'était trompé.

« Jean, dit-il au domestique, attelez le phaéton, courez au Bois-d'Oingt à bride abattue et ramenez le médecin, M. Castignac. Qu'il quitte tout, qu'il apporte sa trousse ; *sa trousse*, vous vous rappellerez le mot. Dites-lui que c'est grave, très-grave ; que je le prie de prendre ses mesures pour passer la nuit avec nous. Vous entendez bien, n'oubliez rien, courez ventre à terre. » Il regarda sa montre. « Quatre heures et demie ; avant six heures vous pouvez être ici. Je vais vous aider à atteler pour que ce soit plus vite fait. »

Quelques minutes plus tard, les roues du phaéton brûlaient les cailloux de la route.

M. Guérin revint près des enfants. Ils étaient toujours dans le même état : Georges plongé dans un profond évanouissement, Alice dans une complète prostration. Mme Guérin allait de l'un à l'autre, égale dans ses soins et sa sollicitude. Mme Marcey, à genoux devant le lit de son fils, ne voyait rien, n'entendait rien de ce qui se passait autour d'elle. Elle tenait dans sa main la main glacée de son cher enfant, épiait son souffle, interrogeait son pâle visage.

Ce petit Georges, c'était le seul bonheur qui lui restât, tout son espoir, tout son avenir. Comme il ressemblait maintenant à son père ! allait-il s'en aller aussi et la laisser en ce monde, seule, brisée, désolée ? Que l'attente était longue ! pourquoi ce médecin n'arrivait-il pas ? Sans lui, on n'osait rien essayer, rien hasarder, et cependant une minute de retard pouvait tout perdre. Les heures s'écoulaient et le secours n'arrivait pas. Pauvre femme, il lui sem-

Alice était étendue près de lui.

blait qu'elle souffrait depuis un siècle et elle n'avait encore attendu qu'un quart d'heure; son supplice n'était pas près de finir.

Sa sœur était torturée d'une autre manière et se faisait mille reproches. Il lui semblait qu'elle était responsable de ce malheur. Si Mme Marcey perdait son fils, pourrait-elle jamais revoir ce pays, cette maison? Quelle séparation cruelle pour les deux sœurs, si tendrement unies! quelle source d'inconsolables regrets!

Un silence lugubre régnait dans la grande chambre; Lucien et Cécile se tenaient immobiles dans un coin, mais André et Toto n'avaient pas reparu, et leur mère, au milieu de ses angoisses, se souvint de ces deux petits et pria son mari de se mettre à leur recherche.

Il n'eut pas besoin d'aller bien loin pour trouver Toto, qui dormait dans son berceau comme un petit loir. Le pauvre baby, entendant crier et pleurer une heure auparavant, avait crié et pleuré comme les autres; puis, déshabillé, caressé et bercé par Claudine, il s'était consolé d'autant plus facilement qu'il ne savait plus du tout pourquoi il avait eu du chagrin. Heureux âge!

La bonne Mariette, malgré ses dix-sept ans, n'en était plus là, car, agenouillée dans le coin le plus sombre, elle soupirait et pleurait à chaudes larmes en priant Dieu de toute son âme. Les autres ne le savaient pas encore, mais, quant à elle, elle ne le savait que trop, ce malheur était arrivé par sa faute; sa négligence avait tout perdu; cette conviction la désespérait. M. Guérin crut à sa sensibilité, mais ne soupçonna pas ses remords, et se remit à la recherche d'André.

M. Guérin visita toutes les chambres, regarda derrière les meubles, sous les lits, dans les embrasures des fenêtres, et ne trouva point l'enfant. Il commençait à être inquiet, et, l'esprit frappé de l'accident qui venait d'arriver, n'était pas loin d'en redouter un autre. Il sortit de la maison et se mit à explorer, sans plus de succès, les écuries et dépendances. Sa crainte augmentait d'instant en instant, lorsqu'un petit chapeau de paille, sur lequel il mit le pied en longeant la cour, attira son attention. Il se baissa pour le ramasser, et en se baissant aperçut une forme indistincte dans la niche des Terre-Neuve. Il s'agenouilla alors, avança la tête vers l'ouverture et vit André, fraternellement endormi entre les deux petits chiens de trois mois, ses bons amis, qui en se serrant un peu avaient pu lui faire place.

« André! André! dit M. Guérin, que fais-tu là, mon pauvre enfant? »

Le petit, avant de s'éveiller tout à fait, poussa un de ces gros
soupirs qui ne sont que des sanglots étouffés, puis ouvrit les yeux
à demi et les referma aussitôt en disant : « Laisse-moi là, papa, oh!
j'ai peur, j'ai bien peur.

— Mais non, mon petit, je ne puis te laisser dans ce trou; ta
mère est en peine de toi, elle m'a envoyé à ta recherche; seulement
je ne peux pas aller te prendre, je n'entrerais jamais là dedans. »
Et il lui tendait la main, l'encourageait, l'attirait vers lui. L'enfant,
couché à plat ventre, s'avança en rampant et passa la tête par l'ouverture de la niche, puis jeta sur la cour un regard effaré.

« Où sont-ils? » demanda-t-il tout bas.

M. Guérin comprit son énigmatique question et répondit que
Georges et Alice étaient dans leur chambre, bien soignés par leurs
mères.

« Sont-ils morts? ajouta le petit d'une voix presque inintelligible.

— Mais non, mon pauvre enfant, reprit le père, nous espérons
bien les guérir; viens près de Mariette, elle te donnera ton souper,
puis tu dormiras dans ton lit bien mieux que dans cette niche. » Et
tout en parlant, M. Guérin avait opéré l'extraction d'André, avait
remis le bambin sur ses pieds et l'entraînait vers la maison; mais le
pauvre petit, au bout de quelques pas, se raidit en mettant la main
sur ses yeux.

« Pas là, papa, je t'en prie, je ne veux pas rentrer; mène-moi
chez Simonne, elle me donnera une écuelle de soupe et me fera un
tas de paille pour dormir. »

Il était tout tremblant; la frayeur avait trop ébranlé son organisation impressionnable; il fallait le distraire, le caresser, le calmer.
Qui pouvait le faire en ce moment? Mariette seule. M. Guérin le prit
donc dans ses bras, l'emporta dans la chambre de Toto et le remit
aux soins de la jeune bonne.

« Ne l'effrayez pas, dit-il, contez-lui quelque histoire et tâchez de
l'endormir. »

Il retourna ensuite près de Mᵐᵉ Guérin qu'il rassura en deux mots,
puis redescendit dans la cour pour voir si le médecin n'arrivait pas.
Il ouvrit la porte qui donnait sur la route, regarda au loin : rien.
C'était à peu près l'heure cependant, et ces pauvres enfants étaient
toujours là-haut, entre la vie et la mort. Il remonta pour les voir,

puis redescendit pour épier l'arrivée du docteur. Il aurait voulu se
dédoubler, se multiplier : vœux inutiles ! Il ne pouvait qu'entrer et
sortir, descendre et remonter ; c'est ce qu'il faisait sans prendre un
seul instant de repos. Dans une de ces pérégrinations inquiètes, il

Il passa la tête par l'ouverture de la niche.

se croisa avec Vincent qui venait remiser ses outils sous le hangar.
Le vigneron était consterné de l'accident arrivé aux petits maîtres,
comme il les appelait ; aussi, en passant, ne put-il s'empêcher de
jeter sur le pressoir un regard de reproche :

« Vieux lourdaud ! vieux brutal ! dit-il en apostrophant l'innocent
engin, je voudrais te voir en pièces et te brûler jusqu'à la dernière
cheville ; assommer ces pauvres innocents, si ce n'est pas une
horreur ! »

Il s'était approché pour se faire mieux entendre comme s'il parlait
à une personne vivante. Une nouvelle apparition de M. Guérin put
seule arrêter le flot de son éloquence. Le maître, pour la centième
fois, regardait sa montre, le jour baissait, il était six heures un
quart.

CHAPITRE V

Pénible attente ! mais heureux contre-temps.

Vincent, forcé de se taire, se mit avec lui aux aguets, mais vingt minutes se passèrent encore sans qu'on vît rien venir. Enfin un petit point noir se montra au bout de la grande route. Vincent se hâta d'ouvrir le portail ; on commençait à distinguer quelque chose qui avait l'apparence d'une voiture et qui se détachait à l'horizon sur le ciel éclairé des derniers rayons du couchant. Il était temps ; on était à bout de forces, de patience. M. Guérin regardait de tous ses yeux, et, se croyant aveuglé par les rayons obliques du soleil, il venait, pour s'en garantir, de mettre sa main droite étendue à la hauteur de ses sourcils ; mais, malgré cette visière improvisée, il ne voyait toujours que l'unique silhouette de Jean.

Dès qu'il crut le véhicule à portée de sa voix :

« Monsieur Castignac ? » cria-t-il.

Question perdue, le cheval allait d'un train d'enfer ; Jean le fouettait impitoyablement, les étincelles jaillissaient sous ses sabots. Ce ne fut qu'à trois pas du portail que son allure se ralentit et que Jean laissa son fouet au repos. M. Guérin en profita pour renouveler sa question, bien inutile, hélas ! car les choses parlaient assez d'elles-mêmes.

« Monsieur Castignac ? répondit Jean. Absent.

— Absent ! quelle fatalité !

— J'ai couru tout le Bois-d'Oingt, reprit Jean. Chaque fois que
j'arrivais dans une maison, M. Castignac venait d'en partir. La dernière fois, on n'a plus su me dire où il était : on savait seulement
que c'était à deux lieues de là et qu'il y passerait la nuit. J'étais
enragé d'avoir perdu mon temps à courir après lui ; je suis revenu
ventre à terre, car je savais bien que tout le monde ici se brûlait le
sang en m'attendant. Me voilà ; si monsieur veut, je vais repartir
pour Villefranche ; c'est plus loin, mais tant pis si le cheval en
crève ; au moins, là il y a deux ou trois médecins ; j'en amènerai
bien au moins un, quand je devrais le prendre au collet.

— Huit kilomètres au lieu de cinq, dit M. Guérin, ce serait trop
long. J'ai une autre idée : comment ne m'est-elle pas venue plus
tôt ? Donnez un peu d'avoine au cheval, faites-le boire ; cette fois,
c'est moi qui ferai le voyage. Je vais dire un mot à ma femme, et
je redescends ; dépêchez-vous, je suis là dans deux minutes. »

Le cheval n'avait pas pris en effet la moitié de son picotin, lorsque M. Guérin reparut. On arracha le sac d'avoine du malheureux
Coco, et son maître se mit à le pousser impitoyablement, pendant
que Jean s'en allait tout triste demander des nouvelles à la cuisine.
Le phaéton avança rapidement tant qu'il fut sur la grande route ;
mais, au bout d'un instant, il fallut prendre un de ces chemins de
village, si séduisants pour les flâneurs, si désespérants pour les gens
pressés, vrai chemin d'école buissonnière, où le père avait vu tant
de fois s'ébattre ses jeunes écoliers. Cinq ou six jours auparavant,
il les y avait promenés pleins de gaieté, d'agilité, brillants de fraîcheur et de santé. Cécile y cueillait des baies d'églantine, Alice des
guirlandes de clématite, pendant que les grands garçons collection-
naient des insectes et que les petits se poursuivaient, se saisissaient
avec de bruyants éclats de rire. Georges était d'une gaieté folle, il
barbouillait avec des mûres sauvages les joues de son jeune compagnon, qui se vengeait en dessinant à son tour sur les lèvres de
son cousin une superbe moustache vermeille. Il y avait de cela
quelques jours seulement, et que ce temps semblait déjà loin ! Alors
rien ne pressait, il ne s'agissait que de rire et de sauter ; maintenant
il fallait arriver au plus vite, et un instant de retard pouvait sacrifier deux vies précieuses. M. Guérin ne pouvait donc s'empêcher de
maudire ce raidillon qui essoufflait Coco et le forçait à chaque
instant à reprendre le pas ; pourtant, à force de harceler le cheval,
il arriva en moins d'une demi-heure à destination. Il était presque

nuit ; la voiture s'arrêta, et son conducteur en descendit pour sonner à la porte d'une maison située sur un petit plateau et entourée d'un parterre et de quelques grands arbres.

Au bruit de la sonnette, un gros chien de garde se mit à aboyer ; on entendit des pas lourds dans le vestibule et une grosse servante, qui ouvrit la porte, montra sa mine ronde tout ébahie.

Il paraît qu'on ne recevait pas souvent de visites dans cette maison-là, car, lorsque M. Guérin eut demandé à parler tout de suite à M. Loreau, la servante se récria en disant qu'elle allait d'abord prévenir madame. Madame parut bientôt, escortée de la servante qui portait un flambeau. C'était une femme de petite taille, si maigre et si délicate qu'il semblait qu'elle n'eût, comme on dit vulgairement, que le souffle. Ses traits étaient encore jeunes, mais elle avait des cheveux tout gris, et l'on ne savait trop quel âge lui donner. Sa bouche avait un pli qui semblait l'indice d'une grande tristesse, mais une profonde bonté se lisait dans ses yeux.

« Vous voulez parler à mon mari ? dit-elle, dès qu'elle aperçut M. Guérin ; vous vous trompez sans doute, on vous a mal renseigné. M. Loreau, dont la santé est très-ébranlée, n'exerce plus la médecine depuis près de quatre ans.

— Je le sais, madame, répondit le visiteur, et jamais je n'aurais troublé son repos s'il ne s'agissait de la vie de deux pauvres enfants.

— Les vôtres, monsieur ? demanda Mᵐᵉ Loreau avec émotion.

— Oui, mes enfants, c'est-à-dire ma fille et mon neveu, fils unique d'une mère veuve, et que j'aime comme s'il était l'un des miens. »

Il expliqua ensuite en quelques mots ce qui était arrivé.

« Ah ! monsieur, pardonnez-moi ce que je vous ai dit, reprit la bonne dame aux cheveux gris ; c'est que, voyez-vous, je n'ai plus d'enfant, moi, et je soigne mon mari comme un fils depuis qu'il est affaibli et souffrant. Il ne me reste plus que lui, nous avons été si malheureux ! »

Une larme vint au bord de ses doux yeux et, d'un geste, elle invita M. Guérin à entrer dans la pièce d'où elle sortait et où le couvert n'était pas encore enlevé. « C'est moi qui vais parler à mon mari, reprit-elle ; il est en haut dans sa chambre. Que je voudrais donc être bonne à quelque chose, aller avec vous à sa place ! mais cela ne se peut pas et je vous l'enverrai. »

« Deux pauvres enfants, on ne peut les laisser sans secours, ce serait une cruauté, se disait-elle en montant l'escalier; mais mon mari tousse, il est tard, il a plu, et cette course me tourmente bien. »

« Jeannette, vite mes souliers, mon manteau ! » cria, au bout de deux ou trois minutes, une voix d'homme sur le palier. Jeannette se précipita à cet appel; on voyait que le maître réglait dans cette maison tous les mouvements et toutes les volontés.

M. Guérin achevait à peine d'allumer les lanternes du phaéton, lorsque le docteur parut sur le seuil de la porte. Il monta si rapidement dans la voiture que son client eut à peine le temps de l'apercevoir. Sa physionomie était bien différente de celle de sa femme; il avait de gros traits, des yeux enfoncés quoique perçants : dans l'ensemble, ce qu'on appelle un air bourru. Il semblait avare de paroles et salua M. Guérin en silence.

« C'est loin? demanda-t-il seulement, une fois installé sur la banquette.

— Une demi-heure à peu près; je vous demande pardon de vous emmener dans cette voiture ouverte; j'aurais dû prendre le coupé, je n'y ai pas songé, tant j'étais préoccupé.

— Il s'agit bien de cela, répondit le docteur en haussant les épaules; combien y a-t-il de temps que l'accident est arrivé?

— Deux heures et demie environ, monsieur.

— Et depuis ce temps-là vos enfants n'ont pas repris connaissance?

— Mon neveu, non : il me semble bien mal; ma fille a ouvert les yeux deux ou trois fois, mais n'a pu nous parler. »

M. Guérin regardait son compagnon, croyant qu'il allait émettre une opinion, mais M. Lorceau ne souffla mot. Le pauvre père n'y put tenir. « Il n'y a donc plus d'espoir? demanda-t-il navré.

— Je ne dis pas cela.

— Alors, vous les sauverez? »

Le docteur fit un geste d'impatience. « Eh ! puis-je le savoir? je ne les ai pas vus, et quand même je les aurais vus... »

Il fallait bien se contenter de cette réponse d'oracle, car le docteur après cela retomba dans son mutisme et n'en sortit plus pendant le reste du trajet.

CHAPITRE VI

Les deux docteurs

On était arrivé. Comme dans un palais enchanté, le portail semblait s'être ouvert de lui-même : Jean s'y était trouvé à point nommé pour prendre la bride du cheval ; Catherine, une lampe à la main, avait paru instantanément au bas de l'escalier ; les deux mères en avaient descendu la moitié pour venir à la rencontre du docteur. C'est que tout le monde attendait, écoutait, devinait. Ce médecin, comme on l'avait désiré ! maintenant qu'il était là, on tremblait. Qu'allait-il dire ? Un médecin est aussi terrible qu'un juge ; il rend comme lui des arrêts de vie ou de mort.

M. Loreau alla droit au lit des enfants, les regarda attentivement, interrogea leur pouls, puis revint à Georges et procéda à un examen minutieux de ses blessures, pendant que M. Guérin l'éclairait en tenant la lampe très-près de la tête de son neveu. Le sang qui s'était coagulé avait arrêté l'hémorrhagie, un petit suintement se produisait seul.

« Des ciseaux, dit M. Loreau, de grands ciseaux. »

Mme Guérin fouilla dans sa corbeille à ouvrage et présenta au docteur ce qu'il demandait. Celui-ci, s'armant des ciseaux, tira un peu sa manche pour dégager son poignet et se mit à couper rapidement la brune chevelure de Georges. Les belles boucles de l'enfant, collées par le sang, tombaient autour de lui comme les feuilles autour

3

d'un arbre quand vient l'hiver. La mère, qui les aimait tant, ne songeait pas à les regretter; mais elle frissonnait en voyant les innombrables meurtrissures qui tuméfiaient cette pauvre tête mise à nu.

Quand le docteur eut fini, il jeta les ciseaux, demanda une éponge, de l'eau tiède, et se mit à laver doucement le crâne du petit garçon; ensuite il examina une à une les contusions et les blessures, sonda les plus profondes et enfin procéda à un pansement général. Très-attentif à son travail, il continuait à se taire et personne n'osait l'interrompre ni l'interroger. Cependant, quand il eut reposé sur l'oreiller cette tête dépouillée, et qu'après être resté courbé vingt minutes il se redressa pour reprendre haleine, Mme Marcey lui dit d'une voix tremblante :

« Eh bien, docteur?

— L'os me paraît intact, dit-il, c'est quelque chose.

— Alors il est sauvé? s'écria-t-elle.

— Sauvé, est-ce qu'on sait jamais? répliqua-t-il brusquement.

— Ah! mon Dieu! murmura la pauvre mère défaillante.

— Je ne dis pas non plus qu'il soit perdu, reprit-il avec humeur.

— Pourtant, objecta Mme Marcey d'une voix éteinte, son évanouissement s'éternise.

— Nous allons nous en occuper, » répondit le docteur radouci.

Il se fit apporter une pièce de flanelle, y versa la moitié du contenu d'un petit flacon qu'il avait apporté avec sa trousse, puis se mit à frictionner Georges par tout le corps.

« Vous voyez comment on s'y prend, dit-il au bout d'un instant; continuez de même; il est temps de s'occuper de la petite fille. » Il s'approcha d'elle et prépara un cordial énergique qu'il lui fit prendre par cuillerées et qui l'eut bientôt ranimée. Elle ouvrit les yeux, regarda autour d'elle, remua les lèvres comme si elle eût voulu parler, mais, dans ce premier instant, ne put rien articuler. Après un moment de repos, elle fit un nouvel effort qui fut plus heureux.

« Georges? dit-elle.

— Nous l'avons vu, mon enfant, répondit M. Loreau visiblement content. Rassurez-vous, tout ira bien. Maintenant, restez bien tranquille, je vais vous panser à votre tour. »

M. Guérin n'avait pas encore entendu un si long discours, il en fut étonné. Mme Loreau l'eût été encore davantage; car, depuis qu'il avait perdu un fils unique et charmant, le pauvre père ne con-

Il procéda à un examen minutieux.

versait plus qu'avec ses livres et ses souvenirs et n'adressait aux vivants que de rares monosyllabes.

Après avoir rassuré Alice, il rentra dans ses habitudes laconiques et procéda à ce qu'il avait à faire. Comme nous le savons, la pauvre petite, en entendant le cri de Georges sous le pressoir, avait couru pour le secourir, mais n'avait pu arriver à temps et le lourd plateau de chêne l'avait saisie à mi-corps. Sa tête, ses épaules, sa poitrine, étaient intacts; puis, à partir de la ceinture, ses petits membres étaient horriblement meurtris, sans fracture apparente toutefois.

« Souffrez-vous, mon enfant? demanda M. Lo-reau.

— Oui, monsieur, depuis quelques minutes.

— Allons, tant mieux ; je veux dire qu'il est bon que la sensibilité soit re-venue, mais nous allons vous soulager. »

Et le docteur la fit cou-vrir de larges compresses imbibées d'eau blanche.

« Cela vous rafraîchit, dit-il en souriant pour la première fois. A présent, reposez-vous, tâchez de dormir, pendant que je retourne vers votre petit compagnon. »

Il expliqua avec les termes techniques.

Employant pour Georges les frictions et les révulsifs, pour Alice les boissons et les applications calmantes, M. Loreau resta toute la soirée près des deux enfants, allant sans cesse de l'un à l'autre, infa-tigable dans ses soins et son dévouement.

A onze heures, Mme Guérin, le voyant jeter un coup d'œil sur la pendule, ne douta pas qu'il ne fût sur le point de se retirer et, après

l'avoir remercié avec effusion, elle le pria d'indiquer bien exacte-
ment ce qu'il y aurait à faire pendant son absence.

« Comment, mon absence ? dit-il d'une voix rude et en la regardant de travers.

— Pardon, docteur, j'ai cru que vous alliez nous quitter; il est
si tard, vous devez être tellement fatigué !

— Fatigué, c'est possible, mais tant pis pour moi; est-ce qu'on
déserte le champ de bataille?

— Comment, en vérité, vous resteriez encore?

— Parbleu! ce serait beau de vous planter là dans des circonstances pareilles. Quand mon collègue sera arrivé, ce sera différent,
je lui remettrai mes pouvoirs. »

M\ :sup:`me` Guérin aurait volontiers embrassé ses genoux, mais elle vit
qu'il ne fallait pas même le remercier : telle était sa fantaisie.

Il resta jusqu'au jour; Alice sommeillait assez paisiblement,
Georges ne sortait pas de son effrayante torpeur. M. Castignac
arriva sur les six heures et, après avoir conféré un instant avec lui,
M. Loreau prit congé de la famille.

« Je me sens un peu de frisson, dit-il à son confrère, je vais me
mettre au lit, je ne suis plus bon à rien. »

Il emporta avec lui la reconnaissance de tous. Bourru, triple
bourru, il l'était sans doute, mais bourru bienfaisant s'il en fut
jamais.

M. Castignac, harcelé par une nombreuse clientèle, ne pouvait,
comme lui, s'installer dans cette maison. Il commença donc par
déclarer qu'il ne s'arrêterait qu'une demi-heure, puis il fit de
longues prescriptions, entra dans des détails minutieux qu'il répéta
deux ou trois fois, expliqua avec les termes techniques à M\ :sup:`me` Marcey,
qui en frissonna, les causes de l'état cataleptique de Georges. Il y
avait eu compression du cerveau, évidemment; tel phénomène s'était
produit. Il avait pu observer un cas analogue à Montpellier, en 1847.
Le malade était resté quarante-huit heures sans connaissance; mais
depuis, chose bien plus extraordinaire, il avait vu, à la suite d'une
chute de cheval, un jeune homme rester neuf jours dans un état de
mort apparente, puis revenir à lui et se rétablir. Il décrivit toutes
les phases de la maladie et de la guérison, n'oublia aucun incident,
fit de nombreuses digressions. Les circonstances les plus graves ne
pouvaient l'empêcher d'être intarissable, et il y avait entre lui et
M. Loreau une différence équivalente à la distance qui sépare la

Bretagne, patrie du second, de la Gascogne, berceau du premier.

Au bout d'une heure, il regarda sa montre, se récria sur le
temps écoulé, et s'en alla en courant et en criant qu'il reviendrait
le soir.

CHAPITRE VII

Les questions d'André

Les deux mères restèrent auprès de leurs malades ; on éloigna les enfants. Lucien, peu démonstratif, mais posé, sérieux, plein de qualités modestes, prit soin d'occuper la petite famille et fit si bien qu'elle ne souffrit pas de son isolement, ne fit aucun bruit et n'importuna personne. Cécile l'aida à distraire ses jeunes frères et rendit dans la maison, sans qu'on y fît attention, mille petits services. André, qui avait besoin d'être protégé, se réfugia sous son aile. Bien qu'un peu rassuré, il était resté tout pensif et semblait ruminer on ne savait quel problème. A un moment où il se promenait dans le jardin, il tira sa sœur à l'écart ; puis, regardant autour de lui pour voir si on ne pouvait les entendre, il lui dit à demi-voix, d'un air mystérieux et préoccupé :

« Cécile, c'est bien terrible de mourir ? »

La petite resta tout étonnée, comprenant instinctivement qu'elle ne devait pas effrayer son frère.

« Est-ce que tu ne le sais pas ? reprit-il. Moi, je le sais depuis la mort du vieux Mathurin qui cassait des cailloux sur la route. Comme je ne le voyais plus, j'ai demandé à Mariette où il était allé. Elle m'a répondu qu'il était mort. Qu'est-ce que c'est ? ai-je dit. Alors elle me l'a expliqué. Il paraît que lorsqu'on est mort, on ne voit plus, on n'entend plus, on ne parle plus, et qu'on vous met sous la terre avec une grosse pierre par-dessus quand on est riche, et une croix de bois quand on est pauvre. »

L'enfant s'arrêta une seconde et reprit d'un air craintif :

« Est-ce qu'Alice et Georges vont mourir ?

— Mais non, répondit vivement Cécile, M. Castignac a dit ce matin : Nous les sauverons. Je l'ai entendu, je passais dans le vestibule.

— Tu dis ça pour me consoler, reprit le petit d'un air de doute, mais je crois que Georges est déjà mort. Hier, quand je suis rentré, la porte de sa chambre était ouverte ; je l'ai vu sur son lit, il ne bougeait pas, il avait les yeux fermés, je l'ai appelé et il ne m'a pas entendu ; aussi je crois bien qu'il est mort pour le moment, mais il ne faut pas le mettre dans la terre et il revivra peut-être.

— Non, mon petit, dit Cécile en l'embrassant, il n'est pas mort, je t'en réponds et j'espère qu'il guérira ; mais si le bon Dieu avait voulu qu'il mourût, rien ne pourrait le faire revivre.

— Le bon Dieu, pourquoi dis-tu le bon Dieu ? S'il prend les petits enfants à leurs mères, il est bien méchant.

— Tais-toi, tais-toi, mon André, je t'ai dit que les enfants ne peuvent revivre sur la terre, mais le bon Dieu les fait revivre près de lui dans son beau paradis.

— Alors Mariette a menti. Si le bon Dieu les prend, on n'a pas besoin de les mettre dans la terre, et c'est ça surtout qui me faisait peur.

— Non, Mariette n'a pas menti ; c'est leur corps qu'on met dans la terre et leur âme s'envole vers le bon Dieu.

— Qu'est-ce que c'est que l'âme ? » dit André.

Cécile aurait pu lui répéter la réponse qu'elle avait apprise dans son catéchisme, mais elle pensa qu'il ne la comprendrait pas.

« Ce que c'est que l'âme, c'est difficile à t'expliquer, parce que tu n'as que six ans, reprit-elle après un instant de réflexion ; mais ton corps, tu sais bien ce que c'est.

— Si je le sais ! dit André. C'est ça, c'est ça, c'est ça. » Et il touchait en même temps sa tête, ses bras, sa poitrine, enfin toutes les parties de sa petite personne.

« Eh bien, dis-moi, est-ce avec ton front, ton cou, tes mains, que tu m'aimes ? »

Il se mit à rire.

« T'aimer avec mes mains, par exemple ! mais non, ça ne se peut pas.

— En effet, c'est avec ton âme. Et quand tu penses à quelque chose, à la mort comme tout à l'heure, par exemple, ce n'est pas non plus avec ton corps, c'est toujours avec ton âme. Enfin quand tu prends la résolution d'être obéissant et gentil, c'est ton âme qui veut bien faire, et ce n'est pas ton corps. As-tu compris ?

— Parfaitement, ma Cécy. Ainsi mon âme ira vers le bon Dieu ?

— Si tu es sage.

— Oui, si je suis sage. Mais tu me dis qu'elle s'envolera : c'est donc un oiseau ? »

Cécile ne put s'empêcher de rire, ce qui mortifia le petit garçon.

« Écoute donc, dit-il en faisant la moue, tu as neuf ans, et je n'en ai que six.

— Tu as raison, mon minet, reprit Cécile en le caressant. Viens donc avec moi près de Simonne, elle tiendra la vache pendant que nous regarderons le petit veau. »

Il y avait dans cette diversion une pointe de diplomatie. Cécile commençait à craindre de rester court ; son frère était si questionneur, qu'il l'avait déjà bien des fois mise au pied du mur sur des sujets moins transcendants. Elle chercha donc à le distraire et, comme la petite cervelle d'André avait beaucoup travaillé depuis deux jours, c'était justement ce qu'elle pouvait faire de mieux.

CHAPITRE VIII

Le voyage de la grand'mère.

Que devenaient pendant ce temps-là le grand-père Marcey qui venait d'être malade et la pauvre bonne maman qui attendait son petit-fils?

Ils furent tous les deux bien étonnés de ne pas le voir arriver le jeudi soir, comme ils y avaient compté; mais, après tout, il n'y avait là rien de fort extraordinaire : une visite, un dérangement étaient survenus sans doute, la malle n'avait pu être faite à temps; ce serait pour le lendemain. Le lendemain pourtant se passa comme la veille sans amener personne. Cela devenait sérieux. « Je ne comprends pas que Pauline étant retenue là-bas ne nous ait pas écrit, pensait la grand'mère : il faut qu'elle soit malade; mais sa sœur pouvait nous avertir, et rien... c'est bien étrange. »

Son mari lui disait ce que l'on dit en pareil cas; mais comme il n'en pensait pas un mot, il ne la persuadait guère et elle continuait à se tourmenter beaucoup. Le samedi, ce fut bien pis; elle ne tenait pas en place. Après avoir passé une très-mauvaise nuit, elle était sur pied à cinq heures du matin, espérant un peu que le premier courrier allait la rassurer; mais elle eut beau descendre en personne cinq ou six fois chez le concierge, elle n'y trouva rien à son adresse. La dernière fois, comme le facteur était venu, elle ne pouvait plus conserver d'illusion, et ce silence prolongé de sa belle-fille l'effraya tellement que ses jambes tremblaient pendant qu'elle remontait chez elle. Son mari l'attendait sur le palier.

« Rien ! » dit-elle.

Le grand-père leva ses deux bras, puis les laissa retomber avec découragement.

« Eh bien, il faut aller là-bas, dit-il, devinant son désir et le partageant ; prépare-toi pendant que je vais consulter mon indicateur. »

Un train partait à neuf heures ; il en était huit et demie ; si on manquait celui-là, il faudrait attendre jusqu'à midi. La grand'mère était un peu lourde et n'allait pas très-vite ordinairement.

« Tu ne seras jamais prête, lui dit son mari.

— Tu vas voir, » répondit-elle. Et ce disant, elle mit son châle de travers, son chapeau à l'aventure, prit son mouchoir de poche, oublia ses gants, et descendit. Françoise la rattrapa au milieu de l'escalier pour lui donner son porte-monnaie qu'elle avait laissé sur sa commode.

« Mais tu n'as pas déjeuné, ma pauvre femme, criait en même temps le grand-père, penché sur la rampe.

— Ne t'inquiète pas, répondit-elle pour le tranquilliser, je déjeunerai à la gare.

— Suivez-la, Françoise, dit le grand-père, donnez-lui le bras, faites-lui prendre son café au lait, aidez-la à monter dans le wagon.

— Oui, monsieur, oui, monsieur, » cria Françoise, tout en courant pour rattraper sa maîtresse, qui était déjà au milieu de la rue ; elle l'atteignit à l'entrée de la gare seulement. Cette pauvre grand'mère était haletante, les boucles de ses cheveux blancs tombaient défrisées sur sa poitrine, elle portait son parapluie par la pointe, et, pour courir plus vite, retroussait très-haut son jupon. Un écolier, qui allait en classe, la toisa en passant, et la trouva fort ridicule.

« Vois donc, dit-il en poussant son camarade par le coude, si on ne jurerait pas la mère Michel à la recherche de son chat. »

C'est ainsi que souvent la moquerie insulte de saintes douleurs ou de touchants dévouements. Les deux écoliers firent un salut ironique à la vieille dame qui, sans les reconnaître, ni démêler leur intention, le leur rendit avec sa bonté ordinaire.

« Allons, elle n'est pas méchante dit le premier écolier ; père Lustucru, rendez-lui son chat. »

La grand'mère ne s'inquiéta pas plus de leurs discours qu'elle n'eût fait de son déjeuner, si Françoise n'avait pris soin de le lui

Les deux écoliers firent un salut ironique.

apporter dans le wagon. Bientôt le signal fut donné, le coup de sif-
flet retentit et la grand'mère, cette fois, sûre de partir, passa la
tête à la portière pour recommander à Françoise de bien soigner
son maître.

Pauvres vieilles gens ! depuis quarante ans ils avaient pris l'habitude de penser l'un à l'autre, et quoique certaines personnes n'ap-
prouvent pas ce qu'elles appellent l'égoïsme à deux, cet égoïsme-là
n'en vaut pas moins beaucoup mieux que son prétendu frère.

Le trajet de Lyon à Villefranche dura près de deux heures. Un

Les chevaux efflanqués s'arrêtèrent devant le portail

omnibus stationnait à la porte de la gare, Mme Marcey y courut, mais
le trouva déjà au complet. Elle voulait s'installer sur le marchepied,
monter sur le siége près du cocher; au besoin, elle se fût juchée
sur l'impériale, entre les barriques d'huile et les sacs de farine. Elle
avait l'air si malheureux, si agité, que deux ou trois bonnes âmes
en eurent pitié. Quinze personnes, sans compter deux chiens et trois
enfants, s'étaient déjà empilées dans la voiture qui, d'après le règle-
ment, n'en devait contenir que douze; mais, à force de bonne volonté, on parvint à trouver une seizième place. Jamais cette pauvre
grand'mère n'avait tant maudit son embonpoint; elle avait beau
serrer les coudes, se tenir sur le bord de la banquette, la loi physique de l'impénétrabilité des corps n'en subsistait pas moins pour
son malheur, et elle opprimait ses voisins bien malgré elle.

4

Quand on se fut bien tassé, les conversations commencèrent. Absorbée comme elle l'était dans son inquiétude, Mme Marcey n'y prit aucune part. N'étant jamais venue dans le pays, elle n'y était connue de personne, et personne, par conséquent, ne lui adressait la parole.

Il fut question d'abord des derniers marchés, du cours des denrées, des affaires qui s'étaient faites ce jour-là à Villefranche, puis on retomba sur les vendanges prochaines, sur ce qu'on pouvait en espérer. La fleur avait coulé, mais la graine était ronde et pleine, la dernière petite pluie avait fait merveille, le prix des tonneaux augmentait. Comme cela touchait la corde sensible de la plupart des voyageurs, ils ne tarissaient pas. A la longue, cependant, la matière semblant épuisée, le silence allait se faire lorsqu'un gros homme demanda si M. Guérin avait déjà loué ses vendangeurs.

« Monsieur Guérin, répondit une bonne femme, il n'y pense guère après le malheur qui est arrivé chez lui. »

La pauvre grand'mère fit un tel soubresaut et devint si pâle, que la bonne femme, qui pourtant n'était pas bien fine, comprit qu'elle aurait cent fois mieux fait de se taire. Elle seule dans la voiture était de Flavigny, les autres voyageurs allaient au Bois-d'Oingt et dans les villages environnants; elle fut donc obligée, à son corps défendant, de répondre aux questions de Mme Marcey, et c'est ainsi que cette pauvre grand'mère apprit d'une bouche indifférente, dans une voiture publique, que son cher petit-fils était encore entre la vie et la mort.

Il lui fallut, après cette nouvelle, passer trois grands quarts d'heure dans l'anxiété; enfin, les chevaux efflanqués de la vieille carriole s'arrêtèrent devant le portail. Mme Marcey descendit, sonna et la porte lui fut ouverte par Simonne.

« Comment vont-ils? » demanda-t-elle en toute hâte, sans penser à se faire connaître; mais Simonne, à son accent, la devina, et, en quelques mots, s'efforça de lui donner espoir sans trop la tromper, puis la conduisit vers la maison. Mme Marcey monta, entra dans la chambre de Georges, courut au lit de douleur, regarda avec angoisse le petit blessé, puis serra sa mère dans ses bras :

« Pauvre chère fille ! » dit-elle.

Oh ! oui, elle était bien sa fille chérie et, si les saints s'aiment en

Dieu, ces deux femmes s'aimaient dans le père mort et l'enfant mourant. Ces deux affections, pures de toute rivalité, les avaient unies indissolublement, et elles démentaient par leur exemple l'opinion si accréditée de la foncière incompatibilité qui doit exister nécessairement dit-on, entre les belles-mères et les belles-filles.

CHAPITRE IX

Georges rouvre enfin les yeux.

On était arrivé au samedi. Alice avait entièrement repris connaissance, et, quoiqu'elle souffrît beaucoup et fût très-faible encore, son état n'inspirait pas de graves inquiétudes. Quant à Georges, malgré tous les moyens employés, il était resté sur son lit, inerte et livide comme au premier moment; une faible pulsation du pouls, un léger battement du cœur indiquaient seuls que la vie ne l'avait pas tout à fait abandonné.

La grand'mère s'assit au pied de ce lit. C'est là qu'elle se reposa des fatigues de son voyage précipité, là que Catherine, la cuisinière, lui apporta un bol de bouillon fumant et la força à le prendre, là qu'elle resta quatre grandes heures immobile et silencieuse. Elle ne sentait en effet ni la faim, ni la soif, ni le sommeil, ni la lassitude; elle ne s'apercevait pas qu'elle avait un corps, tant son âme était possédée d'une seule crainte et d'un seul désir.

Vers quatre heures, il lui sembla que la figure mourante de son petit Georges se ranimait un peu, elle crut entendre un faible soupir. Déjà elle était debout, penchée sur ce cher enfant: sa belle-fille, par un même mouvement, s'était approchée. Les paupières du petit malade s'entr'ouvrirent, puis se refermèrent. Était-ce le dernier regard, le dernier souffle? Les deux mères tremblaient : mais qui pourra dire leur ineffable joie lorsqu'elles virent enfin ces yeux se rouvrir et le rayon de la vie et de l'intelligence s'y rallumer?

Il était sauvé, il vivrait! Les pauvres femmes se jetèrent ensemble
à genoux et éclatèrent en sanglots. Mme Guérin survint et comprit
tout d'un coup d'œil. Sa sœur, en la voyant, se releva et, compri-
mant les mouvements de son cœur, se mit, aidée par elle, à exécuter
avec un soin scrupuleux toutes les prescriptions indiquées par le
docteur Castignac en prévision de cette heureuse éventualité. Il les
surprit au milieu de cette occupation. Il ne pleura pas de joie
comme Mme Marcey; il se mit à rire, au contraire, à se frotter les
mains, à parler tout seul en arpentant la chambre en tous sens.
Qui fût arrivé inopinément l'eût cru fou, et les deux mères désolées;
le fait est qu'ils étaient tous au comble du bonheur, mais les natures
expansives s'expriment comme elles peuvent; il faut seulement
qu'elles débordent, sans quoi elles étoufferaient.

Un coup discret, frappé à la porte, put seul rappeler M. Castignac
au décorum professionnel. C'était Jeannette, la servante de M. Loreau. Si le bon docteur n'avait pas reparu, c'est qu'il était malade,
obligé de garder le lit. La fraîcheur de la nuit, le jour de l'accident,
avait sans doute aggravé son rhume. Il toussait, avait de la fièvre,
de l'oppression, et priait M. Castignac de venir lui donner ses conseils. Le docteur, après avoir laissé ses instructions, y courut et
rapporta des nouvelles le lendemain.

« Est-ce que vous croyez par hasard que c'est pour lui que mon
doyen m'a appelé? dit-il. Détrompez-vous; il bouillonnait de ne
pas savoir ce que devenaient vos enfants, il ne m'a parlé que d'eux.
Vous savez qu'il n'est pas bavard. Eh bien, il m'a tenu une demi-
heure sur la sellette, m'a demandé un tas de choses! Quant à lui, il
a une bronchite aiguë, de l'emphysème; avec des soins, il s'en tirera
parfaitement, mais pour le moment il n'est pas à son aise et ne s'en
inquiète guère. — Pauvres enfants, pauvres enfants! disait-il de
temps en temps en m'écoutant, puis tout à coup il s'est repris.
C'est pauvres parents! que je devrais dire, ils ont cruellement
souffert, enfin les voilà consolés. Alors il est devenu tout sombre,
s'est renfoncé dans son lit et m'a laissé partir. J'ai bien vu qu'il
pensait à son fils. »

La convalescence des enfants suivit pendant quelque temps sa
marche normale; bientôt M. Castignac put éloigner ses visites et ne
plus venir que le matin. Régulièrement, en s'en retournant, il
entrait chez M. Loreau qui l'avait voulu ainsi pour avoir des nouvelles fraîches. Georges, après sa résurrection, fut d'abord bien

M. Castignac se mit à se frotter les mains.

faible, bien accablé, et en même temps d'une remarquable douceur.
C'était tout simple, il n'avait plus la force de se fâcher; mais,
lorsque par de bons soins et des consommés substantiels on l'eut
un peu remonté, il devint volontaire et difficile comme aux plus
beaux jours. Son épaule droite, dont on s'était peu inquiété pendant sa longue léthargie, était presque aussi meurtrie que sa tête;
il fallait la panser tous les matins, et alors c'étaient des discussions
et des cris insupportables.

« Mais tenez-vous donc tranquille, petit démon, disait M. Castignac,
autrement je vais vous estropier malgré moi; vous aurez alors l'é-
paule de travers et vous ferez un joli garçon. On vous appellera
Tortibusis ou Torticolis; ce sont des noms flatteurs, qu'en pensez-
vous? »

Georges faisait la grimace et se contenait une seconde, puis
recommençait. Ce n'était pas amusant pour le docteur, il s'en faut;
du moins, une fois son affaire faite, il avait la ressource de souhaiter
le bonsoir à M. Georges, mais bonne maman Marcey, mais sa belle-
fille, ne pouvaient ni ne voulaient s'en aller et passaient de rudes
journées, heureuses encore lorsque les nuits étaient bonnes. Elles
ne se plaignaient pas, ne pensaient qu'à Georges. Elles l'aimaient
tant! Lui aussi les aimait à sa manière; seulement il les tourmentait, c'était une vieille habitude. Les mères ne sont-elles pas créées
et mises au monde pour être au service de leurs enfants? Hélas!
qu'il est triste que la bonté engendre si souvent l'ingratitude et
l'exigence!

Si Georges se plaignait à l'excès de ses maux et n'épargnait pas
les fatigues et les tracasseries à ses garde-malades, il faut dire à sa
décharge qu'il semblait très-peiné des souffrances d'Alice. Plusieurs
fois par jour, il demandait de ses nouvelles, désolé quand elles
étaient moins bonnes et ravi quand elles se trouvaient meilleures.
Sa mère lui en savait gré.

« Il est très-bon, se disait-elle, toujours indulgente; une fois
guéri, il se corrigera de ses petits défauts. » Sous le rapport de la
santé, il semblait en bonne voie, ses blessures se fermaient rapidement, et il reprenait des forces à vue d'œil. Sa pauvre petite compagne, au contraire, dont l'état avait paru moins grave, languissait et
paraissait très-abattue. Elle supportait ses souffrances avec sa
douceur et sa patience accoutumées; tout le monde en était
touché.

« Elle est trop bonne et trop gentille, disait Mariette, j'ai peur qu'elle ne vive pas.

— Veux-tu te taire, petite sotte, ripostait Catherine. A ce compte-là, madame et sa sœur seraient donc des diablesses puisqu'elles sont encore de ce monde? On fait mieux de se taire, entends-tu? que de dire des bêtises.

— Oh ! mais, Catherine, ne vous fâchez pas, il n'y a pas de quoi m'avaler; ce que j'en dis n'est que par grande amitié; après mon Toto, cette petite est ma préférée.

— La mienne aussi, reprenait Catherine, c'est-à-dire qu'autrefois c'était Lucien, parce que je suis entrée dans la maison deux mois avant sa naissance, mais tu n'imagines pas comme mam'selle Cécile est intelligente pour les choses du ménage; il y avait double ouvrage ces temps derniers; elle savait son métier presque aussi bien que moi; elle s'entend à tout sans avoir rien appris; je n'en reviens pas. Il y a le petit André qui est bien à mon goût aussi; après ça, ton Toto est à croquer. Ma foi, je ne sais pas lequel j'aime le mieux. Que le bon Dieu les conserve tous, voilà ce qu'on peut demander. »

CHAPITRE X

Un bon sentiment en fait naître d'autres. — Les conseils d'Alice et les résolutions
de Georges.

« Maman, dit Georges un matin, j'ai bien envie de quelque
chose ? »

Qu'est-ce que ce pouvait être ? On l'interrogea ; il se fit prier. Il
n'osait pas ; si on allait le lui refuser, il en serait désolé. Il accom-
pagna ses discours de toutes sortes de câlineries. Ces longs préam-
bules inquiétèrent Mᵐᵉ Marcey ; elle pensait que, puisqu'il faisait
tant de façons pour s'expliquer, c'est qu'il avait en tête quelque
absurdité. Quand le petit rusé vit sa mère bien intriguée, il se décida
à parler. Il voulait que l'on roulât son lit auprès de celui d'Alice ;
ce ne serait pas difficile, leurs chambres étaient voisines ; ils se
tiendraient réciproquement compagnie, ne s'ennuieraient plus.

Mᵐᵉ Marcey alla en parler à sa sœur et revint dire à Georges que
dans l'après-midi, après qu'Alice se serait bien reposée, on le
transporterait pour deux heures auprès d'elle. Georges parut dans
l'enchantement de cette promesse, s'engagea à tout ce qu'on voulut.
Il ne serait ni capricieux, ni tapageur, s'efforcerait de distraire sa
petite amie sans la fatiguer, n'aurait pas l'air effrayé de sa pâleur.
Le moment venu, au lieu de se livrer, comme on s'y attendait, à une
joie bruyante, il sembla recueilli et presque triste. D'abord, sans
rien dire à sa cousine, il la regarda d'un air affectueux et pensif,
puis demanda que l'on poussât sa couchette un peu plus près de la
sienne, étendit jusqu'à elle son bras gauche, le seul qu'il pût mou-

voir, et lui serra tendrement la main. Ils causèrent ensuite un
instant bien posément et, après cela, Georges pria sa mère de lui
donner une tasse de bouillon. Elle quitta la chambre pour la
demander. Georges avait probablement compté là-dessus, car il
guetta du coin de l'œil sa sortie, et quand la porte se fut refermée,
il soupira comme soulagé et, laissant tout à coup son ton compassé :

« Écoute, fit-il, j'ai quelque chose à te dire, j'y pense depuis je
ne sais combien de jours. »

Elle le regarda, étonnée de son air ému et sérieux : « Qu'est-ce
donc, mon Georges? demanda-t-elle.

— Oh! je veux te dire, Alice, que je suis bien fâché de ce que
tu souffres et que je te demande mille fois pardon. Sans mon entêtement et ma désobéissance, tu ne serais pas malade. Tu devrais bien
m'en vouloir; eh bien, je parie que tu vas me pardonner, quoique
je ne le mérite guère. Tu es si bonne, toi.

— Je crois bien que je vais te pardonner, et même, à te dire le
vrai, c'est déjà fait.

— Eh bien, moi, je ne me pardonne pas, reprit Georges en
donnant de sa main gauche un grand coup de poing sur son oreiller.
Je suis mauvais, capricieux, stupide. Aller ôter ce crochet, cela
avait-il le sens commun? Le plateau m'est tombé dessus, c'est bien
fait, je l'avais mérité; mais comment t'a-t-il attrapée, puisque tu
étais sur l'autre pressoir? Je n'y ai rien compris. »

C'était bien simple : elle était accourue à son cri de détresse,
s'était précipitée pour le secourir, mais il était trop tard et tous
deux étaient tombés presque écrasés.

« Alors, dit Georges, c'est exprès que tu t'es fait presque tuer
pour moi. Ce n'était pas la peine, va; un imbécile, un entêté! Tiens,
je me battrais, je m'en veux, je me déteste. »

Il était si sincère et si comique à la fois, qu'Alice ne put s'empêcher
de rire.

« Tu ris, tu as bien raison. Je continue à n'avoir pas le sens
commun. Je te demande un peu le bien que cela te ferait quand
même je me battrais. Il faut trouver autre chose : un remède pour
te guérir tout de suite, par exemple. Malheureusement, je ne suis
pas le bon Dieu, mes bonnes intentions ne servent à rien du tout.
C'est désolant; j'ai pu te faire du mal et, à présent, je ne puis te
faire du bien; s'il n'y a pas de quoi en pleurer! » Et, en effet, les
larmes lui venaient aux yeux.

« Mais si, dit-elle en souriant, tu peux me faire du bien, beaucoup de bien.

— Est-ce vrai? ne te moques-tu pas de moi? reprit Georges. Dis-moi donc vite comment il faut m'y prendre.

— Eh bien, il faut être bon, patient. Ne pas crier quand M. Casti-gnac touche à ta tête et à ton épaule. Je t'entends tous les matins, cela me fait du mal, je t'assure.

— Sois tranquille, tu ne m'entendras plus ; et ensuite?

— Ensuite, il ne faudra plus tourmenter ta mère et ta grand'mère.

Il lui serra tendrement la main.

— Mais je ne les tourmente pas.

— Tu crois? Cependant tu ne les laisses pas une minute tran-quilles pendant le jour, et la nuit tu les réveilles à chaque instant.

— C'est que je ne dors pas.

— Est-ce que, par hasard, ça te fait dormir de les réveiller?

— Mon Dieu non, mais ça me désennuie.

— Alors, c'est que nous ne nous ressemblons pas : rien ne m'ennuie tant que de déranger et de fatiguer les autres. A ta place, sais-tu ce que je dirais? Allons, elles font un bon somme; il n'y a que moi qui ne dorme pas, tant mieux. Ma pauvre maman se repose, elle en a bien besoin. Pendant que j'étais sans connaissance, que je ne sentais rien, que je ne pensais à rien, elle n'a pas eu un moment de sommeil ni de tranquillité. C'est à son tour de prendre un peu de bon temps.

— Ce sont de belles idées que tu aurais là, dit Georges ; je les
comprends bien, mais elles ne me seraient pas venues toutes
seules.

— Eh ! oui, mon pauvre petit, tu serais resté ingrat sans t'en
douter. J'ai beau t'aimer beaucoup, je vois bien que tu abuses de la
bonté de ta mère. J'ai parlé de la nuit. Et le jour donc ! Tu la fatigues à l'excès. Pourquoi veux-tu ne te laisser soigner que par elle ?

— Parce que les autres sont maladroits.

— Elle est donc adroite ?

— Je crois bien.

— Alors, pourquoi te plains-tu sans cesse ?

— Parce que j'ai cette habitude, répondit Georges, forcé dans ses
derniers retranchements, je suis fait comme ça.

— Il faut te refaire, essaye, tu me feras tant de plaisir, et puis
tu le dois ; il faut nous dédommager, nous consoler.

— C'est vrai, je vous ai fait du chagrin.

— Oui, tu nous as donné à tous une terrible inquiétude. Maman,
qui m'aime tant, ne pensait presque pas à moi, je l'ai bien vu, tant
elle était en peine de toi ; ta mère et ta grand'mère ont laissé pour
te soigner le grand'père tout seul depuis quatorze jours, le pauvre
M. Loreau s'est rendu malade en venant nous voir. Tout cela est
arrivé par ta faute, mon petit Georges, il faut le réparer.

— Oh ! oui, dit Georges avec ferveur, je le ferai. »

Mᵐᵉ Marcey revenait au même instant avec sa tasse fumante. Elle
trouvait le bouillon un peu salé et s'attendait aux plaintes de Georges,
mais il but sans observation, remercia sa mère et rendit la tasse.

« Comment le trouves-tu ? demanda-t-elle étonnée.

— Je le trouve bon.

— Pas trop salé ?

— Un peu, mais bon tout de même. »

Mᵐᵉ Marcey fut enchantée. Jusque-là elle n'avait pas été gâtée par
son petit garçon, cette pauvre maman.

La nuit, ce fut encore mieux : il ne l'appela que trois fois. Quand
sa tête ou son épaule lui faisaient mal, il se souvenait de sa promesse et souffrait en silence ; d'ailleurs, il souffrit moins et dormit
mieux. Son impatience habituelle l'entretenait dans un état d'irri-
tation nerveuse qui se calma après un moment d'effort et de bonne
volonté.

Dans la journée, il voulut que sa mère et sa grand'mère allassent prendre leur repas à la table de famille au lieu de dîner à la hâte et incommodément dans sa chambre de malade.

Le lendemain matin, il accueillit le docteur avec une mine souriante et, lorsqu'il l'eut vu faire les préparatifs ordinaires du pansement, il lui dit avec la familiarité câline des enfants qui ont l'habitude d'être choyés :

« Mon bon Gnac, voudriez-vous avoir la complaisance d'ouvrir ma porte et celle qui est en face ?

— Pourquoi, s'il vous plaît, monsieur Georges ! répondit le docteur étonné de cet apparent caprice; vous allez assourdir toute la maison.

— Qu'en savez-vous ? essayez toujours, je vous aimerai tant ! »

Il fit si bien que M. Castignac céda à cette fantaisie, puis se mit à sa besogne. Georges serra les poings et mordit ses draps, mais ne poussa pas un cri.

« Bravissimo ! » dit le docteur.

Alice entendit sa voix sans comprendre ses paroles.

« Courage, mon petit Georges ! cria-t-elle.

— Courage ? répondit Georges en riant aux éclats, c'est fini. »

Le reste répondit à ce brillant début. Georges, à partir de ce moment, se montra content de tout. Il ne trouva plus sa boisson trop chaude ou trop froide, son oreiller trop haut ou trop bas, son lit trop mou ou trop dur, ses persiennes trop ouvertes ou trop fermées. La famille ne revenait pas de ce changement auquel elle ne comprenait rien; Alice, qui aurait pu l'expliquer, s'en gardait bien. Elle n'avait pas l'orgueil de ses bonnes actions, cette fillette, comme on voit; il est vrai que, si elle avait eu de l'orgueil, ses actions n'eussent plus été bonnes, puisque l'orgueil n'est qu'une des formes de l'amour de soi-même, qui ne vaut pas grand'chose, ou plutôt qui ne vaut rien du tout.

CHAPITRE XI

Lubie inattendue.

On jouissait depuis cinq ou six jours de ce calme inespéré, lorsque des nuages imprévus se montrèrent à l'horizon. Georges ne voulut plus entendre parler de Catherine, la cuisinière, qui, en dernier lieu, lui avait assez souvent servi de garde-malade. D'où venait cette lubie? Catherine était un peu rustique, Catherine avait le nez trop gros, les yeux louches et la bouche trop grande; Catherine faisait fréquemment, en parlant, de ces liaisons appelées dangereuses; mais, la semaine d'avant, elle n'avait pas des façons plus raffinées, un nez plus délicat, des yeux plus droits, une bouche plus petite et un langage plus épuré. Cependant alors Georges la supportait, et maintenant elle semblait devenue sa bête d'aversion.

Il ne s'expliquait pas toutefois, se contentant de maintenir son ennemie intime à une respectueuse distance de son impressionnable personne. C'était très-gênant, très-ennuyeux, très-injuste; mais il fallut en passer par là, car Georges fit la sourde oreille aux insinuations d'abord, puis aux questions. On en prit son parti, se résignant à ajourner jusqu'à sa guérison la solution de ce problème.

Le curé du village venait de temps en temps voir les petits malades. C'était un excellent homme et un bon prêtre, qui, tout en amusant et en distrayant les enfants, s'efforçait de leur inoculer une morale bien présentée et administrée à petites doses. Georges le recevait bien et semblait content de ses visites. Un jour qu'il se trouva seul avec lui, il lui dit à brûle-pourpoint :

5

« Monsieur le curé, est-ce que Dieu punit toujours les mauvaises actions et récompense toujours les bonnes?

— Sans aucun doute, mon enfant, répondit le curé, qui ne savait où il voulait en venir ; cela ne peut être autrement, puisqu'il est la justice même.

— Alors, pourriez-vous m'expliquer pourquoi ma cousine Alice, qui faisait une bonne action en venant à mon secours, a été blessée sous le pressoir ? »

Le curé, qui venait de tirer sa tabatière de sa poche et qui tenait une prise entre le pouce et l'index, s'arrêta court.

« Oh ! oh ! se dit-il, un petit raisonneur de huit ans ! Faisons bien attention à ce que nous allons dire. »

Il se souvenait de la parole de son Maître : « Mieux vaudrait pour vous être jeté dans la rivière avec une meule pesante que de scandaliser un de ces petits. » Il réfléchit donc un instant, puis dit au petit garçon :

« Oui, Dieu ne peut laisser une bonne action sans récompense, ni une mauvaise sans punition ; mais c'est souvent dans l'autre monde et non dans celui-ci qu'il punit et qu'il récompense.

— Pourquoi cela? dit Georges pensif.

— Je vais répondre à votre question par une autre, mon cher petit : Vos parents vous expliquent-ils toujours les motifs de leurs actes ?

— Oh! pour ça, non, certainement, répliqua Georges.

— Et quand cela arrive et que vous les interrogez, que vous disent-ils.

— Ils nous disent que nous ne les comprendrions pas.

— Et ils ont parfaitement raison, reprit le curé, parce que la raison et le jugement des enfants sont moins grands que ceux des parents ; mais, entre l'intelligence de l'homme et celle de Dieu, il y a une différence infiniment plus considérable encore. Voilà pourquoi Dieu ne nous explique pas ses motifs. Beaucoup ne veulent pas accepter cela, et, au lieu de se soumettre en enfants tendres et dociles, s'irritent et se révoltent comme firent les paroissiens du curé de Saint-Gingolph.

— Les paroissiens du curé de Saint-Gingolph? dit Georges en ouvrant de grands yeux.

— Oui, c'est une petite histoire, assez bonne à retenir, que j'ai entendue autrefois et que je vous conterai si vous voulez. »

M. le curé prit donc sa prise.

Certes, oui, Georges voulait; il n'aimait rien tant que les histoires.
M. le curé prit donc sa prise de tabac, referma sa tabatière et commença son récit.

Il parla avec bonhomie et finesse, mais longuement, prenant plaisir à lire sur le visage de Georges toutes ses impressions.

Nous voudrions que quelque sténographe eût pu nous conserver
son récit dans son éloquente simplicité; tout ce que nous pouvons
en rapporter ici, c'est que le pasteur de Saint-Gingolph, plein de
zèle et de vertu, voyait avec chagrin une partie de ses paroissiens
oublier, le dimanche, le chemin de l'église. Il fut, une fois, obligé
de s'absenter bien à regret et de laisser la conduite de son troupeau
à un jeune vicaire qu'il venait à peine d'installer. Le premier dimanche qui suivit son retour, il fut bien surpris de l'affluence extraordinaire qui se pressait dans la nef, mais plus encore de la mine
presque indignée que firent ses nouveaux auditeurs lorsque, montant en chaire, il avoua que les pécheurs nagent souvent dans la
joie et l'abondance, tandis que les justes fléchissent sous le poids de
leur affliction. Cependant il retrouva partout des figures attendries
lorsqu'il termina son sermon en déclarant que, si la faiblesse de
notre intelligence ne nous permet pas de comprendre les profonds
décrets de la Providence, notre foi en la justice divine doit nous
persuader qu'en définitive chacun recevra selon ses œuvres.

Qu'était-il donc arrivé? Le jeune vicaire, trop ardent, avait menacé
de la grêle les vignerons de Saint-Gingolph s'ils ne s'amendaient
pas; il avait promis la rosée du ciel à ceux qui se montreraient dociles. Des cœurs intéressés et ignorants l'avaient cru et, faisant comme
un marché avec Dieu, étaient venus grossir les rangs des paroissiens
fidèles. Mais, hélas! dès le lendemain un orage épouvantable renversa toutes les espérances, hacha la récolte et fit évanouir des con-
versions sans racines. Le jeune vicaire fut désolé et s'accusa auprès
de son curé, qui le consola avec bonté, en lui disant : « Nous n'avons
pas gagné ce que vous espériez, mais nous n'avons rien perdu non
plus. Avec du temps et de la prudence, nous effacerons la mauvaise
impression que vos promesses non exaucées ont pu faire ressentir
à quelques âmes dures et sordides. Contentons-nous à l'avenir de
prêcher la loi de Dieu, sans avoir la témérité de vouloir expliquer
ses impénétrables décrets. Lui seul sait quand il *punit* et quand il
récompense. »

Georges avait paru fort attentif à ce récit dont nous résumons

seulement la substance, et sa figure intelligente et mobile en avait
reflété en quelque sorte les diverses péripéties. Quand M. le curé eut
cessé de parler, il resta un instant silencieux et pensif, puis tout à
coup, comme si la mémoire lui fût revenue soudainement :

« Quelle bonne histoire! s'écria-t-il, je vais la raconter à Catherine ; on la dirait faite pour elle, elle sera bien attrapée ! »

Catherine? Qu'avait-elle à voir là dedans? Elle travaillait comme
un nègre toute la semaine et allait à l'église tous les dimanches.
M. le curé de Flavigny était pour le moment aussi dérouté que celui
de Saint-Gingolph, et Georges avait assez bien caché son jeu, puisque
ses questions captieuses visaient Catherine depuis le commencement.

Quel était donc le crime de cette malheureuse Catherine? Le voici.
Elle s'était permis de dire à M. Georges, un jour qu'il se plaignait
devant elle avec humeur et impatience : « Ne geignez donc pas si
fort ; vous vous en prenez à tout le monde de votre mal de tête, et
nous n'en pouvons mais, après tout. Vous désobéissez toujours, il
ne faut pas vous plaindre si Dieu vous a puni une bonne fois. »

Inde iræ. Georges n'avait pas l'habitude d'être traité si ronde-
ment, et il avait voué à la bonne Catherine une rancune soigneusement couvée. Il croyait maintenant l'avoir fait sanctionner par M. le
curé et cela lui faisait un sensible plaisir.

M. le curé s'en aperçut. « Le petit sournois, se dit-il, il est déjà
comme mes grands paroissiens qui, la moitié du temps, appliquent
mes prônes au voisin. Il chercha donc à justifier Catherine. Sa faute,
après tout, était vénielle, et puis l'Évangile ne dit-il pas : Pardonnez
et on vous pardonnera. »

M. le curé vit bien que ses sages discours frappaient les oreilles
de son petit auditeur sans arriver jusqu'à son cœur; aussi dit-il
bientôt adieu à Georges. « L'un sème et l'autre moissonne, pensait-il
en retournant au presbytère, et le grain jeté en novembre dans le
sillon ne germe pourtant qu'au printemps; les âmes aussi sont lentes
à produire leur fruit, il faut avoir patience. »

CHAPITRE XII

La meringue de Catherine.

Le soir de ce même jour, quand l'heure du repas fut arrivée, Georges demanda à sa grand'mère, qui allait le quitter pour un moment, si Catherine ne pourrait pas venir près de lui pendant que Mariette servirait le dîner. La grand'mère, enchantée de voir finir un injuste ostracisme, répondit que rien n'était plus facile, alla chercher elle-même Catherine et l'installa auprès du lit de son petit-fils qui lui fit bon visage et, quand ils furent seuls, la pria immédiatement de lui conter une histoire. Catherine s'excusa : elle n'en savait aucune et n'avait de mémoire que pour les recettes de ménage.

« Eh bien ! alors, Catherine, reprit Georges, intérieurement très-satisfait d'en être venu à ses fins, c'est moi qui vais vous en dire une. M. le curé me l'a contée ce matin, je l'ai bien retenue : elle est amusante, je vous en réponds, et puis instructive surtout, vous verrez.

— Une histoire de M. le curé, ça doit être bien sérieux et pas très-gai, pourtant. Comment appelez-vous celle-là ?

— Le curé de Saint-Gingolph.

— Un drôle de nom. Est-ce que c'est long, cette histoire ?

— Assez long.

— Alors, monsieur Georges, avant de commencer, laissez-moi aller faire un tour à la cuisine. J'ai quelque chose sur le feu qui me tracasse ; j'ai bien dit à Mariette de le soigner, mais ce n'est pas son métier. Restez bien tranquille, je reviens tout de suite. »

Catherine descendit, et Georges l'entendit dévaler le long de l'escalier avec ses gros souliers. En son absence, il savourait sa vengeance et se remémorait sa leçon : il ne faut pas que j'oublie ceci, ni cela, la morale surtout. Si elle ne la comprend pas tout de suite, je lui mettrai les points sur les *i*. Dire que le bon Dieu m'a puni, quelle méchanceté !

Catherine remontait déjà, mais comme la porte de la chambre s'ouvrait derrière le lit, Georges qui ne pouvait guère se remuer ne la vit pas d'abord quand elle entra.

« J'ai joliment bien fait de descendre, dit Catherine ; il était temps : une minute de plus, on la laissait brûler. C'est comme un instinct ; quand mes plats vont se perdre, je sens ça d'une lieue. Enfin, pour réussie, elle est réussie, qu'en dites-vous ? »

Et Catherine, se démasquant, posa sur la petite table de Georges une meringue croustillante, monumentale, ornée à son sommet de trois petits pigeons de pâte coloriée qui se balançaient avec grâce sur leurs fils d'archal en spirale.

Georges ébloui ne pensa plus à ses griefs.

« Oh oui ! dit-il avec conviction, elle est joliment réussie ; mais est-ce qu'on m'en laissera manger ?

— Si on vous en laissera manger ! soyez donc tranquille, j'ai pris mes précautions. Je ne fais pas mes meringues pour le roi de Prusse. Avant de commencer celle-là, j'ai consulté M. Castignac. Est-ce que j'aurais le cœur de fabriquer des friandises si vous n'en pouviez pas profiter ?

— Eh bien ! Catherine, s'écria Georges avec effusion, vous êtes une bonne fille et une fameuse cuisinière, c'est moi qui vous le dis. »

Catherine était si joyeuse de le voir content, que sa grande bouche s'ouvrit jusqu'aux oreilles pour laisser passer un éclat de rire cordial. « Il y a plaisir à faire quelque chose pour vous, dit-elle. Je vais chercher votre potage, ensuite votre aile de poulet, et la meringue fera le dessert. »

Georges dîna bien ; il reprenait de l'appétit, et puis l'attention de Catherine ajoutait à ce dîner-là un excellent assaisonnement. Quand Georges eut fini, qu'il fut recouché, rebordé dans son lit, il dit après un silence :

« Catherine ?

— Monsieur Georges ?

— Puisque le bon Dieu me punit, comme vous me l'avez dit l'autre jour, vous ne devriez pas tant me gâter.

— Eh! mon pauvre petit, vous êtes bien déjà assez malheureux d'avoir la tête fendue et l'épaule en marmelade.

— Vous trouviez pourtant mardi dernier que je l'avais bien mérité.

— Je vous ai dit ça? Alors, c'est que vous me faisiez joliment enrager. C'est égal, j'ai eu tort, je suis trop prompte; est-ce que je dois me mêler de vous faire des sermons?

— Et pourquoi ne m'en feriez-vous pas tout comme les autres, Catherine? Tout le monde peut bien m'en faire, allez; j'en ai bon besoin; si au moins j'en profitais!

— Pauvre petit, répondit Catherine attendrie, ça viendra, vous êtes si jeune! Tout le monde a ses défauts; mais quand on les avoue, on s'en corrige bientôt.

— J'ai été bien désagréable avec vous l'autre jour, Catherine, bien malhonnête, bien exigeant.

— Est-ce vrai? Je l'ai oublié, je n'en sais plus

Vous avez mis votre bonnet de travers.

rien. D'ailleurs, j'ai des gros souliers qui craquent, de grosses mains maladroites, ça doit impatienter les malades. Dame! quand le mal vous tient, on n'est pas d'une humeur endurante. Demandez à Mariette; quand j'ai eu ma fièvre l'année dernière, elle me disait souvent: « Catherine, vous avez mis votre bonnet de travers aujourd'hui. »

— C'était pour plaisanter, j'en suis sûr. Et puis, moi, c'est encore

pis ; je mets souvent mon bonnet de travers, même quand je me
porte bien. Depuis que je suis au lit, j'ai eu le temps de réfléchir et
j'ai bien vu que jusqu'à présent j'ai été quinteux, désobéissant, emporté, volontaire, enfin insupportable. »

Catherine, qui était touchée de son repentir et souffrait de ses
humbles aveux, essaya de détourner la conversation.

« Ah ! monsieur Georges, à propos, dit-elle, vous alliez me conter
une histoire quand la meringue est arrivée ; j'ai bien envie de l'entendre à présent ; ça s'appelle, à ce que vous disiez : Le curé de
Saint-Gin... Ginguet... Gingon... je ne peux pas retenir ce nom-là.

— De Saint-Gingolph.

— C'est ça même : de Saint-Gingolph ; dites-la-moi vite.

— Ce n'est vraiment pas la peine, Catherine, répondit Georges
doucement, je ne vous en parlais que pour passer le temps. A présent, il est tard, je vais me reposer et vous allez dîner. »

Dîner ! rien ne pressait, elle n'avait pas faim. Règle générale, en
effet, Catherine n'avait jamais faim, tant qu'on avait besoin d'elle ou
qu'il lui restait quelque chose à faire.

« Eh bien, vous dînerez sans avoir faim, reprit Georges, et même
vous mangerez de ma meringue... de votre meringue, c'est-à-dire ;
et vous en ferez goûter à Mariette, et vous en donnerez à tout le
monde, sans oublier Alice, bien entendu.

— Oh ! Mlle Alice, elle ne s'en soucie guère, elle est si peu gour-
mande !

— Et moi, il paraît que je le suis, Catherine, puisque vous me
faites des meringues ? demanda Georges en riant avec malice.

— Un tantinet, répondit-elle en riant plus fort, mais il n'y a pas
grand mal. S'il n'y avait pas de gourmands, qui est-ce qui rendrait
justice aux cuisinières ? »

CHAPITRE XIII

L'été de la Saint-Martin.

Le temps a eu beau passer lentement, il a passé cependant. Chacun a fait sa petite besogne : Georges s'est guéri tout à fait, Alice à demi, Cécile a aidé Catherine et sa mère, André a goûté le vin nouveau dans le gobelet d'argent, M. Guérin a surveillé les vendanges, sa femme et sa belle-sœur ont soigné les malades et les enfants ; Toto s'est sevré sans maigrir, tout en perçant deux grosses dents ; enfin la grand'mère est retournée à Lyon, près de son mari, et l'on se trouve arrivé aux premiers jours de novembre, époque si bien appelée : été de la Saint-Martin.

Jamais elle n'a mieux que cette année mérité son nom. Le ciel est d'un bleu clair sans aucun nuage, l'air tiède et parfumé de l'odeur des feuilles sèches et des dernières fleurs. La campagne a jeté bas sa robe verte pour se couvrir d'un manteau de teinte fauve qui, sous ce beau soleil, devient brillant et doré. On profite d'une journée charmante pour donner la clé des champs aux petits prisonniers. Pour la première fois, Alice et Georges vont respirer le grand air au jardin. La petite fille, couchée dans une légère voiture peinte en blanc et doublée de cachemire bleu, semble une jeune princesse entourée de sa cour. Georges est leste et ne souffre plus ; aussi, par moments, sa bouillante jeunesse se trahit-elle par une cabriole, mais bientôt il s'arrête tout contrit et regarde Alice d'un air désolé.

Elle a compris son regret, son remords, et se hâte de dire bien haut
que cette promenade l'enchante, que jamais elle ne s'est trouvée si
bien et si heureuse. Georges a flairé l'odeur des violettes, et s'écarte
avec son camarade André, qui commence à n'avoir plus peur de lui.
Georges pourtant n'est plus le même, on pourrait bien le prendre
pour un revenant. Sa mine s'est effilée, ses bouches brunes sont
restées sur le champ de bataille, et sa mère a couvert sa tête
dépouillée d'une sorte de tarbouch écarlate. Avec sa veste brodée,
ses culottes bouffantes, ses grands yeux noirs et son teint pâle, il fait
songer à ces jeunes Turcs que l'on voit jouer au sortir de l'école
dans les toiles de Decamps. Pour lui, qui n'a point à se mettre dans
la tête les versets du Coran, il court à droite et à gauche pour grossir
son bouquet. André le suit pas à pas. Ces deux petits garçons s'en-
tendent : l'un est craintif, l'autre téméraire ; il en résulte, qui l'aurait cru ? une sympathie. Le premier dit : Prends garde, le second :
N'aie pas peur, et tout va pour le mieux.

Après avoir parcouru le jardin en tous sens, on vient de remiser
la voiture d'Alice dans un rond-point qui est comme le salon de ce
jardin. Ce rond-point, toujours chauffé du soleil vers le centre, est
toujours aussi, sur l'un de ses bords, protégé par l'ombre épaisse
de beaux arbres au feuillage persistant. Les deux mères ont pris leur
ouvrage ; Antoine et Lucien, qui sont sortis de pension pour les
congés de la Toussaint et doivent rentrer en classe le lendemain,
s'en vont un peu plus loin, savourer, bras dessus bras dessous, leurs
dernières heures de liberté. Georges, aidé d'André, se met à arranger
son bouquet de violettes à côté de ses petites amies. Quant à
Mariette, pour ne gêner personne, elle vient de s'installer avec Toto
sur un tas de feuilles sèches de l'autre côté du rond-point. Pauvre
Toto, depuis quelque temps on s'est bien peu occupé de lui ; voilà
ce que c'est que d'être gros et gras pendant que les autres sont faibles
et malades. Il en a pris philosophiquement son parti, se contentant
de sa Mariette, qui est à lui plus que jamais. M. Toto est un sage, il
n'a pas besoin de l'approbation publique pour boire, manger et
dormir dans la dernière perfection ; il fait tout seul son chemin
dans le monde. Son chemin... mais oui, à la lettre ; sans la moindre
métaphore, puisqu'il a appris à marcher.

Deux visiteurs se montrent au bout de la grande allée. Connaît-on
ces figures-là ? Non, aucune dame du voisinage ne ressemble à
celle-ci, mais le mari ?

On dirait une jeune princesse entourée de sa cour.

« Ah! c'est le docteur Loreau, s'écrie M. Guérin; l'excellent homme! que j'aurai de plaisir à le remercier! »

On court au-devant de lui, on serre ses grosses mains; il secoue la tête d'un air de contentement et de bonhomie, mais il ne répond rien et cherche des yeux ses petits blessés. Il les a bientôt devinés, l'un à sa tête rasée, l'autre à sa pose languissante; quant à les reconnaître, sans ces indices il n'aurait pu. Il ne les a vus qu'à demi morts, livides, les yeux éteints et les voilà gais et souriants. Il enlève Georges dans ses bras et l'embrasse sur les deux joues, puis serre doucement la petite main d'Alice.

La conversation est tout de suite cordiale, intime; on n'a pas besoin, comme avec les autres nouvelles connaissances, de s'observer, de s'étudier. Les gros sourcils noirs de M. Loreau ne font peur à personne; on sait à quoi s'en tenir sur sa mine rébarbative. Quant à lui, il aime ces bons parents et ces deux bambins; il leur a fait du bien, rien n'attache davantage.

Comme il n'a plus d'inquiétude, M. Guérin redevient propriétaire. Il montre son jardin, sa serre, son potager; Georges insiste pour aller rendre une visite à Bardelle. Les dames suivent à petits pas, en devisant. On remercie Mme Loreau; on est plus à l'aise avec elle pour exprimer toute sa reconnaissance, tout son regret de la maladie du docteur.

« Eh bien! dit-elle affectueusement, j'ai à vous remercier aussi; mon mari n'est plus reconnaissable. Le soin qu'il a pris de vos enfants lui a fait moralement un bien infini. Il est si bon, si aimant! Depuis notre malheur, il vivait concentré dans l'étude et dans son chagrin, assombri, absorbé. Il avait beau travailler, cela occupait son esprit, mais ne consolait pas son cœur. Quand il a vu votre inquiétude, il est sorti de lui-même, n'a plus pensé qu'à vous, qu'à vos enfants. Cette préoccupation, j'en suis sûre, a aidé à sa guérison. Il avait un vif désir de revoir ses petits clients et se laissait soigner pour être plus vite rétabli, beaucoup mieux qu'il n'aurait fait sans ce motif. Je ne puis vous dire combien j'ai été heureuse en voyant le changement de son humeur; ç'a été ma première joie depuis quatre ans. »

La bonne dame, d'une nature ouverte et affectueuse, se laissait aller à toute son expansion, parce qu'elle voyait qu'on l'écoutait avec une sincère sympathie. Pendant ce temps-là, Georges, qui conduisait Alice, s'était arrêté et lui disait tout à coup :

« J'ai du chagrin.

— Pourquoi cela, mon Georges? tu es guéri et je vais mieux.

— Oui, mais tu ne vas pas bien, et il faut que je m'en aille. Je voudrais rester au contraire pour traîner ta voiture, te donner des bouquets de violettes, enfin être là pour te rendre de petits services et chercher à te faire plaisir.

— Me faire plaisir? Ne sais-tu plus ce que je t'ai dit? Tu n'as

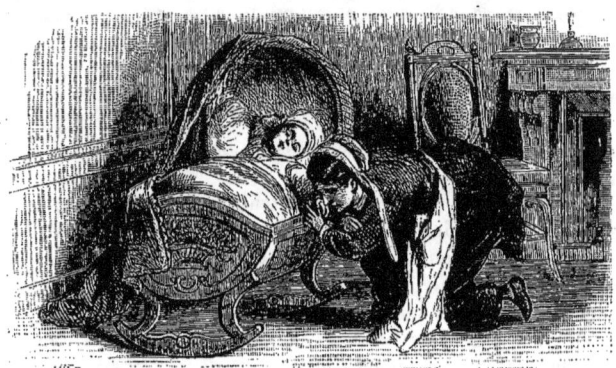

Elle faillit réveiller le baby.

qu'à continuer comme tu as commencé, devenir un bon garçon tout à fait, te corriger de tes petits défauts, voilà ce qui me fera le plus de plaisir.

— Pourtant, si je suis bon garçon, tu ne le verras pas, tu n'en sauras rien.

— Je n'en saurai rien! Pourquoi donc as-tu appris à écrire?

— Tiens, c'est vrai, je n'y pensais pas. Je ne me suis jamais servi de mon écriture que pour faire des devoirs, mais je vais t'écrire des lettres, de grandes lettres, pourvu que tu me répondes. Me promets-tu? »

Elle ne demandait pas mieux. Elle était si contente de voir son ami Georges plus patient, plus docile, qu'elle se faisait une joie de l'encourager de loin comme de près.

Le soir de cette belle journée qui avait vu la première sortie des convalescents, Mariette vint se jeter à genoux dans la chambre de sa maîtresse. Elle avait un remords; sa négligence lui pesait depuis trop longtemps, il fallait qu'elle en déchargeât son cœur.

« Madame, dit-elle en sanglotant, je ne puis rester chez vous, je ne mérite plus votre confiance. »

Elle avoua alors sa conversation avec Claudine et son absence de quelques minutes. « Je serais partie le jour même du malheur, ajouta-t-elle, si je n'avais compris que j'ajouterais par là à votre ennui. A présent, voilà M^ne et M. Georges guéris, mon Toto sevré, je n'ai plus qu'à m'en aller. » Et les larmes de Mariette coulaient de plus belle comme deux ruisseaux.

Mme Guérin fut touchée.

« Consolez-vous, ma pauvre enfant, lui dit-elle doucement. Votre étourderie nous a coûté bien cher, mais je crois que cette leçon vous profitera aussi. Je vous garderai volontiers si cela vous convient et si vous continuez à bien soigner Toto.

— Ah! mon Toto! mon petit Toto! s'écria Mariette en sanglotant derechef, mais de joie cette fois; quand je pensais que je ne le verrais plus, il me montait à la gorge je ne sais quoi qui m'étouffait. »

Elle sortit en courant et faillit réveiller le baby à force de couvrir de baisers sa petite main qui pendait hors du berceau.

Le grand-père Marcey attendait impatiemment; le départ de Georges eut lieu deux jours plus tard et ne s'effectua pas sans larmes, car on s'aimait plus que jamais. Il y avait eu de bien tristes moments pendant ces six semaines; mais il ne faut pas juger sur les apparences, et c'étaient après tout de bonnes semaines. On avait été compatissants, secourables les uns aux autres; l'idée et le sentiment du devoir étaient entrés dans une tête légère et dans un cœur insouciant jusque-là. L'avenir semblait plus assuré.

6

CHAPITRE XIV

Correspondance. — La partie de piquet et la bataille. — Un nid dans une boîte aux lettres.

La correspondance promise s'établit entre Georges et Alice; on se racontait sa vie; on échangeait ses remarques et ses réflexions. Georges écrivait :

« Tu sais comme nous nous sommes arrangés : grand-père et grand'mère au second étage, maman et moi au troisième, dans la même maison; on se voit deux ou trois fois dans la journée, puis on passe toutes ses soirées ensemble. Après dîner, nous descendons et, comme les jours deviennent courts, Françoise allume la lampe quand nous arrivons. Au bout d'un moment nous nous installons près du feu, autour de la table. Bonne maman tricote un gros jupon de laine, grand-père se met à jouer au piquet avec maman, pendant que je lis des choses amusantes dans des livres à images. C'est drôle; jusqu'à ces vacances, je ne faisais attention à rien et je m'étais toujours figuré que, puisque maman jouait au piquet tous les soirs, c'est qu'elle aimait beaucoup ce jeu-là; mais pas du tout, je vois très-bien à présent ce qu'il en est. Elle a l'air bien appliquée à ses cartes, c'est vrai, elle sourit même chaque fois qu'elle fait un bon coup, mais tout ça, c'est pour mieux tromper grand-père; car de temps en temps je m'aperçois qu'elle a une terrible envie de bâiller; alors elle se dépêche de tirer son mouchoir de sa poche et de faire semblant de se moucher ou de s'essuyer les yeux. Il y a des jours où cela arrive plus souvent qu'à l'ordinaire, et alors grand-père lui dit :

« Prenez garde, ma bonne Pauline, je crois que vous commencez un
rhume de cerveau, vous ne vous couvrez pas assez pour descendre l'escalier. » Maman répond que ce n'est rien, et pendant un bon moment
se tient si bien sur ses gardes qu'elle ne bâille plus. La partie continue, et quand le grand-père gagne il est tout gai. Alors il jette
les cartes sur la table. — « Les joueurs sont bien ennuyeux, dit-il ;
moi, ma partie de piquet, c'est comme pour d'autres leur tasse de
café ou leur prise de tabac ; mais ce n'est point de votre âge, je n'y
pense pas assez et je vous mets en pénitence tous les soirs. » Maman
s'en tire en plaisantant, car, même pour de bonnes choses, elle
n'aime pas à dire le contraire de ce qu'elle pense. Eh bien, vois-tu,
Alice, j'admire vraiment ma petite mère. S'ennuyer pour les autres,
c'est tout ce qu'il y a de plus courageux et de meilleur. Pense donc,
c'est tellement ennuyeux de s'ennuyer ! je n'en aurais pas encore
le courage ; ça viendra peut-être.

» En attendant, sais-tu ce que je fais ? De temps en temps, je
quitte mes livres, et je prie grand-père de jouer à la bataille avec
moi. Ce n'est pas mal inventé, va ; pendant ce temps-là, maman lit
ou travaille à sa tapisserie qui l'amuse, et moi je m'amuse aussi.
Quant à grand-père, il remplace maman ; il oublie son goût pour
contenter le mien. Mais tu ne sais pas une chose : c'est que je crois
qu'il y trouve du plaisir beaucoup plus que maman. Pourquoi
est-ce comme ça ? Pourquoi les grands parents ont-ils moins besoin
de complaisance pour faire les volontés de leurs petits-enfants ? Je
n'y comprends rien ; mais je vois bien à la mine de grand-père qu'il
est content de me faire des niches, content de me prendre mes rois
et mes as, et puis de me laisser gagner à la fin.

» Enfin, quand même, il ne s'ennuie pas trop, je lui sais bon gré
tout de même, et l'année prochaine je tâcherai d'apprendre le piquet
pour remplacer maman et rendre service à tout le monde. »

Alice lui répondait.

« Nous sommes comme vous au coin du feu, mon petit Georges,
dans la chambre de maman qui est exposée au midi et plus chaude
que le salon. Devant la porte on a mis un grand paravent que tu as
peut-être vu au grenier cet été. Il est couvert de paysages où les
arbres montent dans la lune et où les roses sont plus grosses que les
personnes. De gros Chinois se promènent au milieu de ces paysages,
avec des robes bleu et or et des parasols orange et écarlate. C'est à
côté de ces messieurs que tu me trouverais, sur mon lit de repos ;

d'où je ne bouge guère. Ne va pas croire que les gros mandarins soient seuls à me tenir compagnie. Cécile et maman sont toujours près de moi, et Toto peut s'asseoir sans me gêner sur le bord de ma couchette. Je lui fabrique à la douzaine des bateaux et des cocottes en papier de toutes les couleurs, et il est le plus heureux des marmots. Pendant ce temps-là papa, qui sort par tous les temps, surveille ses vignerons et ses ouvriers, et quand il fait beau, il emmène André. Le soir, on s'établit, comme chez vous, autour de la lampe ; seulement, papa ne joue pas au piquet, il lit son journal, et c'est heureux pour maman, qui a toujours tant de robes, de vestes, de

La partie de piquet.

pantalons et de chaussettes à réparer. Les garçons surtout sont terribles ; ils ne sortent pas sans rapporter des accrocs. C'est plus vite fait que raccommodé, comme tu penses, et ma pauvre maman n'en voit jamais la fin. N'importe, elle est toujours gaie et gracieuse, tandis que Mme Branjon est au désespoir de ses embarras. Tu me demanderas lesquels, puisqu'elle n'a que deux enfants bien portants et une maison beaucoup moins lourde que la nôtre. Je ne puis pas te dire au juste ce qui l'agite ; toujours est-il que M. Branjon ne bouge presque plus de chez nous, tant son intérieur est triste. Que deviendrait donc Mme Branjon si elle avait, comme maman, une Alice qui n'est plus bonne à rien et qu'il faut soigner comme une vieille grand'mère ou un tout petit enfant ? On ne me laisse pas

mettre le pied par terre, et parfois je suis triste de donner tant de
peine; puis je me console, parce que je m'aperçois que vraiment
cette peine est presque un plaisir. Tu vois que tous les parents se
ressemblent, et que je fais de mon côté les mêmes remarques que
toi au sujet de ton grand-père. Je me laisse donc dorloter, ce n'est
pas très-dur après tout. D'ailleurs je n'ai pas le choix ; mais, quand
je pourrai rendre aux autres ce qu'ils font pour moi, comme je me
dédommagerai ! »

Alice, douce et résignée, prenait son mal en patience; l'hiver
pourtant fut triste pour elle : ses maux s'aggravèrent, et ses parents,
à plusieurs reprises, eurent de sérieux sujets d'inquiétude. Enfin, le
printemps sembla la ranimer un peu. Les lettres de son ami
Georges venaient toujours de temps en temps l'égayer. Il n'était
plus question du coin du feu, ni des parties de piquet, mais de
la bonne odeur du foin coupé sur la colline de Sainte-Foy qui
arrivait le soir par les fenêtres ouvertes jusqu'à la chambre du
petit garçon.

Une autre fois, il racontait une promenade à l'île Barbe, ou bien
parlait des hirondelles, revenues depuis quelques jours, et qui
volaient par centaines autour du clocher de la petite église Saint-
Georges; et Alice lui répondait :

« Nous aussi nous avons des hirondelles, puis des pinsons, des
rossignols, des fauvettes ; mais, mon Georges, nous avons quelque
chose de mieux. Que n'es-tu ici? tu y prendrais plaisir comme nous.
Connais-tu les mésanges? Non, je parie; je n'en avais pas encore vu
non plus. C'est le plus petit des oiseaux d'Europe, à ce que dit papa.
Eh bien, figure-toi que nous avons une mésange qui a fait son nid
dans la boîte aux lettres du portail. Pendant plusieurs jours, Mariette
et Cécile en ouvrant la boîte y ont trouvé des brins d'herbe et de la
mousse. Les premières fois, elles n'y ont rien compris; puis elles
ont cru que c'étaient les gamins du village qui nous jouaient de
petits tours de leur façon, et elles ont nettoyé la boîte bien soigneusement. Enfin, un jour, elles ouvrent et que voient-elles? La
mésange tout effarée, qui n'avait pas eu cette fois le temps de s'envoler, et qui tenait encore dans son bec un petit morceau de mousse
verte. Alors on a compris le mystère et prévenu le facteur, qui sonne
maintenant pour donner son paquet, au lieu de le jeter dans la
maison de nos oiseaux. Au bout de quelques jours, la mésange a
pondu dix œufs, et nous avons aujourd'hui la plus jolie petite

nichée du monde, qui réjouit André et Toto et nous intéresse bien aussi. »

Georges se passionna de loin pour cette jeune famille. Il rêvait déjà d'emporter les petits dans une cage, pour voir naître à son tour de nouvelles couvées; mais, quinze jours plus tard, Alice lui écrivait :

« Tu nous envies nos plaisirs champêtres. Hélas ! ils n'ont pas duré longtemps ; notre jolie nichée n'existe plus. D'affreux gamins, le petit Chapotin en tête, se sont acharnés sur nos pauvres oiseaux ; ils ont tant fait, que nous les avons vus mourir les uns après les autres. Le père et la mère n'osaient plus leur donner à manger, et je crois qu'ils sont morts de faim. Nous en avons pleuré ; ils étaient si jolis, venaient si bien que, sans ces méchants garnements, nous aurions eu le plaisir de les voir s'envoler tout joyeux en nous remerciant par leurs chansons. »

Il fallait qu'Alice eût, en effet, bien du chagrin pour donner à Chapotin et compagnie le nom qu'ils méritaient.

CHAPITRE XV

Sa gazette de famille aurait pu s'enrichir encore d'une mémorable histoire ; mais celui qui y remplissait le personnage principal avait demandé le secret sur sa triste aventure. C'est du petit André qu'il s'agit.

Le pauvre enfant, né peureux comme un lièvre, n'avait pu jusque-là parvenir à s'aguerrir. Il en était vraiment malheureux. La crainte empoisonnait tous ses plaisirs et aggravait toutes ses peines ; il avait le désagrément de passer sa vie dans les transes, et celui d'en être puni par des moqueries et des mercuriales. Mme Guérin parfois avait pitié de lui, mais M. Guérin ne pouvait prendre son parti de sa pusillanimité. Quelle poule mouillée ! se disait-il, nous n'en ferons jamais un homme. Le petit garçon, d'une nature aimante et douce, était désolé de mécontenter ses parents et faisait pour se vaincre de grands efforts, mais le sort taquin semblait s'acharner à mettre à l'épreuve son frêle courage.

« Le père l'Oie » était pour lui l'épouvantail capital et chronique. Les enfants et les domestiques désignaient par ce nom le doyen de la basse-cour, le gros jars gris, à l'humeur farouche, à la voix discordante. André était persuadé que ce vorace animal lui en voulait particulièrement et, un jour ou l'autre, viendrait à bout de le dévorer. Sa muette préoccupation tournait à l'idée fixe, le souvenir du père l'Oie s'associait chez lui à mille objets qui auraient paru devoir y rester absolument étrangers. Apprenait-il, par exemple, sa leçon d'histoire de France : « Duguesclin, Bayard, pensait le petit trembleur, je voudrais bien savoir ce qu'ils auraient fait à ma place ! Ce n'était pas difficile de leur temps d'avoir du courage. Qu'on me donne un casque, un bouclier et une cuirasse, et on verra. »

Faute d'armure, André cherchait des alliés et accrochait sa vaillance au tablier de Catherine, à la blouse de Vincent. Vincent portait ordinairement une pioche, cela avait du bon. En sa compagnie, André se risquait à affronter le bec du père l'Oie dardé contre lui. Quel bec, quel affreux bec, jaune, ouvert, menaçant ! Pourquoi ne le fermait-on pas avec une muselière ?

On ne pouvait arriver au jardin qu'en traversant la cour et le passage voûté qui s'ouvrait sous l'aile gauche de la maison ; jugez du supplice. André devait souvent opter entre l'épouvante ou la réclusion, car il ne trouvait pas toujours de défenseur à point nommé.

Un jour, entre autres, il venait d'obtenir la permission d'aller jouer au jardin. Il mit le pied sur le seuil de la porte et examina le terrain. Les oies, ô bonheur, serrées en masse compacte à l'autre bout de la cour, se délectaient à dépêcher un gros tas d'épluchures que Simonne venait de leur jeter. André en profita pour descendre les trois marches du perron et s'avancer du côté du passage. Il allait tout doucement pour ne pas faire de bruit; mais, justement, le père l'Oie, qui venait d'avaler un trop gros morceau et avait failli s'étrangler, leva le cou pour reprendre haleine et aperçut le petit garçon. Celui-ci comprit qu'il allait être attaqué et se mit à courir droit devant lui ; mais ses jambes tremblaient, et le père l'Oie avançait avec une rapidité effrayante. André courut plus vite encore ; toute la troupe emplumée, emboîtant le pas derrière son chef de file, redoubla comme lui de vélocité, menaçant de ses douze becs formidables le malheureux fuyard. Il perdit la tête et se précipita vers le passage en poussant des cris déchirants, auxquels les oies répondirent par une salve infernale.

A ce bruit assourdissant, Simonne sortit de l'étable ; Cécile et Catherine se montrèrent aux fenêtres du premier étage; Jean avança la tête par la lucarne du grenier à foin, et M. Castignac, qui venait faire à Alice sa visite accoutumée, s'arrêta à deux pas du tableau, tout étonné de cette étrange musique. André, complétement démoralisé, se trouvait alors à la merci de ses ennemis et, à l'instant où la porte du jardin s'ouvrait d'un côté, le bec acéré du père l'Oie

Toute la bande se mit à battre en retraite.

happait de l'autre le pantalon du pauvre André avec une partie notable de son contenu.

Les cris d'effroi de l'enfant se transformèrent en hurlements douloureux, et ce combat inégal aurait cruellement fini si M. Guérin n'avait paru fort à propos.

Il prit le petit garçon par le bras et l'attira vivement à lui, pendant qu'il distribuait au père l'Oie et à ses plus proches voisins une demi-douzaine de vigoureux coups de pied. Toute la bande se mit à battre en retraite en grand désordre, les ailes à demi étendues, poursuivie par M. Guérin jusqu'au fond de la cour.

L'effet ordinaire d'une action rapide est de stupéfier les spectateurs; aussi, jusque-là, personne n'avait bougé ni dit un mot. Mais quand M. Guérin, après sa triomphante revanche, se dirigea du côté de son fils, qui, les joues encore mouillées de larmes, le regardait ébahi...

« Bravo, bravissimo! cria de sa voix sonore M. Castignac. Je me souviendrai de ce combat singulier; rien n'y manque : deux généraux, des soldats, des vainqueurs, des vaincus, même un blessé, si je ne me trompe. Celui-là me revient de droit, je m'en empare. Voyons, petit André, viens ici, que j'examine un peu la partie lésée. »

Et, joignant le geste aux paroles, M. Castignac se mettait déjà en devoir de déboutonner le pantalon de son jeune client lorsque, à son contact, André, retrouvant soudain ses esprits, lui échappa comme une anguille et s'enfuit de toute la vitesse de ses jambes.

« Eh bien, qu'est-ce qui te prend? lui criait le docteur en le poursuivant; je ne veux pas te faire mal, au contraire; deviens-tu fou? »

André n'en courait que plus vite, talonné par une peur nouvelle, la peur terrible du ridicule. M. Castignac, fort de ses bonnes intentions, luttait d'agilité avec l'enfant, qui, pareil à un gibier aux abois, faisait des crochets pour le dépister. A la fin pourtant, le rusé docteur parvint à l'acculer dans un angle et, l'enlevant comme une plume, le déshabilla en un tour de main et se rendit compte de la gravité de la blessure. André se débattait de toutes ses forces, en pleurant de rage et de confusion. Le docteur n'y comprenait rien et continuait à plaisanter suivant son habitude :

« Il n'y va pas mollement le père l'Oie, le coup de bec a été bien assené; mais c'est égal, ce ne sera rien : quelques compresses d'arnica et il n'y paraîtra plus. Ne pleure donc pas, ajouta-t-il en posant

André par terre et lui renfilant son haut-de-chausses ; es-tu douillet !
je te dis que ce ne sera rien ! »

André, furieux et humilié, voyait à travers ses larmes les quatre
paires d'yeux braqués sur lui, les quatre bouches épanouies, chez
les uns par un fou rire, chez les autres par un rire étouffé, et cela
pour le moment était beaucoup plus cuisant que sa blessure.

« Je ne me plains pas, dit-il en sanglotant à M. Castignac, je ne
vous demande rien ; ne me laissera-t-on jamais tranquille ? »

M. Guérin eut pitié de lui et, le prenant par la main, alla le remettre aux soins compatissants de sa mère.

André passa tristement la journée, ne pouvant ni marcher ni s'asseoir sans douleur. Son sommeil, la nuit suivante, fut très-agité. Il
vit en rêve, pendant une heure au moins, une nuée de becs formidables, tout grands ouverts et prêts à l'engloutir ; heureusement une
pluie de semelles de bottes tombait du ciel tout exprès pour le déli-
vrer et étranglait net les oies enragées. Après cela, il dormit un instant tranquille. Mais bientôt il se trouvait aux prises avec un méchant diablotin qui le poursuivait, le houspillait, le déshabillait et
lui disait avec un accent gascon et un rire agaçant : « Eh ! eh ! eh !
mon pétit hommé, à la bassé-cour comme à la guerre, souviens-toi
qu'il faut toujours régarder l'ennemi en facé. »

CHAPITRE XVI

La fête du village et les réformes de M. le Maire.

La blessure physique d'André guérit assez vite; celle de son amour-propre saigna plus longtemps. M. Castignac lui était devenu particulièrement antipathique, et, dès qu'il le voyait arriver, il se sauvait au plus vite pour échapper à ses joviales railleries. Il avait, comme nous l'avons dit, instamment prié les témoins de sa més-aventure de n'en pas parler à Georges, et son camarade en arrivant aux vacances suivantes ne se doutait de rien. André s'en trouva plus à l'aise, et reprit avec lui toutes ses anciennes habitudes de jeu et de familiarité. Il en résulta qu'avant la fin de la première journée il n'avait plus rien à lui cacher et lui avait fait des aveux complets.

Georges ne put d'abord s'empêcher de rire; puis, comme il vit qu'André en était très-mortifié, il lui offrit son appui, envers et contre tous, y compris le docteur et le père l'Oie.

« Pour commencer, lui dit-il, nous allons nous fabriquer des fouets bien emmanchés, et à nous deux, je t'en réponds, nous fus-tigerons les oies de la belle manière si elles s'avisent seulement d'ouvrir le bec. »

Les deux enfants, sur cette espérance, se dirigèrent en riant vers le bûcher; c'était à la nuit tombante, les poules étaient rentrées, les oies endormies; ils traversèrent la cour silencieuse et déserte et arrivèrent ensemble devant la porte du petit bâtiment où l'on serrait le bois.

Il y faisait déjà noir à cette heure et Georges objecta qu'il n'y verrait pas assez pour choisir les baguettes. André, impatient, assura qu'il saurait bien trouver le fagot de noisetier ; seulement, comme il ne se plaisait guère dans les ténèbres, il pria Georges de l'accompagner ; mais on n'avait pas fait trois pas en avant qu'André en reculant brusquement marcha sur l'orteil de son compagnon.

« Haïe ! fit Georges.

— Tais-toi donc, dit André d'une voix basse et étranglée, vois donc là-bas au fond.... »

Georges, qui commençait à s'accoutumer à l'obscurité, aperçut alors deux formes noires qui se mouvaient au fond du bûcher.

« C'est bien entendu, disait la plus grande, vous allez la tuer tout de suite.

— Oui, je la tuerai, mais laquelle, il faudrait me la montrer. »

André tremblait de tous ses membres en enfonçant ses ongles dans le bras de son camarade.

« Parbleu, reprit la première voix, laquelle il faut tuer ? la plus belle, bien entendu ; pour les décider, on ne peut leur donner moins qu'une oie grasse et très-grasse. »

Georges partit d'un éclat de rire, car il venait de reconnaître son oncle Guérin et la bonne Catherine, armée d'un fagot de sarments qu'elle venait chercher pour allumer son feu.

« Vous nous avez joliment fait peur, dit André. Comment pouvions-nous deviner que c'était papa qui se chargeait de commander le dîner,

— Je ne m'en charge pas non plus, mon petit, je désignais seulement une victime pour le tir à l'oie qui se fera demain, comme c'est l'usage à la fête.

— Papa, insinua l'enfant d'une voix câline, si vous preniez le père l'Oie ? »

M. Guérin se mit à rire.

« Ce serait en effet un friand morceau, il est dur comme un vieux cuir tanné. Tu ne pratiques pas le pardon des offenses, mon garçon, à ce que je vois ; mais, j'en suis bien fâché, je donnerai à nos lutteurs une pièce un peu moins coriace. »

Là-dessus il sortit du bûcher avec Catherine, lui fit choisir l'oie la mieux nourrie et la chargea de trancher sans douleur le fil de ses jours ; ensuite, suivi de Catherine et de son oie, il s'en alla chez Pierre Tournichon, l'organisateur ordinaire du jeu de tir.

M. Guérin avait son idée : il venait d'être nommé maire et voulait que cela servît à quelque chose. « Je tâcherai de faire du bien aux gens, se disait-il, et pour cela je commencerai par les empêcher de faire du mal aux bêtes; l'habitude de la cruauté n'est pas bonne à cultiver. Attacher vivant à un poteau un malheureux volatile, lui faire courir sus par toute la jeunesse du pays qui, en passant devant lui au grand galop de ses chevaux, s'escrime à arracher son long cou pendant, jusqu'à ce que la mort s'ensuive, n'est-ce pas de la sauvagerie toute pure? Cela m'a toujours révolté, je ne veux plus le tolérer; si on n'est pas de mon avis, je donne ma démission. »

M. Guérin, on le voit, ne manquait pas de volonté; mais, comme

Tournichon réfléchissait.

il avait aussi de l'expérience, il savait parfaitement que s'attaquer à un amusement traditionnel n'est pas chose facile. Voilà pourquoi il avait eu une conférence avec Catherine, pourquoi il s'en allait avec elle entre chien et loup chez Tournichon, car il savait aussi que dans les choses de ce monde « un peu d'adresse ne nuit pas ».

« Vous êtes un garçon raisonnable, dit-il à Pierre Tournichon un peu surpris de sa visite, je viens m'entendre avec vous. On vous a chargé d'acheter l'oie chez le père Belou, mais je vous en apporte une qui vaut cent fois mieux que les siennes. »

Ici Catherine démasqua sa pièce de *conviction*, qu'elle avait tenue jusque-là cachée sous son tablier, et en fit admirer les flancs rebondis.

7

« Elle est belle, c'est vrai, dit Tournichon en se grattant l'oreille, très-belle même, mais elle est morte, et, M. le maire le sait bien, on n'a jamais attaché au poteau qu'une oie vive.

— C'est un jeu de bourreaux que votre tir à l'oie, affirma impétueusement Catherine.

— Un amusement tout à fait barbare, reprit avec autorité M. Guérin. Prenez donc mon oie, Tournichon; elle est morte, c'est vrai, mais elle ne vous coûtera rien. »

Tournichon réfléchissait. Il avait l'habitude d'être le vainqueur du tir et se disait que cette oie, convenablement rôtie, serait un bien fin régal pour sa prétendue Fanchon, qu'il devait le lendemain festoyer avec toute sa famille.

« Voyons, Tournichon, décidez-vous, reprit M. Guérin; vous ferez entendre raison aux autres; nous sommes des gens civilisés, après tout, il faut le montrer; et puis, soyez sûr d'une chose, c'est que le père Belou, qui est serré, le bonhomme, ne vous donnerait pas son oie à moins de deux écus. »

Tournichon continuait à réfléchir, et ce dernier argument le rendait bien perplexe. La voix tonnante de l'opinion publique lui criait très-haut: « Refuse; » la voix de Fanchon lui murmurait tout bas : « Accepte. » Entre ces deux voix, le pauvre Tournichon se trouvait aussi embarrassé que naguère le bon Panurge en écoutant le son des cloches qui, de loin, lui disaient: « Marie-toi, » et de près : « Ne te marie point. »

« Deux écus, reprit Catherine, dites plutôt deux écus et demi ; les pommes de terre ont complétement manqué et les oies coûtent gros cette année. »

C'en était trop pour Tournichon: la voix de Catherine n'avait rien d'enchanteur; mais elle produisit sur lui l'effet d'un bourdon de cathédrale, elle étouffa le son de sa cloche de village qui lui semblait si retentissante un instant auparavant.

« Eh bien, dit-il, monsieur le maire, je serais fâché de vous contrarier, je me charge d'arranger l'affaire. Vous avez cent fois raison: nous ne sommes pas des bourreaux, des barbares, et ça ne sert à rien, n'est-ce pas? de jeter l'argent par les fenêtres quand on peut faire mieux. »

M. Guérin s'en alla très-satisfait; Tournichon ne l'était pas moins.

Le lendemain, après la grand'messe, il arriva triomphant dans la cour de M. le maire. Une touffe de rubans, flottant au vent sur son

Fièrement campé sur son cheval.

chapeau, annonçait sa victoire, car il avait enlevé l'oie comme il s'y
attendait. Fièrement campé sur son gros cheval gris-pommelé, il
déployait toutes les grâces qu'il tenait de l'art et de la nature, et se
livrait à des voltiges qui ne sentaient en rien la haute école. Une
nombreuse jeunesse l'accompagnait en semblable équipage, servant
d'escorte à quatre piétons qui portaient solennellement sur une
civière une énorme brioche enrubannée aux couleurs tricolores.

M. Guérin, entouré de sa femme, de sa belle-sœur et de ses filles,
vint se placer sur le perron, pendant que ses fils et son neveu se
mêlaient dans la cour à la foule des jeunes gens. Aussitôt Nicolas
Gigoux se mit à souffler dans son cornet à piston, Jean Pastou à
s'évertuer sur son flageolet et Pierrot Michu à taper à tour de bras
sur sa grosse caisse. A ce formidable vacarme, les oies s'enfuirent
en criant, les chiens aboyèrent à pleine voix, pendant que la monumentale brioche s'avançait avec lenteur et majesté comme un Méro-
vingien porté sur le pavois. M. Guérin l'accepta, cela va sans dire,
et offrit en retour à ses administrés une barrique de vin vieux qui
fut saluée par des hourras bien accentués.

Mais ce n'était-là que le prélude de la fête; bientôt la danse
commença sur la place, à l'ombre d'un vieil ormeau deux ou trois
fois séculaire. Il faisait un temps superbe, les habitants endimanchés
remplissaient les chemins. On voyait par les portes ouvertes les
broches qui tournaient bien garnies sous les larges cheminées et,
le long des murailles, des files de gâteaux appétissants, alignés sur
des planches soutenues par des tréteaux. L'usage exige que l'on en
pétrisse assez dans chaque ménage pour s'en régaler quinze jours à
domicile, sans préjudice de ce que les parents et amis des villages
voisins emportent dans leurs paniers.

Georges, André et Lucien, fêtés et régalés partout, passèrent deux
ou trois heures à se promener gaiement, puis dans l'après midi se
rapprochèrent de la danse où Mme Guérin venait d'arriver avec le
reste de la famille.

Antoine, Perrine sa sœur et M. Branjon les rejoignirent un instant
après; toute cette jeunesse avait bien envie de remuer ses jambes
agiles. Lucien invita Perrine, Antoine fit vis-à-vis, à côté de Cécile.
Quant à Georges, il voulait danser avec Alice et déjà lui tendait la
main, lorsque la pauvre enfant, secouant la tête, avec un sourire
très-doux, quoiqu'un peu triste, lui fit comprendre que ce serait
trop fatigant pour elle.

Aussitôt toute la gaieté de Georges s'évanouit. Il se rappela combien sa petite amie sautait et dansait légèrement l'année d'avant, et les larmes lui vinrent aux yeux en la voyant par sa faute privée des amusements de son âge. Pour rien au monde il n'aurait dansé avec une autre fillette; mais André, qui n'avait personne pour le conduire, le tirait par la manche avec insistance.

« Laisse-moi donc, » dit Georges brusquement.

Alice l'entendit et vit la figure de son jeune frère pleine de désir. et d'impatience.

« Allons, dit-elle à Georges, sois gentil, fais-le danser.

— Ma foi non, j'aime mieux regarder les autres avec toi.

— Mais pas du tout, ce sera de vous voir qui m'amusera, reprit Alice ; va donc, tu me feras tant de plaisir. »

Georges céda et, *pour amuser Alice*, débuta par un salut comique et cérémonieux, puis tendit sa main au petit André, qui la saisit avec ravissement, et se mit à gambader comme un vrai cabri. Ses belles boucles sautaient avec lui, il était rouge de plaisir. Alice riait de ses entrechats, et Georges, en voyant rire Alice, rivalisait d'entrain et de souplesse avec son petit ami.

CHAPITRE XVII

La procession des balais.

Il dansa ainsi une bonne heure. Chaque fois qu'il voulait se reposer, André le suppliait de continuer encore un moment, et cela
semblait devoir durer indéfiniment, lorsque tout à coup André
lui-même s'arrêta :

« Écoute, » dit-il à son cousin.

Georges prêta l'oreille et distingua bientôt, malgré le bruit de la
danse et de la musique, une rumeur confuse qui s'élevait dans le
lointain. André lui prit la main et se mit à courir avec lui du côté
d'où semblait venir ce murmure insolite.

« Viens vite, viens vite, disait-il tout en courant ; c'est maintenant
le plus amusant, il ne faut pas manquer le commencement. »

Les deux enfants, en quelques minutes, arrivèrent tout essoufflés
au bout du village devant la maison du père Belou. Son aire à
battre le blé, vaste et isolée, avait été désignée comme lieu de rendez-
vous. Il n'y avait là que des hommes, la plupart gens raisonnables
et d'âge mûr. A la dernière lueur du crépuscule, André y reconnut
son ami Vincent, qui semblait investi du commandement.

De tous côtés, les renforts arrivaient ; évidemment il se préparait
quelque action belliqueuse. Lorsque Vincent jugea que la réunion
était au grand complet, il vint se placer à trois pas en avant du reste
de la troupe.

« Attention au commandement ! cria-t-il. Une, deux, trois :
Marche ! »

La masse entière s'ébranla, tambour battant, bannière en tête.

« Quelle drôle de procession! disait Georges.

— Oh! tu n'as encore rien vu, » répondait André.

Il avait raison, car, dès qu'on eut enfilé la première rue, Georges, fort ébahi, se trouva en face d'un étrange spectacle. Les portes des maisons étaient toutes grandes ouvertes, et sur le seuil se tenaient les ménagères armées de balais de toutes provenances, de toutes formes et de toutes dimensions. Il y en avait de chiendent, de bruyère, de gros crin; il y en avait d'énormes, de moyens, de petits, de plats, d'allongés et de cylindriques.

A mesure que la troupe passait, les hommes, tour à tour, s'en détachaient et allaient recevoir des mains de leurs femmes ces armes dont Georges ne comprenait pas encore l'utilité. Bientôt tous furent pourvus et se mirent à brandir fièrement au-dessus de leur tête cette forêt mouvante.

« De plus en plus drôle, dit Georges; mais où veulent-ils en venir?

— Tu vas le voir, » répondit André, qui mettait un art instinctif à ménager ses effets.

Quand tout le gros bataillon eut défilé, une nuée de gamins apparut à l'arrière-garde, tenant à la main de longs buissons épineux et se bousculant à l'envi sous la conduite de l'illustre Chapotin que sa vaillance et ses mérites particuliers désignaient pour ce poste d'honneur. Georges et André ne purent échapper à la contagion de l'exemple et, arrachant à droite et à gauche quelques rameaux piquants, quittèrent pour des fonctions plus militantes leur rôle de simples spectateurs.

Le tambour battait toujours; le bruit cadencé des souliers ferrés résonnait sur la route pierreuse. Arrivée devant la place du village, la troupe ralentit son mouvement, puis, au signal de Vincent, s'arrêta court. Le tambour en même temps cessa ses roulements frénétiques et se mit à battre la charge avec lenteur. Les hommes mariés pénétrèrent au milieu des danseurs, qui refluèrent à droite et à gauche comme les eaux divisées par un vaisseau de guerre. Les balais, portés haut, dominaient toutes les têtes; les hommes avançaient au pas militaire, aussi fermes que la phalange macédonienne. Il s'agissait pour eux de reconquérir le terrain accaparé par les blancs-becs. La foule regardait avec intérêt ces préliminaires du combat.

La procession des balais.

Parvenus au bout de la place, les barbons firent un tour sur eux-
mêmes et recommencèrent en sens inverse leur émouvante promenade. Les danseurs essayaient bien de les débander, mais ils se
brisaient contre leur masse impénétrable et ne purent les empêcher
d'arriver en bon ordre à l'autre extrémité de la salle de danse. A
cette limite, ils s'arrêtèrent d'un mouvement brusque, tous les balais
s'abattirent à la fois, pratiquant avec frénésie sur le sol piétiné
un formidable balayage qui souleva en une minute un épais nuage
de poussière.

Ce fut alors un tumulte indescriptible, un sauve-qui-peut effaré,

Ce fut un tumulte indescriptible.

où les cris, les rires, les quolibets et les jurons se confondirent en
un épouvantable brouhaha. Les danseuses, craignant pour leurs
fraîches toilettes, entraînèrent au loin leurs danseurs et se disper-
sèrent dans toutes les directions; mais quelques mauvaises têtes
s'obstinèrent à résister. Ce fut alors que les gamins, venant à la
rescousse, s'escrimèrent sur les retardataires. Georges, qui se trouvait au milieu de la mêlée, s'étonnait de se sentir cinglé à chaque
instant comme s'il eût fait partie de la troupe ennemie. Il se retournait et ne voyait rien que Chapotin, le nez en l'air et le buisson
pendant. D'ailleurs, il n'eut pas le temps de s'inquiéter de ses
piqûres; Tournichon, avec une audace imprévue, venait de reprendre l'offensive.

La grosse Fanchon, bien régalée d'oie grasse, lui avait en effet le

matin même à peu près promis de fixer au mois prochain le jour
de leur mariage, et Tournichon transporté n'aurait voulu pour rien
au monde perdre à ses yeux le prestige des vainqueurs. La place
cependant était vide de danseurs, et les musiciens essoufflés, voyant
le combat fini faute de combattants, n'avaient pas été fâchés de
reprendre haleine avant la fin de leur galop. Mais ils avaient compté
sans l'impétueux Tournichon. Criant impérieusement à l'orchestre
de continuer, il enleva Fanchon dans ses bras et, malgré balais et
buissons, l'emporta d'une seule traite jusqu'au beau milieu de la
place. Un tonnerre d'applaudissements accueillit ce coup d'éclat.
Vincent, se piquant au jeu, revint l'arme haute sur son adversaire ;
mais celui-ci était déjà lancé à toute vitesse dans un galop vertigi-
neux ; et sa force d'impulsion fut telle, que d'un coup d'épaule il
envoya rouler à trois pas dans la poussière le malheureux Vincent.
Les musiciens, pour célébrer ce triomphe, redoublèrent leurs flon-
flons ; l'assistance électrisée battit des mains, et Tournichon, ivre
de joie, acheva sans encombre son ébouriffant galop ; après quoi,
voulant se distinguer par la modération autant que par l'audace, il
opéra, comblé de gloire, une honorable retraite.

Les *vieux* étaient maîtres du champ de bataille ; les gamins, jetant
leurs buissons, abattirent la poussière à grands coups d'arrosoir, et
les hommes mariés dansèrent à leur tour avec les mères de famille.
Il fut bientôt évident qu'ils n'avaient lutté que pour le point d'honneur ; car, moins d'une heure après, en gens sages et rangés, ils
avaient tous abandonné la partie.

« Te voilà beau ! mon homme, disait Simonne en s'en allant au
bras de son mari ; de l'eau sur de la poussière, ça fait de la boue, et
ta veste neuve est bien accommodée.

— Que veux-tu que j'y fasse ? répondait Vincent ; c'est cet enragé
de Chapotin qui a vidé sur moi tous ses arrosoirs.

— Et pourquoi a-t-il pu les vider sur ta veste, mon pauvre homme ?
sinon parce que tu étais par terre, car autrement il est plus petit
que toi, n'est-ce pas ? mais quand tu es par terre, il est plus grand.
Et pourquoi étais-tu par terre ? Je souhaite que les autres ne le
devinent pas, mais moi je le sais bien : c'est parce que tu n'étais
pas solide sur tes jambes. Et pourquoi n'étais-tu pas solide ? Pourquoi ? tu t'en doutes aussi bien que moi, et je n'ose pas seulement te
le dire, tant j'en ai honte. Ah ! Vincent, mon ami, pourquoi faut-il
qu'un homme comme toi, si bon mari et si fin vigneron, faute de

boire à la cruche l'eau que je tire du puits, soit arrangé de cette façon par celle qui tombe sur la place de l'arrosoir d'un Chapotin? »

« Tiens, disait de son côté Lucien à Georges en entrant dans le salon, tu t'es battu avec le chat, tes jambes sont sillonnées comme une carte de géographie. »

Georges regarda ses mollets qui saignaient sous mille écorchures.

« C'est égal, dit-il, je me suis bien amusé; à la guerre comme à la guerre. »

Le fait est que Chapotin, remarquant ses braies de zouave et ses fines et courtes chaussettes, avait trouvé fort divertissant de le fustiger sans miséricorde. L'amour-propre se niche où il peut, et Chapotin mettait le sien à inspirer ou à perpétrer toutes les malices, mystifications et mauvais tours qui se commettaient dans le canton. Pierre le trouvait très-amusant quand il faisait enrager Paul, et Paul quand il faisait enrager Pierre; mais Pierre et Paul le déclaraient un détestable garnement, quand c'était leur tour d'être sa victime.

CHAPITRE XVIII

Georges n'avait de sa vie été si heureux que pendant ces vacances. Comme les autres étaient beaucoup plus contents de lui, il était de son côté infiniment plus content des autres. Tous lui faisaient bon accueil et il faisait en retour fête à chacun. Souvent il allait voir son ami M. Loreau, et de temps en temps lui portait quelques primeurs, une plante rare, de beaux fruits; mais, selon qu'il était reçu par le docteur ou par sa femme, l'accueil était bien différent.

« Toujours les mains pleines, disait M. Loreau d'un air bourru, cela passe la permission. Fais bien attention à ce que je vais te dire, Georges : la première fois que tu reviens, je ne te reçois pas si tu es encore encombré de bagages.

— C'est que ce sont des pêches Michal, monsieur Loreau, et mon oncle sait que vous n'en avez pas, répondait Georges d'un air insinuant.

— Eh bien! oui, c'est vrai, je n'en ai pas, mais ce n'est point une raison pour que ton oncle dévalise son jardin. »

Quant à Mme Loreau, elle lui parlait sur un autre ton. « Ah! bonjour, mon cher petit ami, disait-elle; c'est donc pour moi ce beau bouquet? vous êtes trop gentil. C'est votre maman qui l'a cueilli, je le vois bien, elle a tant de goût! elle donne de la grâce à tout ce qu'elle touche. Mais comme vous avez chaud! asseyez-vous là; je vais vous faire boire quelque chose, vous en avez grand besoin. »

Georges était très-reconnaissant à la bonne dame de ses douceurs

et ne s'effarouchait point des rudesses de son mari ; il savait que,
quoique l'air ne se ressemblât guère, la chanson pourtant était la
même.

M. Loreau, une fois qu'il avait pris son parti des pêches Michal,
montrait à son petit visiteur ses collections d'insectes et de papillons.
Georges s'extasiait. Il trouvait que les papillons ressemblaient à des
fleurs et les insectes à des bijoux.

« Comment s'appelle celui-ci, qui a de grandes cornes pareilles
à des scies? demanda-t-il un jour en désignant un gros coléoptère
au corselet brun.

— Ces cornes s'appellent des antennes, mon enfant, et l'insecte
est un *Prione corroyeur*. On le nomme ainsi parce qu'il vit dans le
tronc pourri de nos saules et de nos bouleaux, et tu n'ignores pas
que l'écorce de ces arbres fournit le tan dont on se sert pour assou-
plir les peaux de nos animaux domestiques et les transformer en
cuirs propres à mille usages.

— Oh ! que c'est amusant ; je n'oublierai pas ce nom-là. Mais il
n'est pas des plus beaux, mon vieux corroyeur. Son voisin lui fait
tort ; c'est un élégant, je parie qu'il vit de ses rentes. »

Et Georges montrait du doigt un charmant coléoptère d'un bleu
cendré, avec six taches noires disposées longitudinalement sur
chaque élytre.

« Ah ! celui-là, c'est l'Acanthoptère Rosalie. Le premier nom
t'écorchera la bouche, mais le second t'est bien connu. On appelle
aussi cet insecte Capricorne des Alpes. Je l'ai rapporté de la Forclaz,
près de Chamonix, et, comme tu ne le trouverais pas dans nos pays
de plaines, je vais te le donner ; ce sera le commencement de ta
collection. »

Tout en parlant, M. Loreau fouillait dans ses tiroirs et en retirait
une petite boîte au fond de laquelle il fixait bien soigneusement le
Capricorne.

Georges était ravi. Il admira encore, entre autres, un beau
Carabe d'un vert doré en dessus, d'un noir velouté en dessous, et
apprit avec une grande satisfaction qu'il se nomme le *jardinier*,
parce qu'il détruit quantité d'insectes nuisibles.

La leçon d'histoire naturelle tirait à sa fin et Georges se promettait de faire aux Coléoptères une chasse assidue, lorsqu'il avisa dans
un coin un Bupreste d'un beau vert bronzé.

« N'en trouverai-je pas un pareil dans notre pays? demanda-t-il à M. Loreau ; il est bien habillé ; j'aime la couleur de son manteau ; comment l'appelle-t-on ?

— Le Bupreste vert, mon enfant ; mais il est rare.

— Oh ! alors, mon bon ami, voulez-vous m'en faire cadeau comme de votre Rosalie des Alpes ? (Il unissait ainsi les deux noms qui lui

Le Bupreste cherchait à s'échapper.

étaient le plus faciles à retenir.) Je serais si content, ce serait un commencement superbe pour ma collection. »

Georges avait relevé la tête pour regarder M. Loreau, ne doutant pas de son consentement.

« Non, Georges, dit le docteur d'une voix légèrement tremblante, je ne te donnerai pas celui-là, ni à toi ni à personne ; c'est impossible, tout à fait impossible. »

Georges vit alors à son grand étonnement un voile de tristesse obscurcir la figure de son vieil ami, et il resta muet et interdit.

Mme Loreau, fort heureusement, entra à cet instant, le journal à la main, et le docteur se retira pour le lire dans la pièce voisine.

Georges, plongé dans ses réflexions, était demeuré immobile en face de la vitrine aux insectes.

« Vous allez devenir un habile naturaliste, à ce que je vois, dit la bonne dame ; vous restez là en contemplation comme un vieux savant. »

8

Georges avait bien envie de la questionner, et craignait cependant de faire quelque nouvelle maladresse.

« C'est ce Bupreste vert que je regardais, dit-il avec embarras; l'avez-vous remarqué, madame?

— Si je l'ai remarqué, mon cher petit? Ah! certes oui. Il a été trouvé dans le bois de Meudon par mon cher fils, mon Émile. C'était un jour de congé, un jeudi. Il était si gai ce jour-là, si bien portant, ce pauvre enfant! Je le vois encore, courant à droite et à gauche. Tout à coup, il se met à genoux, se couche à plat ventre, fouille dans l'herbe. Le Bupreste cherchait à s'échapper, paraissait, disparaissait. Émile, qui brûlait de le prendre, tremblait en même temps de l'abîmer; enfin il s'en saisit et vint vers moi triomphant, tenant délicatement sa capture entre ses deux doigts. Le soir, il l'a montrée à son père et piquée à cette place. Ça a été sa dernière joie, et la nôtre aussi, hélas! »

Mᵐᵉ Loreau soupirait tristement, et Georges, qui se reprochait sa sotte curiosité, avait les larmes aux yeux.

« Pardonnez-moi mes questions, madame, dit-il d'un ton navré.

— Vous pardonner, cher petit? pourquoi donc? vous n'avez aucun tort, c'est moi qui vous attriste, et la tristesse n'est pas bonne à votre âge. Venez, venez, le grand air nous fera du bien à tous les deux. »

Elle le promena dans le jardin, chercha à le distraire et à l'amuser; enfin, au moment du départ, elle voulut absolument lui faire emporter dans une petite cage un joli chardonneret. Elle avait remarqué le goût de Cécile pour les oiseaux et avait élevé celui-là à son intention. Quant à Alice, Georges serait chargé de lui remettre une charmante bouture de fuchsia.

Lorsque le petit garçon revint au logis chargé de ses richesses, Mᵐᵉ Marcey craignit qu'il n'eût sollicité étourdiment la générosité de ses bons voisins.

« Fais attention, mon enfant, dit-elle; M. et Mᵐᵉ Loreau sont excellents, mais il faut bien prendre garde d'en abuser.

— Oh! maman, répondit Georges avec un sérieux extraordinaire, souviens-toi d'une chose : c'est qu'à partir d'aujourd'hui et jusqu'à la fin de mes jours, je ne demanderai jamais, jamais rien à personne. »

CHAPITRE XIX

Dodon Michonneau et les fromages de la Bigolette.

M. et Mme Branjon étaient, avec M. Loreau, les plus proches voisins de la famille Guérin; pourtant, quoique ce fussent de très-bonnes gens, on ne s'aventurait pas souvent du côté de leur demeure.

Mme Branjon, par ses minuties exagérées, chassait ses domestiques, tyrannisait son mari, désolait ses enfants et faisait fuir ses visiteurs. Lorsque parfois, de loin en loin, la politesse en amenait chez elle quelques-uns, ils avaient le désagrément, si par malheur ils se retournaient après avoir pris congé, de voir la maîtresse de la maison agenouillée dans le vestibule pour effacer, brosse en main, les souillures de son parquet. Quant aux enfants, ils étaient reçus invariablement à la cuisine; encore fallait-il qu'ils traitassent avec les plus grands égards tous les ustensiles de ménage. Un pareil accueil ne les attirait guère, on le conçoit, et ils se hâtaient de s'envoler vers des pénates plus hospitaliers. Perrine Branjon elle-même ne se trouvait jamais si heureuse que lorsqu'elle obtenait la permission de passer l'après-midi chez ses jeunes amis, mais sa mère la retenait souvent auprès d'elle et la condamnait à balayer, récurer, épousseter, cuisiner, pour suppléer à la disette des servantes. Ce genre de vie l'ennuyait à mourir et, quand elle en était trop lasse, elle commettait à dessein quelque lourde bévue, brisait une porcelaine, déchirait un rideau, répandait autour d'elle de l'huile ou du vin; et sa mère indignée la chassait de sa présence, c'est-à-dire lui rendait, avec la clé des champs, le bonheur et la liberté.

Elle se sauvait en courant, de peur que Mme Branjon ne la rappelât, prenait le bras de son frère et arrivait essoufflée chez Mme Guérin. Elle se dédommageait de sa longue contrainte par mille folies qu'on lui pardonnait, parce qu'au fond on la plaignait, et souvent on l'emmenait en promenade dans les environs.

Parfois, c'était du côté des bois et des étangs d'Alix, peu éloignés; sur le soir on explorait les bruyères parsemées de champignons. Toto, qui devenait un personnage, regardait dans l'herbe avec un petit air capable pour faire comme les autres et, quand il découvrait un champignon, le touchait du bout de son doigt mignon :

« Petit parapluie, disait-il, petit parapluie. »

Cécile, qui aimait l'exactitude, ne manquait pas alors de faire remarquer à Toto que les champignons ressemblent beaucoup plus à des ombrelles blanches, doublées de rose, qu'à des parapluies, et Toto ne faisait pas d'objection; mais, à la première occasion, il recommençait à dire obstinément : petit parapluie ! et Cécile finissait par comprendre qu'il était inutile de le contredire et que le mot d'ombrelle n'entrerait que l'année suivante dans son vocabulaire.

La cueillette faite, tous les paniers se vidaient dans celui de Perrine qui, voyant approcher le moment du retour, cherchait les moyens d'apaiser sa mère. Mme Branjon comprenait en effet l'utilité d'une course qui avait pour résultat un plat de champignons; mais se promener pour se promener, disait-elle, quel temps perdu !

Un jour, on attela le break et la bande joyeuse s'y entassa de manière à n'y pouvoir laisser tomber une épingle; c'est Lucien qui conduisait.

Il y a dans ces pays de vignobles de petits vallons qui forment comme de fraîches oasis. Un filet d'eau y court; les noyers et les saules y croissent au bord du ruisselet, au milieu des prés verts. Une chèvre qui broute sur les pentes, quelques vaches qui paissent au-dessous d'elles suffisent pour composer un riant tableau.

Les enfants en arrivant au village s'éparpillèrent en quête d'un endroit où l'on pût ouvrir le panier aux provisions. Une jatte de lait crémeux, une corbeille de fruits cueillis dans les vergers voisins devaient compléter la collation.

L'habitation voisine était entourée d'un jardinet clos par une haie vive et où croissaient de belles fleurs, non des fleurs de serre ou d'importation récente, mais ces vieilles fleurs toujours jeunes : roses, œillets, jasmins, chèvrefeuilles. L'air en était embaumé. Georges

Mme Michonneau et Mlle Bigolet échangeaient des aménités.

voulut emporter, comme souvenir, un gros bouquet destiné à Mᵐᵉ Marcey.

« Et moi, s'écria Perrine avec effroi, qu'est-ce que je pourrai donner à maman? »

Mais Cécile y a déjà pensé.

A trois pas, un grand panier à claire-voie, suspendu à la fenêtre d'un premier étage, s'y balance doucement au gré du vent. Il est rempli de fromages qui font venir l'eau à la bouche.

« Voilà ton affaire, » dit la petite fille à son amie.

On essaye d'ouvrir la porte, elle est fermée à clé; personne aux alentours. Quelle contrariété! On va à la découverte. A la fin, on apprend que la maison appartient à Marion Bigolet, qui est allée conduire sa chèvre à un petit pâturage qu'elle possède en haut de la colline. Les enfants se mettent à sa recherche et, après une assez longue étape, aperçoivent enfin, sur une pente rocailleuse et semée broussailles, la Phyllis quadragénaire qui file activement sa quenouille.

Les pourparlers commencent; Mᵘᵉ Bigolet, assez rechignée de son naturel, fait d'autant plus la renchérie que le désir de ses jeunes acheteurs est plus vif et se trahit davantage : elle ne vend pas ses fromages, elle n'a pas envie de faire une demi-lieue pour les aller décrocher. Mᵘᵉ Bigolet est une personne entendue en affaires et qui trouverait, à ce que disent ses voisines, le moyen de tondre sur un œuf. Elle eut, il y a bien longtemps, quelque velléité de se marier; mais quand elle en vint à marchander sa robe de noce et qu'elle vit que pour être nippée décemment il lui faudrait dépenser au moins dix écus, plutôt que d'être réduite à cette extrémité, elle opta définitivement pour le célibat. Les enfants, décidés à la fléchir, en passeront par où elle voudra. Elle grille de son côté de tenir leur argent; pourtant ce n'est qu'à force de supplications que l'on arrive à conclure le marché. Mᵘᵉ Bigolet, par grande obligeance et pure bonté, se dessaisira de sa douzaine de fromages moyennant la modique somme de cinq francs et dix sous. Les enfants boursillent, comptent, recomptent.

« Est-il possible! s'écrie Perrine; je suis perdue, nous n'avons à nous tous que quatre francs trente-cinq centimes. »

Grande perplexité, car Mᵘᵉ Bigolet, qui soupçonne chez les autres des ruses dont elle serait fort capable, paraît complétement insensible à son désespoir.

Tout à coup une forme courte et rondelette apparaît au détour du sentier.

« Tiens, c'est maman Michon, » s'écrie Georges, et il va se jeter au cou de la bonne femme.

Maman Michon, autrement dit Dodon Michonneau, est sa nourrice ; elle adore son Geogeo, comme elle l'appelle, et même le gâte sans rime ni raison. Elle habite le joli village de Theizé, situé sur la hauteur à trois kilomètres environ du vallon qui vit naître l'inexorable Marion.

« Qu'est-ce que vous venez faire par ici, mes enfants? dit-elle amicalement. Voilà ce qui peut s'appeler une bonne chance de me trouver à point nommé sur votre chemin.

— Nous venons nous promener, Nounou, répondit Georges, et puis aussi acheter des fromages pour notre amie, Mlle Branjon, qui doit les rapporter à sa mère; mais c'est nous qui avons une fameuse chance de te rencontrer; il nous manquait vingt-trois sous pour payer nos fromages, et je parie que tu vas nous les prêter.

— Vingt-trois sous, mon chéri. Ah! je crois bien, je voudrais que ce soit vingt-trois mille francs et pouvoir te les donner tout de suite. Il paraît que pour le moment ta bourse n'est pas bien garnie. Combien donc coûtent-ils, ces fromages?

— Cinq francs cinquante la douzaine, ma bonne Michon, pas un sou de moins.

— Cinq francs cinquante la douzaine! s'écria maman Michon. Ah! les pauvres innocents, s'il est permis de les voler de cette façon!

— De quoi te mêles-tu, la Michonne? reprit aigrement Marion ; pour te plaire, il faudrait te ressembler, être comme toi panier percé. Tu mourras sur la paille, entends-tu bien? et moi j'aurai de quoi m'acheter un bon lit.

— Oui, mais tu le laisseras chez le marchand et tu garderas ton grabat.

— Chacun est libre, et tu ferais mieux de continuer ton chemin que de t'arrêter pour faire la leçon aux autres.

— Oh! je m'arrêterai pour autre chose encore, reprit maman Michon en s'asseyant sur une grosse pierre moussue. Venez voir un peu par ici, mes enfants. »

Et la bonne femme, posant son panier sur ses genoux, en leva le couvercle et retira de ses profondeurs deux jolis fromages.

« J'en ai justement dix-huit, reprit-elle, ça fait on ne peut mieux notre compte. Mlle Branjon en emportera douze, puisqu'il lui en faut douze, et mon Geogeo gardera les six autres, parce que je sais qu'il les aime. Remettez votre argent dans votre poche, mes enfants; et toi, Marion, garde ta marchandise, s'il te plaît. Miséricorde ! cinq francs dix sous ! mais un vieux juif n'aurait pas fait pis. »

Marion était verte de dépit, Dodon rouge d'indignation.

« De quel côté allais-tu, Nounou? le break est au village, nous pourrons te conduire si tu veux, dit Georges.

— Merci, mon petit, ma course est faite; j'allais vendre mes fromages, et m'en voilà bien joliment débarrassée. »

Il n'y eut jamais moyen de les lui payer, et les enfants durent en outre lui emprunter son panier.

Ils la quittèrent, après force gros baisers échangés entre elle et son Geogeo, et la petite troupe n'avait pas fait trois pas pour s'éloigner que Mme Michonneau et Mlle Bigolet échangeaient déjà des aménités.

Les enfants en s'en retournant passèrent comme le matin devant la maison de M. Latuile qui, en fabriquant et vendant des briques, était parvenu à s'amasser une jolie petite fortune. C'était un personnage important, membre du conseil municipal, et bien convaincu que s'il avait réussi, il ne le devait qu'à son génie supérieur. On l'appelait dans le pays *le roi de carreau*, et André n'avait pas manqué au départ de le désigner à Perrine par ce sobriquet. Perrine avait beaucoup ri, il est vrai qu'elle riait de tout; mais André n'en avait pas moins été très-flatté; aussi le soir, en se retrouvant devant la porte du bonhomme, eut-il bien soin de lever très-haut son chapeau en s'écriant: « Salut à Sa Majesté le roi de carreau ! » Lucien haussa les épaules, Georges fit une moue dédaigneuse, les autres se turent et Perrine elle-même ne se dérida point.

« Décidément, remarqua Cécile, une bêtise dite deux fois n'est pas spirituelle. »

Elle avait du bon sens, en vérité, cette petite personne.

André se mordit les lèvres, un peu confus, et comprit qu'un effet trop cherché est généralement un effet manqué

CHAPITRE XX

Perrine Cendrillon

Peu de temps après cette promenade, on apporta à Cécile, de la part de Perrine Branjon, un billet plein de fautes d'orthographe, et où elle avertissait son amie que sa mère était au lit, très-souffrante. Elle priait Cécile de venir à son secours en lui envoyant quelques provisions, à cause de l'arrivée de ses deux tantes, Mme Thomassin et Mlle Pulchérie.

Mme Guérin, toujours serviable, voulut aller dans l'après-midi savoir des nouvelles de Mme Branjon. La première personne qu'elle aperçut dans le jardin fut Perrine, accroupie au milieu d'un carré de légumes, et qui, en l'apercevant, se releva vivement et vint à elle en courant.

« Que faisiez-vous donc là ? mon enfant, demanda Mme Guérin.

— Vous le voyez ! madame, répondit Perrine, qui éleva d'un air tragique vers le ciel un bouquet composé de... deux navets et de trois carottes qu'elle dissimulait jusque-là dans les plis de sa robe.

— Et Tiennette ? c'est son affaire.

— Tiennette, elle est en train de faire son paquet et s'en ira dans une heure.

— Ah ! voilà qui m'étonne, elle me faisait l'effet d'une bonne fille. Comment n'attend-elle pas au moins le rétablissement de Mme Branjon et le départ de vos parentes ?

— Mais c'est maman qui la chasse. Tiennette apporte ce matin une tisane à maman qui est au lit; elle veut poser la bouilloire sur la table.— Malheureuse ! dit maman, et mon vernis !— Tiennette se retourne ; impossible de mettre la bouilloire dans la cheminée, qui est fermée en été, ni sur le devant du foyer couvert d'un tapis. La tisane était bouillante, Tiennette se brûlait les doigts. N'y tenant plus, elle plante son ustensile sur le parquet. Alors maman saute pieds nus de son lit avec une mine si terrible que Tiennette prend peur, rattrape sa bouilloire, se brûle encore, et enfin, ne sachant plus à quel saint se vouer, s'en débarrasse sur le marbre blanc de la cheminée. Maman, qui était restée debout, s'avance, soulève la bouilloire, et voit un épouvantable rond noir. — Tiennette, s'écrie-t-elle, je vais faire votre compte, vous partirez dans une heure !

— Avec plaisir, madame, répond Tiennette, en regardant ses ampoules.

— Et voilà pourquoi, madame, ajouta Perrine, je venais arracher ces carottes au potager et pourquoi il faut que je m'en aille à la cuisine de ce pas pour écumer le pot-au-feu à la place de la cuisinière. »

Mme Guérin était partagée entre l'envie de rire et la compassion. Elle monta chez la malade pour la faire consentir au moins à un sursis, si elle ne pouvait la décider à reprendre Tiennette.

« Je suis bien désolée de ce qui vous arrive, dit-elle en entrant ; vous voilà alitée et votre domestique s'en va ; cela doit vraiment vous ennuyer.

— M'ennuyer ! chère madame ? Ah ! Tiennette n'est pas à regretter. Une fille si maladroite, si malpropre, qui me fait des ronds noirs.....

— Sur la cheminée.

— Ah ! vous savez, Perrine vous a dit ; alors vous devez comprendre que je suis tout à fait enchantée de me débarrasser de Tiennette. »

Règle générale, Mme Branjon était toujours enchantée lorsqu'elle renvoyait une domestique, mais cela ne l'empêchait pas, au bout d'une quinzaine, de se mettre en campagne pour s'en procurer une autre. Il faut croire qu'on se lasse de tout, même du bonheur, et celui de Mme Branjon était, convenons-en, d'une nature singulièrement laborieuse. Pour le moment, elle était toute à la satisfaction de penser qu'elle ne verrait plus de ronds noirs sur sa cheminée, et il n'y eut pas moyen de la faire revenir sur son coup d'État.

Avant de partir, Mme Guérin, voulant dire adieu à Perrine, se rendit à la cuisine.

« Comment allez-vous vous en tirer, ma pauvre enfant? lui
demanda-t-elle.

— Ah! d'abord, ma tante Thomassin, qui devait passer la semaine
ici, vient tout à coup de se rappeler qu'elle a une affaire importante

Tiennette, vous partirez dans une heure.

à Lyon, et veut absolument s'en aller ce soir. Ma tante Pulchérie
partira en même temps; elle n'aime pas, dit-elle, à voyager
seule. Papa, de son côté, s'en ira à Villefranche dîner à la Boule-
d'Or; Antoine mangera à la chasse une croûte de pain et une tranche
de jambon; et moi, je resterai toute seule au coin de mon feu
comme Cendrillon; seulement je n'ai pas de marraine, elle est
morte, et d'ailleurs n'était pas fée; je ne m'en aperçois que trop. »

Mme Guérin la consola comme elle put, promit de lui envoyer
Mariette dans la journée pour l'aider aux gros ouvrages et partit en
cherchant, chemin faisant, le moyen de procurer à cette enfant un
genre de vie à la fois plus agréable et plus convenable.

L'indisposition de Mme Branjon provenait d'un simple refroidisse-
ment qui lui avait donné avec un violent mal de gorge beaucoup
d'enrouement. Mme Guérin pensa que cette circonstance pourrait
favoriser son projet en forçant Mme Branjon à l'écouter, ce qu'elle
ne faisait guère ordinairement, comme toutes les personnes
possédées d'une seule idée et qui abondent dans leur propre sens.

Deux jours plus tard, elle trouva sa voisine debout et, quoique

très-faible encore, en train de brosser ses meubles. Après quelques
circonlocutions, Mme Guérin chercha à lui faire entendre qu'il serait
bon de mettre Perrine en pension à la rentrée prochaine et de l'y
laisser pendant deux ou trois ans. Elle vit alors que ses précautions
oratoires avaient été perdues, car l'effet de ses insinuations fut si
foudroyant, que Mme Branjon atterrée laissa tomber sa brosse.

« Mettre Perrine en pension, dit-elle, grand Dieu! mais le ménage, comment marcherait-il alors? Je ne puis suffire à tout.
D'ailleurs, le plus grand service que je puisse rendre à Perrine,
n'est-ce pas de faire d'elle une bonne ménagère? »

Mme Guérin en convint, mais objecta cependant qu'une jeune fille
bien élevée doit avoir aussi quelque teinture de grammaire et d'orthographe, voire même d'histoire et de géographie. Mme Branjon
affirma qu'à la rigueur on pouvait s'en passer, et elle allait développer ses raisons lorsqu'une quinte de toux la força de s'arrêter,
et donna à Mme Guérin la possibilité de plaider la cause de Perrine.

Elle le fit avec tant d'adresse, qu'elle finit par ébranler son inter-
locutrice.

« A dire vrai, dit celle-ci, à mesure que Perrine grandit, elle
devient rétive, elle prend des airs de victime qui m'exaspèrent.
N'est-elle pas trop heureuse, pourtant? Sa chambre a l'air d'une
petite chapelle. Je manque souvent de domestiques, vous le savez,
mais je trouve le moyen de m'en passer sans qu'il y paraisse; tout
est en ordre, tout reluit dans la maison. Certes, on peut le dire,
Perrine a un intérieur des plus agréables. Croiriez-vous qu'elle n'a
pas seulement l'air de s'en douter? Elle est si étourdie, si légère!
Figurez-vous que je l'ai surprise l'autre jour occupée à placer un
nœud de rubans dans ses cheveux; et devant quel miroir, s'il vous
plaît? Je vous le donne en cent, je vous le donne en mille. Le grand
chaudron aux confitures! Avouez qu'elle a tort de n'être pas contente; car, après tout, il n'y a pas beaucoup de ménages où les
chaudrons puissent servir de miroirs. »

Mme Guérin en tomba d'accord, sachant que, pour ramener les
gens à la raison, il est parfois nécessaire de condescendre à leur folie.
Elle se rendit même à la cuisine pour admirer le chaudron, et
rajusta son châle devant sa face reluisante.

Cette complaisance gagna le cœur de Mme Branjon, qui promit à
sa visiteuse de réfléchir sérieusement à tout ce qu'elle lui avait
représenté.

Elle était occupée à placer un nœud de rubans dans ses cheveux.

Une semaine plus tard, Perrine, toute rayonnante, vint annoncer à ses amies que sa mère préparait son trousseau et la mettrait en pension le mois suivant.

Alice et Cécile ne comprenaient rien à sa joie.

« Est-ce étrange, se dirent-elles après son départ, que l'on soit si heureuse de s'éloigner de sa famille? Mme Branjon est pourtant très-bonne; seulement elle a des manies, et il paraît que c'est terrible, les manies; comment faire pour s'en défendre? » Mme Guérin entrait, elles lui posèrent la question.

« A ce défaut-là, comme à beaucoup d'autres, il n'y a qu'un remède, dit la mère : penser aux autres. »

CHAPITRE XXI

Les incarnations de Mme Branjon.

Un an plus tard, ce fut le tour de Georges d'aller en pension. Son grand-père était souvent malade ; sa bonne grand'mère devenait de plus en plus lourde, et Mme Marcey, qui était obligée de la mener promener au petit pas sur les quais, ne pouvait plus faire, avec son fils, les jours de congé, ces grandes courses lointaines qui égayaient l'écolier et lui faisaient tant de bien.

Il fallut aviser : une maison d'éducation, située à Saint-Irénée, parut réunir toutes les conditions désirables. Georges y fit son entrée assez bravement, mais il éprouva un grand serrement de cœur quand la porte se referma, quand il se trouva brusquement transporté dans ce milieu indifférent et banal. Il fut bien triste pendant un mois, puis il se plia à son nouveau genre de vie, y trouva des compensations. Quel plaisir, après la classe, de s'étouffer aux portes pour se précipiter en plein air, en plein soleil, à l'heure de la récréation. Et quelles bonnes parties de barres, de ballon, de saute-mouton ! Quelles délices de détendre ses muscles, de dégourdir ses jambes, de crier à pleins poumons ! Et les amitiés, et les batailles, les tapes amicales sur l'épaule, les grands coups de poing à droite et à gauche. Georges connut tous ces plaisirs, toutes ces émotions ; l'intérêt de l'étude vint au bout de quelque temps s'y ajouter. Il avait commencé, en effet, par avoir les dernières places dans sa classe de cinquième ; mais, au bout de trois mois, il ne bougea plus des premières. Comme le cœur lui battait le jour des prix, comme il était fier chaque fois que son nom retentissait, et comme il était heureux de voir, à travers sa couronne de laurier en papier peint qui lui tombait sur les yeux, sa mère lui sourire du milieu de la foule!

Il arriva à Flavigny dans tout l'enivrement de son triomphe et se hâta d'étaler ses trophées; mais, quoique bien affectueusement embrassé et complimenté, il trouva que l'on passait trop vite à autre chose. C'est que les enfants étaient impatients de lui communiquer une grande nouvelle.

« Tu ne sais pas? dit André.

— Je vais t'expliquer, commença Cécile.

— Te rappelles-tu l'intendant du château de Bagnols? reprit Alice.

— Si vous parlez tous à la fois, remarqua Lucien, Georges n'y comprendra rien.

— En effet, je m'y perds, » dit Georges, et il pria Lucien de le mettre au courant de la situation.

Lucien lui conta alors que le propriétaire du château, M. de Mornay, très-vieux et trop économe, venait de mourir. Il ne mettait jamais les pieds à Bagnols qui tombait en ruine; mais, depuis un mois, les maçons du pays étaient occupés à le réparer, parce que M. de Lestange, arrière-petit-cousin de M. de Mornay et son principal héritier, allait venir prochainement habiter le château.

« Tu comprends que c'est un événement, ajouta Lucien: il n'en faut pas tant à la campagne pour délier toutes les langues. On assure que M. de Lestange est un homme charmant, plein d'instruction, de bonne grâce et de politesse. On se demande s'il verra tout le monde, s'il ne verra personne, s'il fera des choix et des exclusions; enfin nous nous occupons fort de lui, qui probablement ne s'occupe guère de nous, et toute la société du pays attend son arrivée avec une grande impatience et une non moins grande curiosité.

— Eh bien! moi, je ne suis pas comme la société: qu'il vienne ou qu'il ne vienne pas, peu m'importe, dit Georges, toujours un peu piqué.

— M. de Lestange est veuf, mais il a des enfants, reprit Alice.

— Un fils, dit André.

— Une fille, dit Cécile.

— Ah! c'est différent, très-différent, reprit Georges. Et quel âge ont-ils, ces enfants?

— De douze à quinze ans, je crois, répondit Lucien, je ne puis pas te dire au juste. Le vieil Anselme, comme tu sais, n'est pas bavard; avec cela sourd, mais sourd à faire à chaque instant des coq-à-l'âne. Et puis, il prend de grands airs. Comme voilà vingt-cinq ans qu'il habite le château, il s'en croit le maître, ou peu s'en faut. C'est très-drôle, cet orgueil par réverbération. Enfin, en voilà assez sur M. de Lestange, nous n'aurons peut-être jamais affaire à lui ; mais c'est égal, je lui accorde mon estime, puisqu'il fait restaurer son château. »

M. de Lestange, qui était un homme de sens, prit le parti d'aller voir tous ses voisins de campagne. « Cela me coûtera peut-être un peu d'ennui, se dit-il, mais, par contre, m'épargnera beaucoup d'inimitiés. Je n'aurai probablement jamais besoin de mes voisins ; n'importe, s'ils peuvent avoir besoin de moi, pourquoi m'ôter l'occasion de les obliger? » Il alla donc voir au Bois-d'Oingt le maire et les deux adjoints, puis le médecin, le notaire, le receveur des contributions et un grand propriétaire, membre du conseil général. Le jour suivant fut consacré à visiter M. Loreau, les Branjon et, enfin, la famille Guérin, qui se trouvaient dans le même rayon.

Le bon docteur, chez lequel il s'arrêta le premier, lui fut, ainsi que sa femme, très-sympathique, et il commençait à penser qu'il pourrait trouver dans le pays quelque ressource de société, lorsqu'il arriva chez Mme Branjon.

La bonne dame, qui n'avait pas été prévenue, venait de renvoyer la veille sa cinquante-deuxième domestique ; en conséquence, Perrine, chargée par elle de quelques emplettes, l'avait laissée seule à la maison. Ordinairement, quand il lui arrivait d'être surprise à l'improviste, elle avait l'habitude de fermer sa porte au plus vite et d'observer les visiteurs par un petit judas pratiqué dans le panneau. S'il lui semblait que ce fussent des gens trop considérables et que sa toilette en même temps lui parût trop négligée, elle faisait la sourde oreille et les laissait carillonner. Ils finissaient par déposer leurs cartes dans le trou de la serrure, assez aises en général d'en être quittes à si bon marché, et Mme Branjon retournait à ses nettoyages en toute sécurité. Malheureusement, l'arrivée de M. de Lestange la prit au dépourvu, car elle était si acharnée à faire reluire le bouton de sa porte, que les visiteurs se trouvaient au bas du perron avant qu'elle les eût aperçus. Son embarras fut cruel. D'une main, elle tenait une terrine pleine de poudre à nettoyer, de l'autre

un chiffon d'où s'échappait un nuage de poussière rouge. La fuite
était impossible, et pourtant quelle confusion de paraître dans
cet accoutrement !

Mᵐᵉ Branjon portait ce jour-là une robe de chambre en simple
cotonnade, un tablier de grosse toile écrue et des souliers à cordons
en assez mauvais état. Ses pantoufles en tapisserie, toutes neuves,
montaient en revanche la garde sur le seuil ; car, aussi respectueuse
pour sa maison que les musulmans le sont pour leurs mosquées,
elle n'y entrait jamais sans quitter sa chaussure. Hélas ! des pieds à
la tête, le costume de Mᵐᵉ Branjon laissait à désirer, car elle n'avait
pas même ôté ses papillotes, dont elle avait emprunté le papier à un
vieux journal. En face d'elle, quel contraste ! se tenait M. de Lestange
dans une mise aussi simple qu'irréprochable, et, sur les marches,
ses deux enfants coquettement parés. Une fleur de grâce et de dis-
tinction émanait de ce groupe, et Mᵐᵉ Branjon aurait voulu rentrer
à dix pieds sous terre plutôt que d'affronter sa présence.

Dans les cas désespérés, une inspiration subite nous fait parfois
trouver le salut ; ce fut ce qui arriva. Mᵐᵉ Branjon, qui roulait autour
d'elle des yeux égarés, aperçut tout à coup son chapeau de jardin
pendu au clou dans le vestibule. Se précipiter, s'en emparer, le
rabattre sur ses yeux de manière à dissimuler les trois quarts au
moins de sa figure, fut l'affaire d'une seconde ; puis, ainsi masquée,
Mᵐᵉ Branjon revint d'un air aimable et empressé auprès de ses visiteurs.

« M. et Mᵐᵉ Branjon sont-ils chez eux ? demanda M. de Lestange,
qui la prit pour une femme de service.

— M. et Mᵐᵉ Branjon sont sortis, dit-elle avec ravissement ; ils
seront vraiment bien désolés ; si monsieur veut me laisser sa
carte.... »

Pendant que M. de Lestange la cherchait dans son carnet, la
femme de charge supposée vit le péril reparaître plus pressant sous
la figure de Perrine qui entrait dans le jardin, son panier au bras.
Si cette petite sotte allait s'avancer étourdiment et l'appeler maman ?
Mᵐᵉ Branjon en avait d'avance la chair de poule.

« Mais, monsieur, j'y pense, reprit-elle avec volubilité, en refusant
la carte que M. de Lestange lui tendait, madame est peut-être dans
le verger, à deux pas d'ici, veuillez entrer au salon, j'irai la prévenir. »

Et, sans attendre la réponse, elle courut ouvrir toute grande la

Mme Branjon revient d'un air aimable.

porte du salon, puis, comme il y faisait aussi noir que dans un four,
poussa vivement les persiennes. A peine achevait-elle, qu'elle
entendit le pas de Perrine dans le vestibule.

« Je l'ai échappé belle, » se dit-elle tout émue; elle sortit en
courant, referma la porte avec tant de hâte que la robe de Mlle de Lestange s'y trouva prise, mit un doigt sur sa bouche pour imposer
silence à Perrine et l'entraîna rapidement du côté de l'escalier.

« M. de Lestange est en bas, lui dit-elle sur le palier du premier
étage. Je viens d'avoir une belle alerte; il m'a trouvée nettoyant
mes cuivres. Heureusement, ne m'ayant jamais vue, il ne m'a pas

Bon, voilà le lacet qui casse.

reconnue. A présent, il me faut faire en une minute une toilette
présentable; aide-moi, Perrine, je suis en nage. Ah! que c'est
pénible, ces agitations-là! »

Et, tout en parlant, Mme Branjon arrachait ses papillotes, roulait
ses boucles sur ses doigts, allait décrocher dans l'armoire une
superbe robe de soie gorge de pigeon et l'enfilait avec une rapidité
fiévreuse.

« Ah! mon Dieu! et mon col? j'ai oublié mon col. Que devenir?
Je n'en ai point de propre; cette insupportable Fanchette est partie
sans finir son repassage. »

Perrine courut à sa chambre pour donner à sa mère une de ses
collerettes; l'encolure était trop étroite, mais, dans les circonstances

difficiles, on ne s'inquiète pas de si peu de chose : Mme Branjon en
fut quitte pour ne pas boutonner la collerette.

« Mes bottines, à présent, mes bottines, » dit-elle à Perrine.

La fillette les apporta.

« Bon, voilà le lacet qui casse à présent; je suis ensorcelée, c'est
à en devenir folle; tant pis, je reprends mes gros souliers, qu'est-ce
que cela fait à la campagne? »

Mme Branjon était cramoisie; il fallut pourtant encore qu'elle
cherchât son mouchoir de poche et se rinçât le bout des doigts, tout
rouges de poudre de Tripoli.

« A présent, dit-elle à sa fille, tu vas descendre bien doucement;
puis tu iras ouvrir la porte du fond en faisant assez de bruit pour
avoir l'air de rentrer, et tu arriveras au salon en disant à M. de Lestange de vouloir bien prendre patience et que ta mère te suit. Tu
comprends, n'est-ce pas? »

Perrine, accoutumée à ces manéges, joua sa petite comédie avec
assez d'aplomb et sa mère ne tarda pas à faire, dans ses brillants
atours, une entrée triomphante au salon.

Elle s'excusa beaucoup et fit tous les frais d'amabilité dont elle
était capable après tant d'angoisses; mais une arrière-pensée jetait
un peu d'incohérence et d'obscurité dans ses discours; ainsi, elle
disait:

« Je vous ai fait bien attendre, monsieur, ma domestique est
un peu lente, c'est qu'elle n'est plus jeune; quel âge lui donneriez-
vous?

— Une cinquantaine d'années à peu près, répondait avec distraction M. de Lestange.

— Bon, pensait Mme Branjon, je n'en ai que trente-neuf, donc il
ne croit pas que ce soit moi.

— D'ailleurs, continuait le comte, je ne puis guère en juger per-
tinemment, car je suis, il faut l'avouer, un peu myope.

— Ah! quel bonheur! s'écriait Mme Branjon; je veux dire, monsieur,
qu'il est fort heureux que vous puissiez, malgré cela, vous passer
de lunettes.

— Mon lorgnon me suffit, » reprenait en souriant M. de Lestange,
assez surpris de cette conclusion.

En somme, la conversation languissait, et comme le comte avait
perdu vingt minutes à attendre, il ne tarda pas à se retirer.

« La femme de charge s'exprime très-convenablement pour sa

condition, dit-il à ses enfants, une fois remonté en voiture. En vérité
j'aimerais autant causer avec elle qu'avec sa maîtresse qui ne parle
qu'à bâtons rompus et qui met une robe gorge de pigeon pour aller
se promener dans son verger.

— Papa, dit Mlle Berthe d'un air fin, est-ce que vous ne vous êtes
douté de rien?

— Et de quoi veux-tu que je me doute?

— Par exemple, que Mme Branjon et sa femme de charge ne font
qu'une seule et même personne.

— Tu crois?

— J'en suis sûre. Je l'ai reconnue à ses gros souliers à cordons,
puis à sa tournure, au son de sa voix.

— Voyez un peu cette petite fille qui s'avise d'avoir des yeux de
lynx quand monsieur son papa a la vue basse; c'est une impertinence.
Ma foi, comme je ne pouvais pas braquer mon lorgnon sur la figure
de ces dames, les incarnations de Brahma sont restées pour moi
inaperçues. »

M. de Lestange passa son temps plus agréablement à Flavigny.
M. Guérin lui plut par son accueil simple et son air de bonhomie
intelligente, les dames lui parurent charmantes, les enfants bien
élevés. Son fils Fernand fraternisa cordialement avec les trois
garçons, et Georges, ébloui par son élégance, sa bonne grâce et sa
gaieté, crut découvrir en lui un être tout à fait supérieur.

Une visite à la campagne ne s'achève guère sans qu'il y soit plus
ou moins question des voisins; Mme Branjon finit par être mise sur
le tapis.

« Nous avons été reçus d'abord par sa domestique coiffée avec des
papillotes, ensuite par elle-même qui avait des boucles à l'anglaise,
dit Mlle Berthe; seulement, tant que nous avons vu la domestique,
nous n'avons pas vu Mme Branjon, et, quand enfin nous avons vu
paraître Mme Branjon, nous n'avons plus revu sa domestique. »

Cécile regarda Alice en dessous, Mme Marcey regarda sa sœur: ce
fut comme une étincelle sur une traînée de poudre, tout le monde
se mit à rire à la fois.

Mlle Berthe était assez contente d'avoir produit son petit effet;
mais son père était fort contrarié de la boutade de Mlle sa fille.
« Grâce à elle, pensait-il, nos voisins vont s'imaginer que nous
n'allons chez eux que pour les épiloguer. » Il objecta donc un peu
sèchement que les domestiques n'ont pas l'habitude de se mêler à

la conversation, une fois les maîtres arrivés, et qu'il n'y avait par conséquent rien d'étonnant à ce que la vieille bonne à papillotes n'eût pas reparu.

Cela plut à M. Guérin. « Voilà un homme bien élevé, se dit-il, et qui a un bon esprit, puisqu'il aime mieux faire montre de bienveillance et de politesse que de finesse et de moquerie. »

CHAPITRE XXII

La famille Guérin, qui n'avait pas, comme M. de Lestange, plusieurs paires de chevaux anglais dans ses écuries, ne put se rendre à Bagnols que la semaine suivante, lorsque le gros Coco eut complétement achevé de rentrer le regain.

Que ces huit jours parurent longs et ennuyeux à Georges! Il avait pris feu à première vue, ne pensait qu'à Fernand, ne parlait que de Fernand. Il voyait en lui un abrégé de toutes les perfections physiques et morales : Fernand marchait si bien, Fernand saluait avec tant d'aisance, Fernand avait des manières si gracieuses, Fernand était d'une si rare intelligence ! Bref, Lucien, André et Toto ne pesaient plus une once auprès de Fernand.

Les enfants étaient un peu vexés de cet engouement, surtout André, habitué aux préférences de son cousin ; mais l'espoir de pénétrer dans le château de Bagnols, jusque-là muré et mystérieux, réjouissait fort toute la petite société.

Enfin on partit. Mme Guérin faisait part à ses filles de ses conjectures : Bagnols avait dû sûrement recevoir la visite de Mme de Sévigné. Comment croire en effet que la charmante marquise, qui allait voir à Theizé Mme de Rochebonne, sœur de M. de Grignan, ne se fût pas arrêtée, quelques jours au moins, chez Mme de Bagnols, sœur de Mme de Coulanges, son amie, belle-sœur par conséquent du petit Coulanges, son cher et sémillant cousin?

Oui, sans doute, quoique sa correspondance n'en fasse pas men-

tion, Marie de Chantal, en s'en allant en Provence retrouver sa fille
bien-aimée, aura franchi ce pont-levis, maintenant immobile, ces
fossés profonds, pleins d'eau peut-être à cette époque, mais où
croissent aujourd'hui, entre des talus gazonnés, les pêchers, les
pruniers, les amandiers qui les remplissent de verdure et de fleurs.
Les enfants, tout occupés à regarder autour d'eux, ne s'arrêtaient
guère à ces souvenirs ; on était arrivé tout près du château, con-
struction massive, d'époque féodale, posée au sommet de la colline.
Sa façade crénelée et flanquée de deux grosses tours rondes regarde
la campagne doucement accidentée, où s'étagent sur les pentes les
vignobles et les bouquets de bois. On pénètre dans le sombre
bâtiment par une cour intérieure qui communique avec la place du
village. Pendant qu'on examinait curieusement les étroites meurtrières, les murailles épaisses de huit pieds, les fenêtres, dont
chaque embrasure forme une sorte de parloir isolé, M. de Lestange
arriva avec ses enfants, et Georges, transporté, serra avec ardeur
son ami dans ses bras, tandis que les parents se saluaient et que les
jeunes filles s'abordaient amicalement. Du côté de la jeunesse,
l'entente s'établit avec une rapidité merveilleuse, et, dans le camp
masculin, le tutoiement en témoigna bientôt.

« Viens donc, Georges ; viens donc, Lucien ; arrive aussi, petit
André, cria Fernand : je vais vous montrer à tous les deux galeries,
les escaliers en colimaçon, les plates-formes, puis nous descendrons
aux oubliettes.

— Est-ce que les jeunes filles sont exclues ? demanda Cécile.

— Comment donc, mesdemoiselles, trop enchantés de vous
avoir. » Et il offrit en riant son bras à Cécile, pendant que Lucien
s'empressait de donner le sien à Mlle Berthe.

Fernand leur montra les immenses galeries de la façade, décorées
toutes deux de cheminées monumentales ; celle du rez-de-chaussée
du plus pur style gothique, et celle du premier étage dans le goût
élégant de la Renaissance. Quelques toiles enfumées, quelques
armures rouillées, étaient suspendues contre les murailles. Georges,
qui toute sa vie avait été un peu bravache, courut s'emparer d'une
vieille rapière ; André jugea l'occasion bonne pour faire montre de
vaillance, et alla en décrocher une autre ; mais les papas, qui se
trouvaient là par bonheur, pensèrent qu'avec de si bonnes lames et
des cervelles si calmes le jeu pourrait n'être pas sans danger, et
proposèrent comme diversion la visite aux oubliettes.

Georges s'empara d'une vieille rapière.

On y descend par un étroit escalier pris dans l'épaisseur de la muraille, sombre, étouffé, sinistre ; André en frémissait déjà d'horreur. Ce fut bien pis lorsque, arrivé sous une voûte de forme circulaire, il aperçut une énorme pierre et que Fernand lui dit : « C'est de là qu'on précipitait les condamnés. On passait un levier dans ce gros anneau de fer, on enlevait la pierre, et puis on descendait les malheureux dans le trou. Veux-tu y aller?

— Non, certes non ! s'écria André; c'est abominable, ce grand trou !

— Mais je te mènerai, si tu veux, aux oubliettes par un autre chemin, reprit Fernand en riant; maintenant qu'on n'y jette plus personne, on a pratiqué pour y arriver ce petit escalier que tu vois là, de côté.

— Descendons, dit Georges vivement.

— Attends donc, attends donc un peu, reprit André : si nous allions y trouver des ossements ! »

Fernand s'amusait beaucoup de ses terreurs.

« Oui, Prudentissimus, il y en a, des ossements ; mais n'écarquille pas tant les yeux : ce ne sont que ceux des gigots, des quartiers de bœuf et des volailles que le cuisinier vient pendre au croc; car les oubliettes ne sont plus qu'un caveau, excellent pour conserver les viandes. »

Cécile, en bonne ménagère, voulut voir ce garde-manger, mais en dépit de sa prosaïque destination moderne, le caveau n'était pas des plus gais et l'on ne s'y arrêta guère. Alice n'avait pas été tentée de s'y aventurer. Forcée d'éviter la fatigue, elle était restée dans la galerie à regarder les charmants détails de sculpture de la grande cheminée.

Un bruit infernal lui apprit que ses jeunes amis avaient quitté le souterrain ; mais la bande étourdie passa comme un ouragan et se mit à escalader le raide escalier tournant qui conduit au sommet de la tour. Une chaîne, fixée au mur par de gros anneaux de fer placés de distance en distance, sert de main courante, le jour n'y pénètre que par d'étroites meurtrières. Les enfants arrivèrent aveuglés et essoufflés sur la plate-forme. Que le soleil brillant, que le ciel bleu, leur semblèrent beaux au sortir de ces ténèbres ! Un parapet assez élevé qui entoure la terrasse leur permettait de regarder sans crainte la vaste campagne. Quelques tiges de giroflées et de gueules de loup, qui avaient poussé par aventure entre les

10

pierres disjointes par le temps, faisaient au vieux donjon une légère et riante couronne. Les hirondelles avaient en grand nombre bâti leurs nids d'argile dans les enfoncements des créneaux, et on les voyait voler et se croiser dans l'espace avec mille petits cris perçants. C'était grandiose et riant, imposant et gracieux.

Alice entendit d'en bas les rires et les exclamations; elle s'était approchée d'une fenêtre ouverte, et ces voix joyeuses, ces chants d'oiseaux arrivaient jusqu'à elle.

« Oh! je voudrais aller là-haut, se dit-elle; monter près du ciel, près des nuages; si, j'essayais! » Et elle s'avançait lentement du côté de l'escalier.

« Il y a une chaîne, cela m'aidera, » pensa-t-elle. Sa main mignonne s'en saisit, et la délicate enfant commença à gravir l'escalier. Hélas! il était difficile, dangereux; cette spirale étroite et sombre semblait ne devoir jamais finir, et Alice sentait déjà ses forces défaillir, son front se mouiller de sueur; pourtant un désir tenace la soutenait encore, mais elle fit un faux pas, faillit tomber, se crut déjà précipitée et fut obligée de s'asseoir épuisée sur l'une des marches.

Elle entendait toujours les voix rieuses au-dessus d'elle. Cécile se mit à chanter de sa voix fraîche un petit couplet champêtre :

> Quand j'étais petite fille,
> Mes moutons j'allais garder,
> J'étais joueuse et gentille,
> Assez bonne à regarder.

Que de fois Alice avait entendu ces paroles sans s'émouvoir! Mais en cet instant, sentant son cœur se gonfler, elle couvrit ses yeux de ses deux mains et des larmes coulèrent entre ses doigts.

Oui, elle aussi avait été joueuse et gentille : elle pouvait alors à son gré, voyageuse ou bergère, comme la petite fille de la chanson, s'ébattre en liberté dans la campagne; mais, depuis trois ans, le monde semblait s'être rétréci devant ses pas chancelants; sa vie n'avait plus été qu'une longue réclusion. Emprisonnée par sa faiblesse, elle ne pouvait revoir le ciel, les arbres, toute cette nature qu'elle aimait tant, qu'en se faisant traîner à quelques pas dans sa triste voiture d'infirme. De loin en loin, à force de patience, de soins, de privations, elle avait pu se croire guérie, recouvrer une demi-liberté, puis le mal l'avait ressaisie, et la déception, après cette lueur d'espoir, n'avait été que plus cruelle. Maintenant elle approchait de ses quinze ans et sa faiblesse persistait toujours ; elle voyait sa mère suivre d'un regard navré sa marche hésitante et iné-gale : elle comprenait que la partie était perdue et qu'après son enfance sacrifiée elle ne pouvait attendre qu'une triste jeunesse. Que les autres étaient heureuses auprès d'elle, qu'elle enviait l'in-souciance de Berthe, la gaieté de Cécile ! Des bribes de la chanson de sa sœur lui arrivaient par intervalles :

> Cherchant l'airelle ou la fraise,
> Je m'ébattais tout le jour,
> M'amusant fort à mon aise...

Chaque mot de cette idylle naïve lui perçait le cœur. Et Georges, pour qui elle souffrait tout cela, Georges, qu'elle avait voulu sauver, il l'oubliait en ce moment ; son rire étourdi se mêlait aux notes de la chanson :

> De plaisir, je saute et chante,
> L'ami Jean saute avec moi...

C'en était trop ; Alice ne voulut plus rien entendre. Avec peine elle se traîna, redescendit l'interminable escalier, arriva exté-nuée à la galerie, où son premier soin fut de fermer la fenêtre qui donnait du côté de la tour pour faire autour d'elle le silence, la solitude. Hélas ! sa mère, croyant que son regret serait trop grand si elle restait cette fois au logis, avait voulu l'emmener pour l'égayer, la distraire ; combien pourtant elle eût été moins triste là-bas, où les murailles, les arbres même, lui semblaient, à ce qu'elle croyait, compatir à sa peine !

Elle s'était dirigée à pas lents vers l'embrasure d'une seconde fenêtre, s'ouvrant sur la cour intérieure, et elle s'était laissée tom-ber dans un vieux fauteuil de bois sculpté couvert d'une tapisserie du xvie siècle. Elle resta longtemps absorbée dans ses tristes pen-sées, ne voyant rien de ce qui se passait autour d'elle ; à la fin cependant, une voix cassée, qui se fit entendre sous la fenêtre, attira son attention.

« Merci, fillette, c'est très-bien ; j'aime à sentir le soleil puisque je ne peux plus le voir, nous allons nous arrêter là un moment, » disait la voix.

Alice avança un peu la tête et aperçut un pauvre vieillard à cheveux blancs qui venait de s'asseoir contre la muraille, sur un banc de pierre. Il était bien vieux, bien misérable ; on ne savait plus de quelle couleur avaient été ses vêtements, tant ils étaient usés, ternis, rapiécés. Une petite fille de sept ou huit ans se tenait pieds nus devant lui. Elle avait, malgré sa misère visible, une mine riante et douce et de gentilles attentions pour le pauvre vieux.

« Êtes-vous bien, grand-père ? disait-elle ; avez-vous faim ? J'ai encore un morceau de pain dans ma poche ; ne vous gênez pas, je n'en veux plus.

— Merci, merci, mon petit mouton, répondait l'aveugle, en passant sa main ridée sur la tête bouclée de la mignonne ; le pain du château est bien bon, c'est vrai, mais il ne faut pas être trop gourmand.

— Ah bien ! moi, je le suis ; mais j'ai trouvé tant de mûres sauvages dans les haies, que le pain aura tort pour aujourd'hui. »

L'aveugle paraissait tout heureux de reposer ses vieux membres sur ce banc, en se chauffant au soleil.

« Quelle bénédiction que l'été ! reprenait-il au bout d'un moment ; hein ! fillette, qu'en dis-tu ? Ah ! dame, cet hiver, nous avons eu froid, nous avons eu faim, et, sans sa petite Mimi, le pauvre vieux aurait eu bien envie d'aller voir, à six pieds sous terre, s'il ne faisait pas un peu plus chaud. Eh bien, il aurait eu tort, grand tort, ce fou de grand-papa, car enfin, s'il n'avait pas vu l'hiver, n'est-ce pas ? il n'aurait pas vu non plus le printemps. »

Alice venait de plonger sa main dans sa poche avec un peu d'anxiété. Avait-elle pris sa bourse ? elle n'en savait rien ; on a si peu besoin de sa bourse à la campagne ! Alice fut tout heureuse de trouver la sienne au fond de sa poche ; mais qu'y avait-il dans cette bourse ? Pas grand'chose, de la monnaie de cuivre. Ah ! si pourtant : une petite pièce blanche. Alice appela la fillette :

« Écoute un peu, mignonne, par ici. »

La petite leva la tête et s'avança en souriant.

« Tends-moi ta jupe avec tes deux mains. »

La fillette obéit et Alice laissa tomber sa pièce blanche dans le petit jupon éraillé.

« Merci bien, ma bonne demoiselle, dit la petite joyeusement.

— Mimi, Mimi, que fais-tu ? demanda le vieux ; on nous a déjà

donné deux sous et un gros morceau de pain blanc, il ne faut pas
abuser de la charité du château.

— Tranquillisez-vous, mon brave homme, répondit Alice, je ne
suis pas du château, je n'y viens qu'en visite et vous pouvez accepter
ma petite offrande sans inquiétude. »

Le vieux se confondit en remercîments et Alice passa un doux
moment à contempler son air de satisfaction. Il se leva enfin, aidé
par Mimi, et reprit son chemin, non sans agiter plusieurs fois son
chapeau en signe d'adieu et de reconnaissance.

« Quelle bonne journée! fillette, disait-il en s'en allant; un si

La fillette obéit.

beau temps et une pièce de dix sous; on peut dire que nous en
avons, du bonheur! »

Alice ne pleurait plus, elle souriait, au contraire.

« Pauvre vieux, il trouve qu'il en a, du bonheur; et moi donc,
n'en ai-je pas? pensait-elle. On m'aime tant et je n'ai jamais ni froid,
ni faim. Et puis y voir, regarder la campagne, les fleurs, même
cette belle cheminée, ce vieux fauteuil si délicatement sculpté, et
puis surtout, surtout les chers visages de tous les miens, ce sont des
joies, de grandes joies. Oui, j'ai aussi mes bonheurs à moi. Qui
sait? tout le monde peut-être a les siens; Dieu les distribue dans la
mesure qu'il lui plaît, comme la pluie et le soleil. Pourquoi donc
voudrais-je accaparer pour moi seule tout le bonheur de l'univers?

Non, non.... Ils se sont amusés sur la plate-forme, eh bien ! tant mieux. Si j'y étais montée avec eux, je n'aurais pas vu mon pauvre aveugle et il s'en serait allé moins content. »

Des pieds agiles se firent entendre sur les dernières marches de l'escalier en colimaçon, et bientôt la troupe joyeuse reparut dans la galerie.

« Comment, tu étais là ? ma pauvre Alice, dit Georges ; je croyais que tu serais allée rejoindre nos parents. Regardez-la donc un peu dans cette fenêtre ; ne dirait-on pas une petite sainte dans sa niche ? Est-elle patiente, est-elle douce ! Comment fait-elle pour ne jamais se plaindre ? Donne-moi ta recette, dis, j'en ai tant besoin.

— Ah ! ces recettes-là, répondit Alice gaiement, il faut les trouver soi-même, c'est-à-dire les chercher ; et puis, un beau jour, Dieu vous les envoie, bien claires, bien compréhensibles, et on n'a plus qu'à les suivre. »

CHAPITRE XXIII

Châteaux en Espagne.

Le mois d'août s'achevait à peine, que Georges et Fernand étaient devenus tout à fait inséparables. Pouvait-il en être autrement? Georges était traité en égal par Fernand, qui avait deux ans de plus que lui. Fernand prêtait à Georges ses beaux livres, son excellent fusil Lefaucheux, son joli cheval corse. Il lui donnait des leçons de tir, d'équitation, d'escrime, car Fernand savait tout, réussissait à tout; il était bon cavalier, visait bien, tirait bien, enfin c'était un garçon accompli: à part une légère lacune toutefois; car Georges était bien forcé de s'avouer que, si son ami n'était pas fort en thème, il était aussi très-faible en version. Mais ce n'était pas sa faute; il était trop répandu, voyait trop de monde: pour peu qu'il s'appliquât, avec sa prodigieuse facilité il rattraperait vite le temps perdu. Les jeunes filles, de leur côté, trouvaient Berthe très-gentille. Le fait est que ces deux enfants, polis par l'usage du monde, ne présentaient aucune aspérité saillante. Ils étaient gracieux, obligeants, de caractère facile et de manières agréables, charmants, en un mot, tant qu'ils s'amusaient; seulement, ils ne pouvaient pas s'ennuyer.

« Positivement, ils ne peuvent pas s'ennuyer, disait M. Guérin en secouant la tête.

— Ah! mon oncle, si vous trouvez que c'est là un défaut; vous êtes trop sévère, reprenait Georges vivement; tout le monde en est là: moi non plus je n'aime pas à m'ennuyer.

— C'est bien ce que je te reproche, mon garçon ; il faut savoir s'ennuyer sans impatience. Parbleu ! la vie réelle n'est pas toujours amusante, j'en conviens ; c'est pour cela qu'il ne faut pas se faire une vie factice de distractions et de plaisirs. D'abord, dans cette vie-là, la satiété arrive très-vite et, quand on y échapperait, tôt ou tard, on ne s'en trouverait pas moins aux prises avec la réalité. J'attends ton aimable Fernand à sa première maladie ; à coup sûr, il ne sera pas commode à soigner. Vois-tu, crois-en mon expérience, il n'y a pas de gens plus ennuyés et plus ennuyeux que ceux qui se sont trop amusés et qui ne s'amusent plus.

— Alors, mon oncle, autant dire qu'il faut tout de suite nous enterrer vifs, puisque nous devons mourir un jour.

— Bon ! voilà que tu me prêtes des absurdités pour triompher plus facilement ; mais il n'en est pas moins vrai qu'une vie d'amusement perpétuel n'est pas faite pour développer l'esprit ni tremper le caractère. »

M. de Lestange était bien du même avis, malheureusement ce n'était pas lui qui avait élevé ses enfants. Confiés, après son veuvage, à une tante très-bonne mais parfaitement frivole, ils avaient appris, et c'était à peu près tout, à se présenter, se poser et caqueter dans un salon. Pendant ce temps-là, M. de Lestange, que son mariage avec une femme d'esprit et de mérite avait pu seul détourner de sa violente passion pour les voyages, avait commencé un tour du monde qui dura, non quatre-vingts jours, mais six années entières. Au retour, il s'était aperçu de la fausse direction donnée à l'éducation de ses enfants et s'était promis de faire son possible pour y remédier. Il avait sans doute d'excellentes intentions, mais son existence aventureuse ne l'avait pas très-bien préparé aux soins patients et minutieux que demande une éducation pour produire de bons résultats ; puis Berthe et Fernand avaient toutes sortes de petites adresses pour se dispenser de travailler.

Au moment où son père venait de l'installer en face de ses dictionnaires, Fernand lui faisait adroitement quelque question sur la Cochinchine ou le Japon. Le père, qui connaissait ces pays-là beaucoup mieux que son arrondissement, ne pouvait s'empêcher de répondre ; une chose en amenait une autre, l'heure s'écoulait ; un vigneron, un homme d'affaires, un visiteur arrivait ; on appelait M. de Lestange et le travail en restait là, et Fernand, au lieu d'avoir approfondi ses auteurs grecs et latins, n'avait pris qu'une leçon de géo-

Il lui donnait des leçons de tir.

graphie, fort intéressante il est vrai, mais qu'il devait bientôt oublier, comme tout ce qu'on apprend superficiellement et sans effort personnel.

L'intimité qui se noua bientôt entre la famille Guérin et les habitants de Bagnols fut une nouvelle cause de distractions. Berthe, qui ne demandait qu'à se promener et babiller, prétendit éprouver pour Alice et Cécile une sympathie des plus vives. Fernand renchérit encore sur elle. Il trouvait en Lucien un ami solide, un doux et gracieux protégé dans le petit André, et puis Georges! oh! Georges, c'était son Patrocle, son Pylade, son Pythias, assurait-il, cherchant ainsi, pour la première fois, les comparaisons classiques qu'il jugeait propres à attendrir son père.

Le va-et-vient devint continuel d'un village à l'autre : Berthe emmenait les jeunes filles en voiture, Fernand venait chercher Georges à cheval ; le comte, de son côté, avait toujours quelque conseil à demander à M. Guérin.

« Venez à mon aide, mon cher voisin, lui disait-il, vous voyez l'homme le plus embarrassé du département; car je m'entends beaucoup mieux à l'aménagement des rizières qu'à celui de mes prairies, et je suis infiniment plus ferré sur la culture du caféier et de la canne à sucre que sur celle du blé et du raisin. »

M. Guérin donnait son avis, puis on entrait chez ces dames.

Mme Guérin, flattée des attentions du comte, s'était prise pour lui d'une véritable sympathie.

« Quel homme charmant, n'est-ce pas? disait-elle à sa sœur.

— Charmant, répondait Mme Marcey.

— Extrêmement poli?

— Extrêmement poli.

— On ne peut plus serviable?

— On ne peut plus serviable.

— Qu'est-ce que tu as donc aujourd'hui, Pauline? tu parles comme un écho.

— Je n'ai pas de raisons pour te contredire.

— Mais on dirait que tu en as pour être mécontente.

— En effet, cette atmosphère d'élégance et de dissipation ne vaut rien pour Georges. Sa position ne ressemblera guère à celle de Fernand; je serais donc bien fâchée de lui voir prendre des goûts qu'il ne pourra satisfaire. »

Il est certain que Mme Marcey aurait désiré se tenir plus à l'écart,

mais cela était difficile, car toute la famille se trouvait entraînée
dans le mouvement.

Tout à coup de grands conciliabules s'établirent entre Georges
et Fernand; ils faisaient un rêve à deux, ah! mais un rêve charmant : c'était de s'en aller ensemble près de Fréjus, au petit port
de Saint-Raphaël, pour quinze jours ou trois semaines; M. de Lestange devait s'y rendre prochainement.

« Tu verras, tu verras, disait Fernand, quel ciel! quelle mer! un
paradis terrestre. Nous louerons une barque, nous irons au large,
mon père est très-bon marin. Tu ne connais pas la mer, n'est-ce
pas? ni les falaises? Je te ferai voir sur celles-là deux beaux rochers
rouges qui ont des noms superbes : le Lion de Terre et le Lion de
Mer. Nous t'emmènerons. Mme Marcey ne peut vraiment pas refuser,
elle n'aura à s'inquiéter de rien. »

Georges fut chargé de sonder le terrain, de lancer d'adroites insinuations : sa mère n'eut pas l'air de comprendre. Il devint plus expli-
cite : Mme Marcey resta froide. Georges démasqua ses batteries : sa
mère prit un air sévère. Enfin le malheureux enfant, tremblant
d'anxiété, développa tout son plan avec une éloquence qui, à coup
sûr, venait du cœur.

« Il est inutile d'y penser davantage, Georges, répondit Mme Marcey
avec une grande fermeté; tu ne feras pas ce voyage, je t'en préviens;
tu as eu grand tort de te monter la tête. »

Quel coup de massue! Georges éclata en sanglots, mais il vit que
la résolution de sa mère était irrévocable, et il courut cacher sa
douleur dans le coin le plus sombre et le plus retiré du jardin.

Fernand vint le soir aux nouvelles : Georges avait-il parlé?
qu'avait-on répondu? Hélas! il fallut avouer la triste vérité, et Fernand, qui n'avait pas l'habitude d'être contrecarré, s'en retourna
tout triste et un peu furieux.

Le comte partit deux jours plus tard. Fernand ne se sépara de
Georges qu'après lui avoir juré une amitié éternelle; et Georges,
désolé de son départ, resta sombre et agressif. Tout le fâchait, tout
l'irritait, rien n'avait plus le don de lui plaire. Proposait-on, par
exemple, une promenade aux étangs d'Alix :

« Les étangs? disait-il, c'est bien la peine, des grenouillères! Ah!
s'il s'agissait de la mer, ce serait différent, il volerait, il ferait cent
lieues; c'était si beau, la mer, si majestueux, si sublime! » Et il
continuait sur ce ton pendant cinq minutes.

« Tu parles des beautés de la mer comme un aveugle des couleurs, lui dit à la fin M. Guérin impatienté, car tu ne les as jamais vues.

— Ah! malheureusement; mais ce n'est certes pas ma faute, répondit Georges, les enfants sont souvent assez tyrannisés.

— Surtout toi, je te conseille de te plaindre. Tu es choyé, chéri, beaucoup plus, ma foi, que tu ne le mérites. Ta mère ne pense qu'à ce qui peut t'être bon.

— Ou à ce qui l'arrange, » répliqua Georges hors de lui.

M. Guérin ne put s'empêcher de lever les épaules à la hauteur de ses oreilles et de jeter à son neveu un regard indigné ; mais il se tut, comprenant que, pour le moment, le bon sens et même le cœur ne pouvaient qu'avoir tort.

CHAPITRE XXIV

Georges rentra en classe ulcéré. Il avait espéré d'abord que Fernand, fidèle à de solennelles promesses, le dédommagerait par ses lettres de leur intimité si cruellement rompue, mais les semaines s'écoulaient et les lettres n'arrivaient pas. « Cela ne m'étonne pas, disait Georges, que cela pourtant étonnait beaucoup ; Fernand et son père nous ont donné tous les témoignages de l'affection la plus vive et la plus sincère, et comment y avons nous répondu ? Par l'indifférence, le mépris. Fernand a du cœur, il nous en veut, il est dans son droit. » Et, pour justifier l'oublieux ami de quelques jours, il accusait dans son for intérieur l'amie tendre et dévouée de toute sa vie.

Georges, pour se distraire, se plongea dans le travail, car les succès chatouillaient agréablement son amour-propre ; malheureusement un nouvel écolier très-fort vint les lui disputer. Il se nommait Raynaud et, sans avoir autant de facilité que son émule, l'emportait souvent sur lui à force de travail acharné et sans trêve ; Georges en était dépité.

Détestable élève en lettres et en sciences, mais passé maître en mauvais tours, Ganiveau s'en aperçut et se mit à attiser le feu qui couvait sous la cendre. Il s'y prit d'une manière adroite et perfide, en tournant en ridicule le pauvre Raynaud. Georges, ne se voyant pas visé, ne se tint pas sur ses gardes.

« Sont-ils bêtes, ces piocheurs ! » soufflait Ganiveau dans l'oreille

de Georges, quand il avait fait une bonne farce à Raynaud. Il est
vrai que ce brave garçon, avec ses gros yeux arrondis, sa bouche
entr'ouverte, sa mine étonnée, n'avait pas, dans ces moments-là,
l'air très-spirituel.

Les jours de composition, quand Georges, tout à son affaire,
achevait laborieusement sa version :

« Raynaud numéro deux ! » lui disait en passant Ganiveau ; car
l'illustre Ganiveau avait fini, lui ! Il ne moisissait pas sur ses com-
positions comme ces tortues des premières places ; Ganiveau, au
contraire, s'en allait tout fier vingt minutes avant l'heure réglemen-
taire déposer sur la chaire du professeur une version pleine de
contre-sens, mais si facilement faite, si crânement enlevée, comme
il disait.

« Je crois qu'il se moque de moi, ce cancre-là, pensait Georges
en le regardant se pavaner. Il est paresseux comme un loir, mais
bien intelligent cependant. S'il voulait travailler, il enfoncerait
Raynaud. »

Ganiveau faisait tout pour accréditer une opinion si peu justifiée,
et répétait sans cesse de son côté : « Si je voulais travailler ! Oui, si
je voulais travailler ! ! ! » Mais il s'en gardait bien de vouloir, parce
qu'alors on aurait su de quoi il était capable.

« Raynaud numéro deux. » Cela tintait dans l'oreille de Georges
comme une crécelle aigre et agaçante. « Raynaud numéro deux,
répétait-il. Eh bien ! pourquoi pas ? Ça vaut encore mieux, il me
semble, que d'être Ganiveau numéro un. » Et, si sa place était
bonne, Georges se moquait intérieurement de Ganiveau et le trouvait décidément un pauvre sire ; mais si par malheur elle se trouvait mauvaise, les actions de Ganiveau haussaient immédiatement.
« Il s'amuse au moins, lui, remarquait Georges ; moi, je bûche
comme un galérien et n'en suis pas plus avancé. »

« Septième seulement, mon enfant ! lui disait Mme Marcey à la première sortie ; comme tu as reculé ! Allons, donne un bon coup de
collier ; souviens-toi de ton père qui a tant travaillé. »

Georges prenait une bonne résolution, car le nom de son père
n'était jamais prononcé devant lui sans le remplir d'une généreuse
ambition. Il savait tout ce que ce père, dans une vie trop courte,
avait accumulé de remarquables travaux et d'efforts énergiques.

Parfois un étranger, un passant, l'entendant nommer, lui avait
demandé : « Êtes-vous le fils de M. Marcey l'ingénieur ? » Et, d'après

la réponse affirmative de Georges, avait ajouté un mot d'éloge et de regret qui avait fait battre le cœur de l'enfant d'une émotion pleine de tendre orgueil et de filiale émulation. Oh! s'il avait toujours pensé à son père, il aurait toujours été irréprochable, mais il regrettait Fernand, mais il subissait l'influence de Ganiveau, mais il ruminait ses petits griefs contre sa mère, et le travail en souffrait, et les bonnes habitudes se perdaient de jour en jour.

« C'est étonnant, disait M. Legrand, le directeur, en compulsant les notes des élèves, c'est étonnant comme Marcey est inégal. Je croyais l'année dernière que nous aurions en lui un soldat d'élite, mais pas du tout : à présent il ne combat qu'en amateur, en volontaire, à ses heures; quelquefois brillant, presque aussi souvent médiocre, je ne m'explique pas ce revirement. »

L'hiver se passa dans ces alternatives. Le professeur de Georges conservait toujours pour lui beaucoup de bienveillance, parce qu'il comptait sur son intelligence et n'avait pas en somme à se plaindre de sa conduite; mais les caprices de l'écolier faisaient le désespoir d'un malheureux surveillant avec lequel les mauvais élèves en prenaient beaucoup plus à leur aise. Le bonhomme, déjà vieux, un peu sourd, portant des lunettes vertes, était le souffre-douleur de cette impitoyable engeance. La nécessité de maintenir la discipline le forçait à distribuer maintes punitions, mais sentant que, si ses rigueurs prenaient une extension inusitée, il serait accusé de manquer de savoir-faire, il se bornait à frapper ceux dont la réputation de paresseux et de tapageurs était bien établie, Ganiveau en tête.

Georges, inscrit assez souvent au tableau d'honneur, ne tombait donc pas sous sa coupe, et Georges ne manquait pas d'abuser, comme on peut le penser, de l'indulgence du pauvre surveillant. Malheureusement pour lui, ce maître commode se vit, au commencement du printemps, dans la nécessité de résigner ses fonctions, sa santé détruite lui imposant un repos absolu.

Il s'en allait tout triste, car cette petite place avait été jusque-là son principal, sinon son seul gagne-pain. Heureusement le directeur, touché de sa détresse et de ses longs services, s'engagea à lui servir par quartiers une pension, forcément bien modique, mais qui n'en combla pas moins le pauvre homme de joie et de reconnaissance.

Toutefois, comme les ressources d'un directeur d'établissement privé ne sont pas très-étendues, M. Legrand, une fois cette bonne œuvre accomplie, chercha pour succéder à ce modeste serviteur un

11

sujet qui pût joindre la jeunesse à une vigoureuse santé. M. Prosper Gaillard lui parut réunir les qualités requises et, un beau matin d'avril, remplaça, brillant et dispos, son prédécesseur cacochyme.

Les mutations, quelles qu'elles soient, sont en général agréables aux écoliers ; il est rare qu'elles n'entraînent pas un peu de désordre dans les études, d'incertitude dans la direction, et ces messieurs en profitent pour s'émanciper au moins quelques jours : c'est un demi-congé qui les délasse et les divertit.

M. Prosper Gaillard avait fait son entrée dans la classe, et les élèves, tout en ayant l'air d'étudier leur leçon, le regardaient en dessous à chaque instant, afin de se former une opinion sur leur nouveau maître. Évidemment c'était un autre homme ; il avait la vue perçante, la respiration libre, l'air robuste et décidé. « Il ne faut pas s'y frotter, » dit Ganiveau à son voisin Georges, après un silencieux et profond examen. Tout ce qui avait un air de défi impatientait le voisin Georges. C'était plus fort que lui ; il était toujours prêt à relever le gant et même à le jeter, pour peu qu'on semblât croire qu'il ne l'oserait pas. Donc, lorsque Ganiveau, qui le connaissait bien, l'eut assuré qu'il ne fallait pas s'y frotter : « Pourquoi pas ? » répondit-il.

Il résulta de cette disposition malencontreuse qu'une sourde hostilité s'établit presque immédiatement entre Georges et M. Gaillard. Ganiveau ne manqua pas de verser l'huile sur le feu, ayant l'air de se mettre en avant, puis se cachant ensuite derrière Georges, qu'il laissait exposé seul à la colère du nouveau surveillant.

Instruit et capable, excellent homme au fond, M. Gaillard savait qu'avec la jeunesse étourdie, et souvent peu généreuse, il faut, dès le premier jour, imposer le respect. C'est une bataille à livrer et qu'il faut gagner à tout prix pour que la vie demeure ensuite supportable. Trouvant toujours Georges devant lui et ne le connaissant pas encore, M. Gaillard ne pouvait pas hésiter. A la fin de la semaine, la situation était trop tendue pour que l'orage n'éclatât pas au moindre incident. Mons Ganiveau fit si bien qu'une peccadille dont il était l'auteur fut attribuée à Georges par le maître d'études, qui lui intima l'ordre de sortir. Georges, fort de son innocence, résista en disant tout bas à Ganiveau : « Déclare-toi !

— Vas-tu moucharder, à présent ? » lui répondit effrontément le mauvais drôle.

Georges, malgré des sommations réitérées, ne bougeant non plus qu'un terme, M. Gaillard fit prévenir le directeur. M. Legrand, en entrant dans la classe, s'adressa immédiatement à Georges. « Marcey, dit-il, vous vous êtes rendu coupable, depuis lundi dernier, de plusieurs actes d'indiscipline tout à fait inexcusables, vous allez donc en faire publiquement vos excuses à M. Gaillard; c'est une réparation nécessaire... Allons, mon enfant, ajouta-t-il d'un ton paternel, faites ce que j'ordonne, vous le devez.

Il passa le premier.

— Je ne suis pas coupable, répondit Georges d'une voix étranglée.

— Réfléchissez, reprit le directeur, ne me forcez pas à la sévérité.

— Je ne suis pas coupable, répéta Georges avec force.

— Puisque vous refusez d'obéir, monsieur, je vais être obligé de vous faire conduire à l'instant même au cachot.

— J'irai bien tout seul, » répondit Georges fièrement en voyant un garçon de salle s'avancer vers lui. Il passa le premier, dernier et mince triomphe, et une minute après la porte du cachot se referma sur lui.

CHAPITRE XXV

La fuite et les pensées de Georges. — La flèche de M. le curé.

Georges passa une heure au moins dans un état de violente colère. Le traiter ainsi, lui Marcey, une des gloires de l'institution Legrand ! Et pourquoi cette rigueur? Pour des plaisanteries, des vétilles.

D'ailleurs, cette fois, le coupable était Ganiveau; et Georges en voulait à Ganiveau, à M. Gaillard, à M. le directeur, à l'univers entier.

Son exaltation dura longtemps ; mais, comme en ce monde il n'est rien qui ne finisse, l'exaltation tomba pour faire place à la stupeur, puis la stupeur elle-même fut remplacée par l'ennui, cet ennui morne et pesant des prisonniers. Georges, d'une nature active et ardente, en devait souffrir plus qu'un autre. Il se leva, fit le tour de son cachot, secoua la porte : le cachot était étroit, la porte solide ; Georges revint s'asseoir sur son escabeau et se mit à rêver profondément. Quelques mots sans suite lui échappaient par moments :

« Oui, c'est cela... je ne puis rester ici... il n'y a pas d'autre moyen... je me ferais renvoyer... j'aime mieux m'en aller. »

A six heures, quand le garçon qui servait au réfectoire vint lui apporter sa pitance, savoir : une cruche d'eau et un gros morceau de pain, Georges, qui s'était mis en embuscade derrière la porte, l'accueillit par un croc-en-jambe énergique qui le renversa dans lo cachot, au milieu d'une mare d'eau produite par la cruche répandue ; et il n'avait pas eu le temps de se relever, que son prisonnier

s'était précipité dans le vestibule, après avoir enfermé à double tour
le domestique abasourdi. Georges mit la clé du cachot dans sa
poche, s'avança rapidement, mais avec précaution, et se laissa tomber dans la cour par une fenêtre du rez-de-chaussée. Tout le monde
étant à cette heure au réfectoire, il put exécuter sans qu'on l'aperçût
cette audacieuse sortie. En face de la loge du concierge, le danger
renaissait plus pressant; mais un domestique, venu du dehors,
laissa tout à point la porte entr'ouverte, et, pendant qu'il parlemen-
tait avec le père Dubois, Georges se glissa comme une couleuvre
dans le chemin du Gourguillon.

Tout n'était pas fini cependant, car avant peu, sans aucun doute,
on allait donner l'alarme; il faisait encore jour et sa tunique d'écolier pouvait le trahir! Il fallait réussir à tout prix, autrement quelle
honte! Être ramené piteusement par les oreilles dans cette maison
où il avait juré de ne plus rentrer, quel piètre dénoûment! Il rou-
gissait rien que d'y penser. Les remontrances des maîtres, les
quolibets des camarades, bourdonnaient par anticipation à ses
oreilles, et il allait, il allait devant lui, furtif, inquiet, haletant,
n'osant se retourner et croyant toujours entendre des pas sur ses
talons, sentir une main sur son épaule. Pourtant il fallait s'éloigner
d'un air calme, ralentir son allure : la fuite l'aurait dénoncé. Quel
supplice de se contenir ainsi, de raser les murs comme un criminel,
de chercher les ruelles tortueuses, les recoins déserts! Heureusement, il gagnait du terrain, la nuit venait, il avait fait tant de tours
et de détours que sa piste devait être perdue, et il reprenait avec
plus de courage sa course obstinée.

Son plan était fait; il l'avait ruminé pendant ses deux heures de
prison et n'avait plus qu'à l'exécuter sans hésitation. Il marcha donc
tant que ses forces le lui permirent. La Saône jusque-là lui avait
servi de boussole; il savait qu'en la remontant il irait toujours vers
le nord, qui était sa route, et longtemps il avait suivi des hauteurs
son ruban d'argent; mais tout commençait à s'effacer par cette nuit
sans lune; il fallait penser à s'abriter quelque part. C'était une
question non de bien-être, mais de sécurité; car un vagabond qui
dort à la belle étoile court grand risque d'être ramassé avant le jour
par quelque gendarme.

La faim néanmoins se faisait sentir; sous ce rapport Georges était
tranquille; il ne mourrait pas d'inanition; sa mère lui avait donné
la veille son argent de poche de la semaine, une belle pièce d'un

franc qui sonnait dans son gousset en compagnie du reliquat de la
semaine précédente, trois sous. Total : vingt-trois sous. C'était une
fortune en ce moment; Georges pouvait se mettre en quête de son
souper.

Pour tout autre, rien n'eût été plus simple; mais, pour lui, c'était
une aventure pleine de périls, puisque pour acheter du pain il faut
entrer chez le boulanger; et les boulangers sont des gens si curieux!
il y a tant de monde chez eux! Si, dans le nombre des allants et des

Georges l'accueillit par un croc-en-jambe.

venants, Georges allait tomber par hasard sur un agent de police!
Il serait reconnu à son uniforme, à ses boutons surtout, ses maudits
boutons étalant sur leur face luisante un I et un L accolés qui sautaient aux yeux. L'écolier continuait, comme dans son enfance, à
porter sur lui un petit couteau, outil précieux qui lui avait servi
naguère à trancher le nœud gordien de Mariette et qui allait lui
rendre le service de le débarrasser de ses boutons. Il se blottit dans
un coin sombre et se mit à travailler avec rage; les boutons, vivement attaqués, tombèrent un à un de la tunique, et quelques-uns
plus tenaces emportèrent en même temps avec eux un petit morceau
rond de l'étoffe.

Quand l'opération fut achevée, Georges se releva, replia sur sa
poitrine en guise de parements les deux bords de son habit désho-

noré et crut pouvoir, ainsi accoutré se présenter chez le boulanger.

« Ma tunique doit ressembler maintenant à une redingote, »
pensait-il. — « Pour trois sous de pain, » demanda-t-il résolûment.

Rien n'était plus simple que d'acheter du pain pour trois sous ;
pourtant il lui sembla que le boulanger le toisait d'une façon
inquiétante. Le boulanger, en effet, trouvait un air un peu singulier
à ce gamin qui avait la tête nue et portait un habit comme on n'en
avait jamais vu ; toutefois, l'office d'un boulanger étant de servir
ses pratiques et non de prendre leur signalement, le nôtre se décida
et se mit à couper, à une grosse miche entamée, un bon morceau
de pain blanc. Georges étendait déjà la main droite pour s'en saisir
et présentait de la gauche ses trois sous, lorsque la porte s'ouvrit ;
le malheureux fuyard eut un soubresaut. Il regarda de côté et res-
pira ; ce n'était qu'une vieille bonne femme, il ne serait pas arrêté
cette fois ; mais pourquoi ce lambin de boulanger le faisait-il lan-
guir ainsi ? Il avait mis le pain dans les balances et le pesait avec
une minutie désespérante. Avant qu'il eût fini, un nouveau client
entra, un homme cette fois, et qui avait l'air sournois ; Georges se
demandait s'il n'allait pas lui mettre la main au collet, lorsque enfin
le boulanger lui tendit son morceau de pain. Il le paya lestement,
se dirigea vers la porte d'un pas mesuré, tourna le bouton, passa le
seuil et, une fois dehors, se mit à courir à perdre haleine.

Il ne s'arrêta que lorsqu'il fut tout à fait exténué et, se laissant
tomber alors dans un terrain vague bien désert, se mit à dévorer à
belles dents son maigre souper. Pensa-t-il en ce moment que celui
du cachot n'aurait pas été pire ? C'est peu probable ; il était dans la
fièvre de sa folle escapade, le temps de la sagesse et de la réflexion
n'était pas encore venu.

Une fois son morceau de pain avalé, il se désaltéra à la première
fontaine qui se trouva sur son chemin, puis se mit à chercher un
asile pour la nuit. Ce fut une grande affaire, car les yeux effrayés de
Georges ne voyaient partout que des ennemis et des embûches ; il
fut trop heureux à la fin de se fabriquer, au milieu d'un fagotier,
une petite niche qui lui parut très-sûre, si elle n'était pas très-moel-
leuse. Il s'y glissa bien content, ramena un des fagots au-dessus de
sa tête et, sous ce ciel de lit rustique, s'endormit bientôt, non du
sommeil de l'innocence, mais de celui de la jeunesse fourbue et
rassurée.

Un nouveau client entra.

Il ne fut réveillé qu'au jour par la cloche qui donnait, à la gare de Collonges, le signal du départ pour le train de cinq heures. Il ouvrit les yeux et, ne sachant d'abord où il se trouvait, crut au premier moment entendre le carillon qui annonçait l'heure du lever aux élèves de l'institution Legrand ; mais la vue de son fagotier lui remit promptement en mémoire les incidents singuliers de la journée précédente, et la prudence lui cria de quitter au plus vite son lit improvisé.

Il en sortit moulu et transi, réconforté cependant. L'air était doux, le ciel pur, la campagne avait la fraîcheur ravissante des heures matinales ; l'alouette s'envolait des blés verts et montait vers le ciel en chantant ; de légères fumées commençaient à tournoyer au-dessus des toits, et Georges, en cet instant, ne sentait que le plaisir de vivre par ce beau temps et d'aller devant lui en pleine liberté.

Sa joie cependant fut de courte durée. Ce matin même, sans doute, le directeur faisait avertir sa mère de sa disparition ; quelle n'était pas l'inquiétude de Mme Marcey, la désolation des grands-parents ? A cette pensée, il sentit faiblir sa résolution, s'arrêta et se demanda s'il ne ferait pas mieux de rétrograder au plus vite ; puis l'orgueil prit le dessus. « Si je retourne, se dit-il, je désarme, je suis vaincu, obligé par conséquent de subir toutes les conditions qu'on voudra m'infliger. Je ne veux pas que cela soit. J'ai été puni injustement à l'institution Legrand, je ne retournerai pas à l'institution Legrand ; voilà qui est dit. »

Et frappant du pied sur la terre avec énergie comme pour y enfoncer sa résolution, il reprit son chemin d'un bon pas, ayant soin d'éviter la grande route et de s'éloigner des passants à mine suspecte.

Son ordinaire fut ce jour-là celui de la veille : du pain qu'il acheta dans les fermes et de l'eau claire qu'il but chemin faisant ; il y ajouta une fois, par grand régal, un tout petit morceau de lard. Il commençait à se rassurer, étant assez éloigné à la fois de son point de départ et du terme de son voyage pour ne pas risquer d'être reconnu.

A mesure qu'on s'éloigne des grandes villes, la confiance des habitants est plus entière, leurs fermetures moins exactes ; Georges, qui avait dû se contenter à la première couchée d'un lit de fagots, parvint, pour la seconde, à se glisser dans une grange, où il trouva sur une botte de paille toutes les délices d'un sybarite. D'ailleurs il les avait bien gagnées par une étape considérable pour un fantassin de son âge, car il approchait de Villefranche et n'avait pas fait ce jour-là moins de vingt-deux kilomètres.

Le temps continuait à lui être propice : le soleil lui souhaitait au réveil la bienvenue, les lilas lui envoyaient leurs parfums par-dessus les haies des jardins, et les arbres fruitiers, tout en fleurs, faisaient au milieu des prés verts et de la vigne sombre des taches éclatantes, blanches ou doucement rosées. Combien Georges eût été heureux s'il avait pu s'abandonner au charme qui émanait de toutes choses ! Mais la nature lui prodiguait en vain ses caresses, elles étaient pour lui sans attraits, une pensée suffisait pour tout assombrir.

« Que c'est fatigant de penser ! se disait l'écolier. Cette vache, aux grands yeux stupides, qui broute paisiblement dans le pré, est plus heureuse que moi ; ce chat blanc qui fait sa toilette devant la porte et ronronne au soleil est cent fois plus tranquille ; faisons comme eux : ne pensons pas. » Mais les pensées sont taquines : plus on les chasse, plus elles vous poursuivent ; Georges en était vraiment obsédé.

Sa fatigue physique était grande aussi, et quoique les longues promenades de la pension l'eussent habitué à la marche, cette vie de Juif-Errant, solitaire et sans repos, commençait à lui peser.

Il crut, le second jour de son voyage, qu'il allait pouvoir se faire un peu voiturer, car un char à bancs, qui venait derrière lui au grand trot, lui fit retourner la tête, et il se dit que le conducteur ne refuserait pas sans doute de le laisser monter à côté de lui pour un petit bout de chemin. Au lieu donc de s'éloigner comme il l'avait fait jusque-là à chaque rencontre, il attendit de pied ferme, se disposant à héler le voiturier dès qu'il se trouverait à sa portée. Malheureusement, à mesure que le char à bancs se rapprocha, Georges crut reconnaître dans le conducteur une tournure de sa connaissance. Hélas ! oui, il n'en fallait plus douter : c'était Tournichon, le brillant Tournichon, Tournichon lui-même, avec sa blouse bleue et son chapeau de feutre gris, Tournichon enfin qui, si l'écolier s'arrêtait une minute de plus, allait le signaler, trahir son incognito. Georges n'eut que le temps de se jeter derrière une haie, et le char à bancs, lancé à toute vitesse, fit voler au passage les cailloux de la route.

L'esprit de Georges galopait accroché à ce char à bancs. Il avait

reconnu le gros cheval gris pommelé et s'en allait avec lui dans un
pays qu'il aimait. Il croyait se voir encore à cette fête de village où
il s'était tant amusé, mais où la pauvre Alice n'avait pas dansé.
Alice ! que dirait-elle de son étrange équipée ? Il ne le savait que
trop, ce qu'elle en dirait, et c'était encore une de ces choses aux-
quelles il ne voulait pas penser.

Il continua son chemin tout triste, cent fois plus fatigué. Il était
presque au terme de son voyage ; mais il devait maintenant redoubler de précautions, car il approchait de Flavigny, et, à deux ou
trois lieues à la ronde, il n'aurait pu rencontrer personne sans
entendre aussitôt cette exclamation : « Tiens, c'est M. Georges !
Qu'est-ce qu'il vient donc faire par ici ? »

Pour plus de sûreté, il s'en allait par les bois, toutes les fois que
cela ne l'écartait pas trop de sa route. Il cheminait sur la lisière de
ceux d'Alix, lorsqu'il aperçut tout à coup un objet sans doute très-
effrayant, car sa vue le fit soudainement tressaillir. Cet objet, fort
opaque, était couvert d'une longue robe noire et portait un chapeau
plat, à larges bords ; ajoutez-y une ceinture, un rabat et des souliers
à boucles, et vous aurez au complet le costume de M. le curé.

Cette rencontre parut à Georges des plus inopportunes, et pour
comble de contrariété, M. le curé n'était pas seul : le docteur
Loreau s'avançait à grands pas pour le rejoindre. Un salut s'échangea à distance, une poignée de mains à proximité ; ensuite M. le
curé tira sa tabatière de sa poche et offrit une prise au docteur ;
après quoi les deux amis, cheminant de compagnie, vinrent tout
droit du côté de Georges. L'écolier, tout effaré, s'accroupit à la
hâte derrière un buisson de houx ; sans ce complaisant buisson, il
eût été découvert, puisque les bois au mois d'avril ont plus de
bourgeons que de feuilles.

Le docteur et M. le curé venaient de s'asseoir sur un tronc
d'arbre renversé et devisaient amicalement. Georges, de sa cachette,
entendait bien malgré lui leur conversation.

« Voyez-vous, disait M. Loreau en ouvrant une boîte à insectes, il
y en a dix assez beaux que je donnerais tous pour un seul bupreste.
Voilà deux ans que je le cherche. J'en voudrais faire cadeau à mon
petit ami Marcey, mais je commence à craindre qu'il ne soit introu-
vable dans ce pays.

— Oh ! vous avez du temps devant vous, répondit le curé. Georges
ne reviendra à Flavigny qu'aux vacances. Je pense qu'il nous arri-

vera, celte année encore, chargé de couronnes; il devient vraiment
bien raisonnable et bien travailleur.

— Oui, mon cher abbé, j'ai confiance dans l'avenir de ce petit
homme-là; croyez-en mes prévisions, il deviendra avec le temps
tout à fait distingué sous le rapport de l'intelligence et du caractère.

— Je le crois comme vous; c'était autrefois une tête un peu vive,
mais un bon cœur, une conscience droite. Je me souviens toujours
de sa brouillerie avec Catherine, la cuisinière de Mme Guérin; une
mercuriale un peu vive de la pauvre fille l'avait exaspéré, une petite
attention l'a tout de suite ramené. Tout ce que je vous conte là est
maintenant de l'histoire ancienne, la raison a pris le dessus depuis
longtemps, et je suis sûr que cet enfant sera la consolation et la joie
de sa mère. »

Ici la conversation fut interrompue par un bruit de feuilles sèches
et de branches cassées, et M. le curé, qui s'était vivement retourné,
n'eut que le temps d'apercevoir à vingt pas devant lui un jeune
garçon qui fuyait à travers les arbres, aussi agile qu'un chevreuil
pressé par la meute.

« Qu'est-ce que cela? dit-il au docteur; un voleur de bois sans
doute qui aura craint d'être surpris. Voyons donc s'il n'aura pas
laissé près d'ici son fagot? »

Et M. le curé s'enfonça dans le taillis en regardant de tous côtés;
mais il eut beau fureter, il ne trouva que des violettes et des prime-
vères qu'il ne cherchait pas, et nul vestige du fagot qu'il cherchait.

Georges, pendant ce temps-là, courait toujours. Hélas! il n'y gagnait
rien, car il emportait comme un faon blessé sa flèche avec lui.

« Je suis sûr que cet enfant sera la consolation et la joie de sa
mère, » avait dit le curé. Oh! que cette parole amicale et confiante
perçait son cœur douloureusement. Méchant Ganiveau, aviez-vous
besoin de le houspiller si sottement? Décidément c'était à vous qu'il
en voulait le plus à cette heure, peut-être même n'en voulait-il plus
qu'à vous.

CHAPITRE XXVI

Philosophie de maman Michonneau. — Le repentir du coupable arrive à temps.

La nuit tombait, une bonne femme occupée dans sa maisonnette à préparer le repas du soir venait de jeter dans l'âtre une grosse brassée de sarment. Comme le temps était doux, elle avait laissé sa porte grande ouverte et, tout absorbée par son petit ménage, ne s'apercevait pas que depuis un instant quelqu'un la regardait du seuil de cette porte.

La bonne femme, après avoir accroché sa marmite à la crémaillère se retourna pour prendre sur la table un paquet de légumes, et, en se retournant, elle vit se détacher dans l'encadrement de la porte un petit homme noir dont la subite apparition l'effraya. « Ah ! » fit-elle ; mais aussitôt le petit homme, ne faisant qu'un saut jusqu'à elle, lui jeta les bras autour du cou et l'embrassa bruyamment sur les deux joues.

« C'est moi, maman Michon, dit-il ; est-ce qu'on ne me reconnaît pas ?

— Mon Geogeo ! s'écria maman Michon toute joyeuse. Ah bien ! voilà ce qu'on peut appeler une surprise. Mais d'où sors-tu, mon chéri, pour te trouver chez moi à cette heure ?

— Ah !... ça, nourrice, répondit Georges, c'est toute une histoire, une longue histoire ; sois tranquille, je te la conterai, mais pas maintenant, car je suis terriblement las, et puis, vois-tu ? j'ai une faim, une faim à te dévorer, si tu ne me donnes pas tout de suite à souper.

— Ce pauvre minet, a-t-on idée de ça? Que peut-il donc lui être
arrivé? Tu n'as point de mal au moins, tu te portes bien?

— Mais certainement, puisque je te dis que je meurs de faim.

— Oui, c'est vrai, tu as bonne mine, c'est-à-dire que tu es rouge,
mais rouge comme une écrevisse; ce n'est même pas naturel : tu
dois avoir mal à la tête; je parie que tu as attrapé un coup de soleil.

— C'est bien possible; il fait froid le matin et trop chaud à midi.

— Et ton chapeau? qu'as-tu fait de ton chapeau? Voilà bien mon
étourdi, il l'aura perdu en route.

— Rassure-toi, il est resté à l'institution Legrand.

— A l'institution Legrand? Je croyais que tu venais de chez ton
oncle; qu'est-ce que tout ça veut dire?

— Et mon souper, nourrice, mon souper?

— Tu as raison, c'est le plus pressé; tu vas l'avoir, ton souper.
La marmite chante déjà, mes légumes seront bientôt cuits, et, dans
une demi-heure, je te tremperai une bonne soupe, bien chaude, et
j'y mettrai un gros morceau de beurre frais; mais, en attendant,
qu'est-ce que tu veux? Voilà du pain, du vin, une tranche de lard.
Aimes-tu mieux un fromage de chèvre? tu sais, un petit fromage
comme ceux que je t'ai donnés le jour où la Bigolette voulait vous
vendre les siens cinq francs dix sous. Tu te rappelles bien, tu les as
trouvés bons.

— Excellents, maman Michon, va pour les fromages. » Et Georges,
s'installant sur un escabeau, se mit à dévorer avec une voracité de
jeune loup.

Tout en surveillant sa marmite, Dodon Michonneau le regardait.
« Comme il a l'air éreinté! se disait-elle; puis quel drôle d'habit!
Par devant, on dirait une écumoire; c'est plein de petits trous
ronds. »

Le gros croûton de pain et la moitié du fromage avaient déjà
disparu; Dodon versait à boire à son chéri, qui d'un trait vidait son
verre.

« Il est bon, mon vin, n'est-ce pas? Déjà vieux. Celui-là, mon
homme n'en boit que les dimanches; mais quand je vois mon Geogeo, dame! c'est tous les jours fête.

— Encore un petit coup, s'il te plaît, disait Georges, ça me ragail-
lardit; pense donc, depuis deux jours je n'ai bu que de l'eau.

— Que de l'eau! dit Dodon d'un ton de compassion.

— Oui, de l'eau pure. Allons, me voilà un peu réconforté; je vais te raconter mon aventure, car je vois bien que tu grilles de la connaître. »

Et Georges commença l'émouvant récit de la scène qui avait amené sa fuite. Il y mettait beaucoup de feu, en même temps qu'une certaine habileté, car il tenait à convaincre maman Michon de sa parfaite innocence.

« Tu comprends bien, disait-il, que je ne pouvais pas demander pardon ; ç'aurait été une faiblesse, une honte, une lâcheté, puisque en toute sincérité ce n'était pas moi qui avais lâché ces maudits hannetons... c'était Ganiveau.

— Oui, oui, je comprends parfaitement : quand on a tort, on fait des excuses ; quand on a raison, on n'en fait pas. Seulement, je suis en peine de ta maman. Mon Dieu, comme elle doit être tourmentée de ne pas savoir ce que tu es devenu !

— Si tu crois que ça ne me chagrine pas, tu te trompes ; mais que pouvais-je faire? je te le demande.

— Lui écrire un petit mot, lui dire qu'on t'avait fait des injustices et que tu venais chez moi.

— C'est ça, on m'aurait tout de suite rattrapé. Vois-tu, j'étais absolument forcé d'inquiéter maman, j'en suis désolé ; mais, au moins, quand elle me retrouvera, elle verra que c'est sérieux et ne me refusera pas ce que je lui demanderai.

— Et tu ne rentreras plus dans cette pension où on te traite si mal, où on te met au cachot ; ça me fait plaisir.

— Eh bien, moi, tu vas me trouver drôle, ça me fâche un peu ; aussi j'en veux à Ganiveau, je t'en réponds ; mais je n'ai pas le choix, il faut en passer par là.

— Oui, on te mettra ailleurs ; on ne manque pas de bonnes pensions à Lyon.

— Certainement ; pourtant je t'avoue que l'institution Legrand est une des meilleures. Et puis j'ai une inquiétude. Quand on me présentera dans une nouvelle pension, on demandera, bien sûr, où j'ai commencé mon éducation ; maman qui ne ment jamais le dira ; on voudra savoir les causes de mon départ, on prendra des renseignements, et peut-être le directeur ne voudra-t-il pas me recevoir.

— Eh bien, tant pis pour lui ; des élèves comme toi, on ne vous en offre pas tous les jours. Et puis, si on ne peut pas te caser à Lyon, on cherchera ailleurs, à Grenoble, à Saint-Étienne, que sais-je?

— Oh ! nourrice, qu'est-ce que tu dis là? Maman viendrait me

12

voir de temps en temps, je le sais bien, mais ma grand'mère? elle
ne pourrait pas; ça me ferait un grand chagrin, et à elle donc! Si tu
la voyais arriver en voiture à Saint-Irénée tous les jeudis, cette
pauvre grand'mère, tu comprendrais que je ne peux pas m'en aller
loin d'elle. Quand je suis premier, c'est une joie, une joie dont tu
n'as pas d'idée, et elle m'embrasse je ne sais combien de fois, si
fort, de si bon cœur..., comme tu faisais tout à l'heure. Quand je ne
suis pas premier, elle m'embrasse encore, pour me consoler, et si
maman me gronde un peu :—Allons, Pauline, dit-elle, ce n'est peut-
être pas sa faute, on a quelquefois du malheur, vous allez voir qu'il
va regagner son rang.—Ensuite grand'mère ouvre son sac... je l'aime,
ce vieux sac; il est vert foncé avec une chaîne d'acier... Tu n'imagines pas comme grand'mère est contente d'y fouiller. C'est qu'elle
y cache des friandises, elle croit toujours que j'ai six ans, que je suis
gourmand : elle déplie son petit paquet : — Vois-tu, mon Georges,
voilà tes macarons, puis des meringues à la crème; tu les aimes
toujours, n'est-ce pas?—Tu comprends bien, nourrice, qu'un grand
garçon comme moi ne s'en soucie plus guère, mais puis-je ôter à
grand'mère son plaisir? J'ai donc l'air d'aimer beaucoup les meringues à la crème et je donne les trois quarts de mes gâteaux à mes
camarades. Tout est pour le mieux : je me fais des amis et grand'mère
s'en va contente. Elle est si heureuse de me gâter! Non, réellement,
il n'y a pas moyen que je fasse mes études à Grenoble.

— Tu as raison, tu es un trop bon garçon pour chagriner ta
famille. Pour moi, je te trouve bien assez savant. Est-ce qu'un petit
monsieur comme toi a besoin en effet de suer sang et eau? Autant
vaudrait être vigneron alors. Mais tu peux te donner la vie douce.
Qu'est-ce qui t'empêcherait, par exemple, d'acheter un petit bien
dans ce pays, et de venir y demeurer?

— C'est que je voulais devenir général ou capitaine de vaisseau,
ou bien encore ingénieur.

— Ingénieur, je comprends ça, ton père l'a été; mais tout de
même, ingénieur, militaire, marin, c'est des rudes métiers.

— Est-ce que tu crois par hasard, nourrice, que je crains la
peine?

— Mais non, mon petit, je sais bien que tu as du cœur et tout
plein d'esprit. Seulement, tu ne veux plus rentrer à l'institution Legrand, tu as peur qu'on ne te reçoive pas dans les autres
et tu ne te déciderais pas non plus à aller à Grenoble; alors,

comment veux-tu faire? Tu es bien obligé de planter des choux.

— Tu crois?... pourtant, ce n'était pas mon idée.

— Je t'assure que tu serais très-heureux. Mon Claude te servirait
de vigneron et ton vignoble serait en bon état, je t'en réponds. Depuis
que nous avons perdu ton frère de lait, nous n'avions pas grand
cœur à l'ouvrage, nous en prenions à notre aise, mais pour toi, nous
nous mettrions en quatre. Claude s'entend à son affaire, ton bien
ne dépérirait pas. Moi, je laverais tes lessives, je te fournirais de
beurre et de fromage, tu ne manquerais de rien, et tu vivrais comme
un coq en pâte.

— Oui, ma bonne nourrice, vous trimeriez pour moi; mais moi,
pendant ce temps-là, qu'est-ce que je ferais?

— Eh bien, les jours de beau temps, tu te promènerais, les mains
dans tes poches, ou bien tu t'en irais faire un tour de chasse. Les
jours de pluie, tu lirais ton journal au coin de ton feu, et quand tu
en aurais assez, tu irais passer un petit moment au café. Tu ferais
une partie de billard ou de dominos, comme M. Rupillon, le gros
mercier retiré, de la rue Tupin. Si tu l'avais vu quand il est arrivé,
tu ne le reconnaîtrais plus; il était jaune comme un coing, maigre
comme un clou. A présent, il vous a un teint fleuri et, en trois
ans, il est devenu si gras qu'il ne peut plus entrer dans ses pantalons.
C'est vrai ça, je ne te mens pas; c'est M⁽ᵐᵉ⁾ Rupillon qui me l'a dit. »

Georges, à ce tableau de ses félicités futures, devenait tout rêveur.
Cette petite vie routinière et paresseuse ne ressemblait guère à celle
qu'il avait tant de fois rêvée. — « Mais je deviendrais une huître,
tout simplement, pensait-il. Le bon M. Rupillon au moins dans son
temps a vendu du fil et des aiguilles; c'était bien, puisqu'il ne
pouvait pas faire autre chose et qu'il y a des gens qui sont obligés
d'acheter des aiguilles et du fil. Mais moi, le fils de mon père, je
serais un fainéant et un incapable, je m'abrutirais dans la paresse
et les niaiseries! Ah! Ganiveau! si, grâce à tes malices, c'était là
mon existence!... »

Qu'est-ce que tu rumines donc, mon Geogeo? demanda maman
Michon. Est-ce que tu n'as plus faim? Voilà ma soupe prête, flaire
un peu si elle sent bon. Je pense que Claude va rentrer, il est en
retard, mais nous pouvons très-bien commencer sans lui. »

Et Dodon Michonneau mettait devant son jeune convive une
assiette en faïence peinte, pleine jusqu'au bord d'une soupe aux
choux d'un fumet très-appétissant.

Georges, malgré sa préoccupation, y fit honneur; toutefois il ne retrouva plus sa première éloquence. Sa bonne nourrice avait peine, malgré ses agaceries, à lui arracher quelques monosyllabes.

« Il n'en peut plus de fatigue, cet enfant, pensait-elle; aussitôt qu'il aura soupé, je mettrai des draps blancs à notre lit et le ferai coucher. Je suis sûre qu'il fera un fameux somme, mon Geogeo, il en a un fier besoin. »

Le père Claude était rentré au milieu du repas. Dodon lui conta par quelle suite de circonstances Georges leur faisait une visite si inattendue. Il était huit heures du soir, la nuit était complétement venue; Georges, tout songeur, restait accoudé sur la table et ne disait mot. Sa nourrice, croyant qu'il dormait debout, l'engagea à venir s'étendre dans son bon lit, bien bourré de paille de maïs; mais Georges, qui ne pensait nullement à se reposer, lui demanda si elle ne pourrait pas trouver par hasard, dans un coin de son armoire, un encrier et un bout de papier.

Mme Michonneau s'imagina qu'il se décidait à écrire à sa mère, et elle s'empressa de chercher les objets demandés. Elle éclaircit l'encre trop épaisse avec une goutte de vin, et, quant au papier, elle s'en procura en déchirant par le milieu le dernier reçu du tonnelier qui ne remplissait que la moitié de la page.

Georges se mit à écrire rapidement; au bout de trois lignes, il s'arrêta.

« C'est déjà fait? demanda sa nourrice un peu surprise.

— Oui, il ne manque plus que l'adresse. »

Il plia le billet et, en le pliant, dit au père Claude : « Je vais vous faire lever demain de bon matin; c'est qu'il faudrait porter cette lettre....

— A la poste? dit le bonhomme.

— Non, à Flavigny, chez mon oncle, M. Guérin. Vous lui donnerez la lettre à lui-même, sans qu'on vous voie; vous aurez soin de le faire avertir par Simonne; toi, nourrice, tu auras la complaisance de me réveiller à quatre heures, parce que je me rendrai de mon côté à Flavigny.

— Comment, tu vas t'en aller chez ton oncle, à présent? Tu me disais en arrivant que tu te serais bien gardé d'entrer chez lui, parce qu'il t'aurait trop mal reçu.

— Eh bien, j'espère qu'il me recevra passablement; la manière de s'y prendre fait beaucoup, répondit Georges d'un air gai.

Georges restait accoudé sur la table.

— Toujours le même, pensait maman Michon. Triste, gai, sérieux, rieur, d'une minute à l'autre; c'est le jour et la nuit, on n'y comprend rien. Avec tout ça, bon, gentil, amusant, et fin comme l'ambre. »

Elle l'embrassa dix fois, le borda dans son lit : car Georges avait eu beau s'en défendre, il lui avait fallu, bon gré mal gré, accepter le lit des bonnes gens, qui s'en allèrent coucher à la grange.

Le lendemain, à cinq heures du matin, M. Guérin se promenait de long en large dans la cour en attendant son déjeuner, lorsque Simonne l'aborda d'un air mystérieux.

« Une lettre pour vous, monsieur, dit-elle; le père Michonneau vient de l'apporter et m'a dit de n'en pas parler à madame. »

M. Guérin était passablement intrigué, car évidemment ce n'était pas l'heure des messages ni des visites. Il déplia donc avec étonnement le petit chiffon de papier jauni, et cet étonnement ne fit qu'augmenter en reconnaissant l'écriture et en lisant les lignes suivantes :

« Mon cher oncle,

» Si je me noyais, vous me tendriez la main; eh bien, c'est absolument la même chose. Je vous en conjure, venez immédiatement me parler. Vous me trouverez caché derrière l'étang, dans la petite cabane à tirer les alouettes. Vous pourrez me rendre un service que je n'oublierai de ma vie.

» Votre neveu coupable et repentant,

« GEORGES. »

« Bon, qu'est-ce qu'il a fait? pensa l'oncle; je crois qu'il devient fou; il tombe de la lune tout au moins. Je vais voir au surplus de quoi il retourne. »

M. Guérin se dirigea vers l'étang, mais il n'était pas encore entré dans la cabane qu'un malheureux écolier, confus, hâlé, déchiré et désespéré se jetait tout en larmes dans ses bras.

« Mon oncle, je suis un extravagant, un maladroit, un orgueilleux; j'ai fait une faute énorme, une bêtise insigne, mais j'en suis au désespoir et rien ne me coûtera pour la réparer. »

Un récit humble et sincère suivit ce beau mouvement; l'oncle Guérin, qui était arrivé un peu hérissé, se radoucit, fit atteler le

break, y fit monter son neveu et fila avec lui sur Villefranche, où
ils purent arriver assez tôt pour prendre le train de sept heures.

Si Georges avait senti battre son cœur en franchissant le seuil de
la porte pour sortir de l'institution Legrand, ce fut bien pis lorsqu'il
dut repasser par cette porte pour rentrer dans la maison. Le concierge, M. Dubois, leva les bras au ciel en l'apercevant, et son

M. Guérin se dirigea vers l'étang.

oncle, le laissant seul dans le vestibule, entra dans le cabinet de
M. le directeur. Vraiment, on éprouve souvent dans la vie de grandes
anxiétés; mais il en est peu qui égalent celles d'un coupable dont
le sort est en suspens et qui se dit: « Si je suis condamné, je ne
l'aurai que trop mérité. »

Le temps, dans ce vestibule, semblait à Georges d'une longueur
mortelle, mais, quand il entendit la porte du cabinet s'ouvrir et
M. Legrand l'appeler, il aurait bien préféré attendre encore une
demi-journée.

Il s'avança chancelant, les yeux baissés. M. le directeur était
grave et silencieux; on voyait qu'il n'avait pas l'habitude de pardonner de semblables escapades. Georges cependant parvint à le
fléchir à force de franchise et de repentir, et apprit de lui avec une
joie ineffable que, pendant qu'on mettait à ses trousses toute la
gendarmerie du département, sa mère, à laquelle on avait voulu

épargner une émotion trop cruelle, n'avait pas été avertie de ce qui se passait.

Le directeur mit le comble à ses bontés en accédant à la demande que lui fit Georges de changer de place à l'étude ; l'écolier, sans dénoncer Ganiveau, avait eu soin de faire entendre que le voisinage de Raynaud lui serait fort avantageux et tout à fait propre à étayer sa vertu chancelante. M. Legrand vint donc l'installer à côté de cet élève modèle, après l'avoir présenté à M. Gaillard, qui reçut ses excuses avec indulgence.

M. Guérin n'avait plus rien à faire à l'institution Legrand, il prit congé de son neveu et celui-ci, après avoir quitté sa tunique percée, revint heureux et plein de zèle s'asseoir à côté du paisible Raynaud.

« Ah ! cher père, pensait-il, c'est à vous que je ressemblerai, et non pas à M. Rupillon. » Et il travaillait avec application pour rattraper ses deux journées perdues.

Une heure à peine s'était écoulée, lorsque la porte de l'étude s'ouvrit tout à coup.

« Monsieur Marcey, dit le garçon de salle, M. le directeur vous prie de passer chez lui.

— Qu'y a-t-il donc? se demandait Georges, avec une vague inquiétude. M. Legrand aurait-il changé d'idée? Voudrait-il maintenant me renvoyer ? »

« Mon enfant, lui dit le directeur, votre grand'mère est gravement malade et désire vous embrasser. Vous allez suivre le concierge de votre maison qui vous attend dans la cour.

— Ah ! mon Dieu, se dit Georges, et si je n'étais pas revenu, si je n'avais pas été là ! »

CHAPITRE XXVII

La mort de l'aïeule.

« Est-ce grave ! monsieur Marchand, demandait-il en descendant
à grands pas le Gourguillon. Pauvre grand'mère, que lui est-il
donc arrivé? »

Elle avait eu le matin même une attaque de paralysie et venait
seulement de reprendre connaissance. Immédiatement, elle s'était
souvenue de son petit Georges et avait demandé à le voir. Le pauvre
enfant était bien peiné, bien inquiet, moins cependant qu'il ne l'eût
été quelques années plus tard, car l'idée de la mort n'entre pas
facilement dans l'esprit de la jeunesse. Pourtant l'anxiété de Georges
augmenta en arrivant chez lui; sous la porte cochère, il croisa le
curé de la paroisse d'Ainay et comprit pourquoi il était venu. Sa
mère, qui guettait son arrivée, le serra dans ses bras, puis, le prenant
par la main, entra avec lui dans la chambre de la malade.

Sa tête pâle reposait accablée sur l'oreiller, ses yeux éteints semblaient ne rien voir; mais, quand la porte s'ouvrit, que l'enfant
bien-aimé s'approcha, un regard d'ineffable tendresse lui fit comprendre qu'il était reconnu.

Il s'était jeté à genoux devant le lit, baisait la main glacée étendue
sur la couverture : « Oh! grand'mère! grand'mère! disait-il en
sanglotant.

— Ne pleure pas si fort, mon enfant, lui dit tout bas sa mère, tu
l'agiterais et je serais forcée de t'emmener.

— Oh! laisse-moi, petite mère, je ne pleure plus, » répondit

Georges en contenant ses larmes. Et il resta immobile et silencieux à contempler cette chère figure, si calme devant la mort prochaine, et si douce malgré la souffrance.

« Mon petit Georges ! répétait de temps en temps la grand'mère, mon petit Georges ! » Elle n'en pouvait dire davantage, mais qu'il y avait de.choses dans ces deux mots !

A la fin pourtant, elle fit un effort :

« Écoute, dit-elle, mon bien cher enfant. Tu aimes ta mère et ton grand'père, tu les aimes beaucoup ; eh bien, à l'avenir, aime-les encore davantage.... aime-les pour moi, sois leur consolation. Je puis compter sur toi, je le sais, tu es un bon enfant. Que de progrès tu as faits depuis deux ou trois ans ! Te voilà corrigé de tes petits défauts, tous les jours tu nous donnais plus de contentement ; aussi, vois-tu, j'étais heureuse, et il m'en coûte de te quitter. Quand j'ai perdu ton père, le courage m'a manqué et j'aurais voulu mourir ; puis les soins si tendres de ma chère fille, les caresses de mon petit Georges m'avaient rattachée à la vie, ce que je n'aurais jamais cru possible. A présent, il faut que je m'en aille, je vais retrouver un de mes bien-aimés, les autres ne m'oublieront pas. Pense à moi, mon enfant chéri ; chaque fois que tu te trouveras en face d'un devoir difficile, dis-toi : Grand'mère me regarde, car, bien sûr, Dieu me permettra de te voir encore, là où je vais. »

Georges avait recommencé à pleurer bien fort, et ses larmes mouillaient la main de sa grand'mère.

« Pauvre enfant, reprit-elle, il m'aime donc tant que cela ? Allons, il faut te résigner ; tout ce que Dieu ordonne est juste et bon, et je suis soumise à sa volonté. Laisse-moi un peu maintenant, cher enfant, j'ai besoin de penser à lui et de le prier pour vous. »

Georges sortit et alla se jeter au cou de son grand'père, qui restait dans la pièce voisine, immobile et les yeux fixes. En apercevant Georges, il essaya de lui parler, de se soulever pour aller à sa rencontre ; mais il n'en eut pas la force et retomba accablé dans son fauteuil.

Le curé revint dans la soirée pour donner le viatique à la mourante, qui le reçut avec une pleine connaissance et une joie recueillie ; ensuite elle voulut embrasser tous les siens, même sa bonne Françoise, à qui elle recommanda son mari comme elle l'avait fait le jour du départ pour Flavigny, puis elle s'assoupit profondément, et Georges, brisé de fatigue et d'émotion, alla prendre un peu de repos. Quand il s'éveilla, l'agonie avait commencé et sa chère grand'mère ne le reconnut plus. Elle mourut vers le soir. A l'approche du dernier moment, sa raison obscurcie recouvra soudain sa lucidité et, en voyant autour d'elle ceux qu'elle aimait tant, un doux sourire éclaira son visage. Il ne s'effaça plus; la mort le fixa sur ses lèvres.

Rien ne put empêcher Georges de passer une grande partie de la nuit près de cette chère dépouille. Ses larmes, à force d'avoir coulé, s'étaient taries; il pouvait prier et réfléchir. Ce deuil n'était pas pour lui le premier, un souvenir presque effacé lui revenait. Il se rappelait ce jour lointain où sa mère, l'embrassant tout en larmes, lui avait mis un vêtement noir au lieu du petit costume bleu qu'il portait la veille. Georges avait pleuré parce qu'il n'aimait pas cette couleur sombre; on lui avait dit alors que son père venait de mourir, mais l'enfant ne savait ce que c'était que mourir et il avait déjà oublié son père parti six mois auparavant pour l'Algérie.

Ce n'était que plus tard qu'il s'était mis à l'aimer. Bien souvent sa mère, lorsqu'elle se trouvait seule avec lui, ouvrait une cassette et en tirait un petit portrait qu'elle faisait regarder à son fils : « Qui est-ce? disait-elle ; le connais-tu ? » Georges d'abord secouait la tête, car cette image ne lui rappelait rien. « C'est ton père, reprenait Mᵐᵉ Marcey, ton bon père qui t'a tant aimé. » Elle était émue, et l'enfant, touché de sa tristesse, prenait le portrait dans ses petites mains et y déposait de tendres baisers. Hélas! il n'avait alors d'autre manière de témoigner son affection, et auparavant il n'avait rien pu faire pour son père, car l'enfance, pendant bien longtemps, reçoit tout et ne donne rien.

A son tour, sa grand'mère le quittait, mais Georges, entré dans l'âge de raison, responsable de ses actes, avait-il au moins fait pour elle tout ce qu'il aurait dû? Que de fois il l'avait tourmentée et chagrinée! Sans doute, dans son indulgence, elle lui avait pardonné ses fautes, mais elle en avait souffert et Georges se les reprochait amèrement. Combien ses remords eussent été plus poignants, s'il lui avait infligé par son orgueilleuse obstination une dernière angoisse! Combien il remerciait Dieu, qui lui avait donné le courage de revenir sur ses pas et qui lui avait ainsi épargné l'inconsolable regret d'arriver trop tard à ce lit de mort!

Oh! si sa vie était à recommencer, quels ne seraient pas son attention, ses efforts, pour ne donner que du bonheur à sa chère

aïeule ! mais il était en face de l'irréparable, et il se disait : Puisque
nos bons parents doivent nous quitter un jour, faisons au moins
tout pour eux pendant que cela est en notre pouvoir.

Deux jours plus tard, il suivit au cimetière de Loyasse le convoi
de sa chère grand'mère. Les funérailles ont à Lyon un caractère
plus touchant et moins banal que dans l'immense Paris, forcément
distrait et indifférent : point de luxe funèbre, théâtral et de com-
mande, point de corbillard aux panaches prétentieux ; le cercueil est
porté à bras, le clergé le suit à pied avec des cierges allumés. Les
habitants du quartier vous connaissent et semblent prendre quelque
part à votre malheur. Cela toutefois ne pouvait consoler Georges et,
comme tout blesse un cœur déchiré, il souffrait de voir en chemin
les aubépines en fleurs et d'entendre chanter les oiseaux.

Sa mère, une fois les derniers devoirs accomplis, le garda quelques jours auprès d'elle, dans l'espoir que sa présence ferait un peu
de bien au grand-père ; mais le pauvre vieillard, pour la première
fois de sa vie, paraissait insensible aux caresses de son petit-fils, et
la profonde tristesse de Georges s'accroissait de celle de ses parents.
Mme Marcey, qui le voyait fort abattu et un peu souffrant, jugea, au
bout d'une semaine, qu'il était nécessaire de le distraire par le
travail de ces scènes de deuil. Elle le renvoya donc à l'institution
Legrand, où, pendant tout le reste de l'année, ses maîtres n'eurent
pas un seul reproche à lui adresser.

CHAPITRE XXVIII

Le chien enragé. — Éclipse du grand Tournichon, aurore du petit André.

Aux vacances suivantes, on avait repris à Flavigny le train de vie accoutumé, et M. Guérin s'en allait tous les matins faire un tour au village pour s'occuper des affaires de la mairie.

Un jour il arriva fort en retard au déjeuner, mais son excuse n'était que trop valable : un chien, de mine suspecte, venait de mordre cruellement le grand Pierre Tournichon. M. Guérin avait trouvé tout le pays en émoi ; les voisins entouraient le pauvre Pierre et faisaient grand bruit en parlant tous à la fois : les uns se lamentaient à n'en plus finir, les autres proposaient des remèdes inapplicables ; M. Latuile, enfin, avec son ton d'oracle, décrivait minutieusement les épouvantables effets de la rage. Tournichon, en l'entendant, se voyait déjà à l'article de la mort et voulait se jeter dans les bras de sa femme pour lui faire ses derniers adieux ; mais la grosse Fanchon, croyant que son accès le prenait, s'enfuyait épouvantée en poussant les hauts cris.

« Pour moi, ajoutait M. Guérin, qui décrivait cette scène, j'ai lavé la plaie avec de l'eau salée et tâché d'apaiser le vacarme. Je voulais emmener Tournichon chez le docteur, mais le pauvre diable ne se tenait plus sur ses jambes ; heureusement, j'ai aperçu parmi les curieux la mine de fouine de Chapotin. C'est un dangereux compagnon, mais un leste furet. Il a enfourché le gris-pommelé, et, vingt minutes après, nous a ramené en croupe Castignac qu'il avait

rencontré en chemin. Le docteur, qui n'a pas l'habitude de monter
à poil, s'accrochait à notre Chapotin ; c'était un couple fantastique
qui filait comme le vent. Castignac a cautérisé tout de suite : le
patient geignait, sa femme pleurait, les voisins criaient ; toutefois
le docteur a bon espoir et s'est efforcé de remonter le moral de son
client.

— Et le chien ? demanda Mme Guérin.

— Le chien ? il court encore, voilà bien le mal. Pas une de ces
mouches du coche ne s'est mise en peine de l'abattre ; mais j'ai
chargé le père Vignot, le facteur, de le signaler à tout le pays, et
j'espère qu'il n'ira pas loin. »

M. Guérin retourna dans l'après-midi prendre des nouvelles de
Tournichon, car les belles promesses de son médecin Tant-Mieux
ne le rassuraient pas tout à fait ; les jeunes gens voulurent l'accompagner.

« Viens-tu, André ? dirent-ils.

— Merci, pas cette fois, j'aime autant rester.

— Es-tu malade ? lui demanda sa mère.

— Non, maman, mais... j'ai mal au pied.

— Ah ! tu as mal au pied, » répéta M. Guérin d'un ton peu convaincu.

Il n'insista pas cependant, il n'avait que trop compris la cause de
ce mal subit. Ainsi, son pauvre André tombait de la poltronnerie
dans le mensonge ; un seul défaut, dont il avait honte, menaçait de
corrompre tout son caractère. C'était une épine pour ses parents.
Sans cela, Lucien bachelier, Alice mieux portante, Cécile plus
studieuse, qu'eussent-ils pu désirer ? puisque, de l'avis de tous,
Toto était un amour d'enfant.

« Voyez-vous, madame, disait Mariette, il n'y en a point comme
lui. Il trouve de ces choses étonnantes, je ne comprends pas où il
va les chercher. Hier, comme vous savez, nous sommes rentrés
tard, il faisait un beau clair de lune. Toto s'en revenait, le nez en
l'air, et ne desserrait pas les dents. Tout à coup il me dit : — La
lune est plus grande aujourd'hui qu'hier, pourquoi ça, ma bonne ?
— Ah ! pourquoi ça ? est-ce que je le sais, je n'y avais seulement
jamais pensé. Ce petit sera un grand astronome, à ce que je crois...
Avec ça, comique... Figurez-vous que ce matin, en faisant sa prière,
il s'arrête tout à coup : — Donnez-nous aujourd'hui... Bon, dit-il,
je dirai ça demain ; aujourd'hui c'est inutile de demander le pain,

le boulanger l'a apporté. — J'ai voulu prendre mes airs sérieux, mais pas moyen. Est-ce que vous ne ririez pas aussi, madame? Et tous les jours de nouvelles drôleries! Il aime tant l'histoire du Petit-Poucet, eh bien! il lui ressemble à son Poucet, et il a plus d'esprit dans son petit doigt que les autres dans toute leur personne. »

La bonne Mariette n'en finissait pas chaque fois qu'elle entamait le panégyrique de son benjamin; ses grâces et ses naïvetés la dé-

Le docteur s'accrochait à Chapotin.

dommageaient de toutes ses peines, et c'était justice. On l'aurait cruellement offensée, si l'on avait seulement paru douter que cet enfant ne fût pas un phénix et une huitième merveille du monde. Ces sortes d'illusions sont assez générales; les progrès rapides de l'enfance ont de quoi étonner, et les bons parents, les sevreuses dévouées, ont raison d'en jouir. Grâce à ces progrès, en effet, leurs jolis enfants ne seront pas tout à fait idiots, et, s'ils restent nuls ou médiocres, comme cela arrive et se voit tous les jours, leur famille aura du moins goûté quelques instants de bonheur.

André, lui aussi, aimait bien son Toto. Il pouvait, pour la première fois de sa vie, jouer vis-à-vis de quelqu'un le rôle de protecteur. C'était André qui maintenait le marmot en équilibre chaque fois qu'il lui prenait fantaisie de s'essayer à l'équitation sur le dos de Lion, le gros terre-neuve, aussi doux qu'un mouton; André, qui

13

lui faisait sauter à pieds joints les rigoles, où ne se pouvaient noyer que des cigales. Toto lui savait un gré infini de ces services signalés, et ils étaient les meilleurs amis du monde.

Cette après-midi, restés seuls dans la cour, ils s'amusaient à creuser un bassin qu'ils se promettaient de remplir ensuite avec un arrosoir. André s'escrimait de sa petite bêche, Toto avait la prétention d'avancer beaucoup l'ouvrage au moyen de sa pelle de bois blanc. Tout à coup André s'arrête, relève la tête, prête l'oreille et pâlit. Il a entendu crier de l'autre côté du portail, qui malheureusement est resté entr'ouvert. Un chien de berger, à l'air hagard et farouche, vient de pénétrer dans la cour par cette ouverture. Chapotin le suit de près et jette des cris perçants de menace et d'alarme. Le chien n'en fuit que plus vite; il se dirige du côté des enfants qui sont restés immobiles, l'un de surprise et l'autre d'effroi.

« Au chien enragé! au chien enragé! » crie de plus belle Chapotin, qui décrit un moulinet avec son gourdin, mais se garde bien de toucher la bête furieuse. Le chien exaspéré, se voyant traqué, fait mine de se jeter sur Toto : un malheur semble inévitable, puisqu'on ne peut compter sur André pour défendre son jeune frère.

André cependant, au lieu de fuir comme la prudence le conseille, est resté à son poste. Le péril devient imminent, André fait un pas, se rapproche de l'ennemi, et, au moment où sa gueule béante effleure la jaquette de Toto, il décharge sur la tête de l'affreux chien un coup de bêche si violent, qu'il l'envoie rouler à demi mort aux pieds de l'enfant. Vincent accourt et l'achève avec sa pioche, et enfin, quand il est bien mort, Chapotin laboure de son gourdin ses côtes efflanquées.

En une seconde, la cour s'est remplie de monde : c'est Mme Guérin toute pâle, Jean tout étonné, Catherine tout ahurie, Mariette folle à la fois d'épouvante et de joie. Toto, un peu excité, répète à satiété : « André a tué le vilain chien! André l'a tué! »

Tout invraisemblable que cela puisse paraître, il faut bien se rendre à l'évidence; le jeune vainqueur serre encore son arme d'une main convulsive : le chien a rendu le dernier soupir, le baby est sain et sauf.

« Oh! mon cher petit André, dit la mère transportée de bonheur et d'orgueil, comment as-tu osé? qui t'a rendu si brave? »

Le pauvre enfant, après son coup de maître, est resté comme pétrifié; à la voix émue de sa mère, il recouvre enfin ses esprits, et,

Il décharge sur la tête de l'affreux chien un coup de bêche.

pressant dans ses bras son petit frère, murmure en le couvrant de baisers : « Il allait mordre Toto, Toto en serait mort. O mon Toto, mon petit Toto !

— Hi ! hi ! hi ! hi ! hi ! hi !... » Croirait-on jamais que ce fut à ce moment pathétique que l'insupportable Chapotin se permit d'éclater de rire.

« Veux-tu te sauver, vilain singe ! lui cria Vincent en lui montrant le poing.

— Oh ! le monstre ! ajouta Mariette ; rire quand mon Toto aurait pu en mourir !

— Pas sûr, pas sûr, répondit Chapotin, en la narguant ; on revient souvent de plus loin.

— C'est toujours pas toi qui aurais tué le chien enragé, reprit Catherine en levant les épaules, t'es bon à rien qu'à taquiner les gens.

— Merci bien, Catherine aux yeux doux, répondit, en levant son chapeau, l'impudent gamin, qui ne perdait pas une occasion de rappeler à la pauvre fille son strabisme prononcé. Je vous demande un peu pourquoi je n'aurais pas pu tuer le chien, aussi bien que votre petit monsieur, puisque c'est moi qui lui courais dessus. »

Le débat en était là, lorsque M. Guérin rentra avec son escorte. Il en résulta une scène d'effusion à laquelle Chapotin jugea opportun de se soustraire. André n'avait jamais été si heureux de sa vie ; il se sentait grandi de cent coudées. Le poids de terreur et d'alarme qui l'oppressait depuis sa naissance venait d'être subitement enlevé. Il respirait plus librement et croyait marcher sur les nuages tant il se trouvait léger.

Le *père l'oie*, qui avait l'habitude de prendre part aux événements importants, arriva en ce moment du fond de la cour et tendit son long cou vers son ancienne victime ; mais André, d'un seul mouvement de sa bêche, l'obligea immédiatement à rétrograder.

M. Guérin embrassa ses deux enfants et serra plus tendrement encore dans ses bras le petit brave, dans lequel enfin il reconnaissait son sang.

« Tu vois bien, mon ami, lui disait le soir Mme Guérin, tu vois bien que j'avais raison et qu'il fallait prendre patience. Sans André, Toto était perdu. »

« Pas sûr, pas sûr, » aurait répété la voix railleuse de Chapotin.

Le fait est que toute cette alerte avait été préparée par l'aimable garçon. M. Guérin, au bout de quelques jours, ne put, à cet égard, conserver le moindre doute. Le méchant gamin était parvenu à venger à la fois tous ses griefs. Il en voulait particulièrement à Marion Bigolet et à son chien et avait gardé un souvenir amer de la correction, aussi vigoureuse que bien méritée, infligée un jour par la vieille fille à l'effronté maraudeur qu'elle avait surpris dévalisant ses pommiers. Depuis ce jour néfaste, Chapotin guettait le chien, trop bien dressé, qui, sur l'ordre de sa maîtresse, l'avait appréhendé au corps ; et, la première fois qu'il put le rencontrer sans la redoutable Marion, il se mit à le harceler et à le poursuivre avec un gros paquet de houx dont les piqûres exaspérèrent promptement le pacifique animal. Quand Chapotin le vit bien furieux, il le rabattit sur le village en criant de toute sa force : « Le chien enragé ! le chien enragé ! » L'alarme se répandit aussitôt, et le garnement jubilait en voyant l'air effaré de toute la population. « Comme ils gobent ça ! » disait-il en riant sous cape. Chemin faisant, il se souvint qu'il avait un compte à régler avec Tournichon. Celui-là aussi, pour quelque méfait, l'avait récemment fustigé et le gaillard avait le poing solide. Il dirigea donc le chien du côté de la maison de Tournichon et celui-ci, ayant essayé de se défendre, y gagna un bon coup de dent.

On sait le reste. Chapotin poussa la scélératesse jusqu'à persister dans sa comédie, et la frayeur de Tournichon lui parut d'un burlesque tout à fait réjouissant : « Le v'là blanc comme un meunier, se disait-il ; je peux me vanter de lui avoir donné une fameuse venette. Plus tard, je lui dirai que le chien n'était pas plus enragé que son mouton, et Fanchon se moquera de lui. »

Il eut bien soin de profiter de la bagarre pour faire disparaître le chien, afin qu'on ne pût s'assurer de son état sanitaire, et il se crut après cela maître de son secret ; mais il avait compté sans les réclamations de Marion Bigolet, qui redemandait son chien à tous les échos et qui finit par éventer l'affaire. Chapotin avait traversé Theizé un mardi, sur les huit heures, et à neuf le malheureux Labri avait disparu. La pauvre bête, à ce moment-là, se portait à merveille, ajoutait Marion, à preuve qu'elle venait de boire une grande jatte d'eau fraîche ; ainsi elle n'était point enragée, ainsi Tournichon n'avait rien à craindre, ainsi Chapotin était un vaurien de la pire espèce.

Du même coup, le laurier tardif du pauvre André se fanait instantanément. N'était-ce pas décourageant ? Lucien, frais émoulu de philosophie, jugea à propos de lui réconforter le moral à coups de syllogismes. « L'homme de cœur ne fuit pas le danger, disait-il ; or André n'a pas fui le danger : donc André est un homme de cœur. »

Mais Lucien prenait là des soins inutiles : la révolution était accomplie, l'enfant avait recouvré la conscience de ses forces et la possession de lui-même ; aussi, quand Georges, qui devait l'emmener à la rentrée à l'institution Legrand, se permettait de lui dire : « Je te défendrai, » André ne manquait pas de répondre : « Oh ! je me défendrai bien tout seul. »

Quant à Marion Bigolet, elle pleura son chien quelques jours, puis se consola lorsqu'elle vint à réfléchir que, malgré sa sobriété, cet animal mangeait pourtant quelquefois.

CHAPITRE XXIX.

Georges travailla fort assidûment les deux années suivantes : il disputait les premiers prix à Raynaud, et Ganiveau ne le tourmentait plus ; car ce remarquable élève ayant traduit : *Serena tempestas*, par : une tempête calme, et *Dii Martiales*, par : les dieux troupiers, s'était vu condamner impitoyablement à redoubler sa quatrième.

Georges pouvait donc se flatter plus que jamais de devenir un ingénieur de premier ordre et d'ajouter au nom si honoré de son père un reflet de gloire et de renommée.

Pendant qu'il s'efforçait d'y parvenir, Mme Marcey soignait avec une sollicitude infatigable la vieillesse du grand-père. C'était parfois pénible et toujours laborieux, parce que souvent avec l'âge l'esprit s'affaiblit et le caractère s'altère ; mais son mari et sa bonne mère lui avaient laissé cette tâche et elle s'était juré de l'accomplir sans défaillance.

M. Marcey, tout en aimant beaucoup sa belle-fille, mettait son amour-propre à conserver uniquement la direction de ses affaires pécuniaires ; et, par suite de cette défiance inexplicable qu'éprouvent quelques vieillards à l'égard de ceux qui leur sont le plus dévoués, il évitait même de la consulter sur cet article. Un notaire, nommé M. Lefrêne, possédait toute sa confiance et semblait la justifier par son application aux affaires et son apparente austérité. Il était d'ailleurs universellement considéré, et tout ce que la ville comptait de gens sérieux et prudents lui avait confié ses intérêts.

Un matin du mois de juillet, comme le temps était chaud et que
le grand-père s'était levé plus dispos qu'à l'ordinaire, il jugea que
l'occasion était bonne pour aller toucher une petite somme échue
depuis quelques jours. Il fit sa barbe soigneusement devant son
miroir accroché à la fenêtre, arrangea ses beaux cheveux blancs,
quitta sa robe de basin pour enfiler la grande 'redingote vert bou-
teille que lui présentait Françoise, et enfin prit sa canne à pomme
d'ivoire et son chapeau bien lustré.

« Je vais vous accompagner, mon père, dit Mme Marcey; en revenant, nous nous arrêterons un peu à Bellecour, le temps est si beau!
— Non, ma chère enfant, c'est inutile, répondit M. Marcey qui
devina sa petite ruse; vous disiez tout à l'heure que vous vouliez
écrire à Flavigny; ne changez rien à vos projets; je ne suis pas encore
tellement invalide que je ne puisse marcher tout seul. »

Sa belle-fille vit bien qu'elle le contrarierait en insistant davantage et qu'il fallait le laisser partir; mais elle s'accouda au balcon
pour le suivre des yeux. Il marchait d'un bon pas et semblait plus
alerte que les jours précédents. Quand elle l'eut vu disparaître à
l'angle du quai, elle remonta chez elle et se mit à écrire une longue
lettre, la relut, la cacheta, fit sa toilette, et enfin alla demander à
Françoise si son maître n'était pas encore rentré. Françoise lui fit
remarquer qu'il n'était absent que depuis une heure un quart, et
que, par suite de l'affluence des clients, on faisait toujours de
longues séances chez M. Lefrène. Mme Marcey, trouvant que Françoise
avait raison, prit son ouvrage et tâcha d'attendre patiemment; une
demi-heure se passa ainsi, le grand-père n'était pas revenu.

« Décidément, Françoise, dit sa belle-fille, je suis tourmentée;
allez donc jusqu'à la rue de la Belle-Cordière pour me rapporter
des nouvelles. Si vous rencontrez monsieur en chemin, n'ayez pas
l'air de le voir; il croira que vous êtes sortie pour des emplettes;
moi, je reste pour le recevoir. »

Françoise partie, Mme Marcey trouva que le temps se traînait avec
une lenteur désespérante. Elle regardait la pendule à chaque instant
et s'effrayait de plus en plus de ce retard qui commençait en effet à
devenir singulier, car le grand-père était ordinairement l'exactitude
même, et cette fois l'heure du déjeuner était passée depuis longtemps. Enfin, au bout d'une heure, un coup de sonnette violent
ébranla toute la maison et fit sursauter Mme Marcey; d'un bond, elle
fut à la porte, elle l'ouvrit: c'était M. Marcey.

« Eh bien ! mon père, qu'y a-t-il ? » demanda-t-elle avec empressement.

Le vieillard, qui était d'une pâleur extrême, la regarda d'un air étrange sans lui répondre. Elle le prit par le bras pour le soutenir et le conduisit à son fauteuil.

« Souffrez-vous ? dit-elle ; que vous est-il arrivé ? »

M. Marcey secoua la tête d'un air absorbé et ne répondit pas. Elle ouvrit la fenêtre pour donner de l'air, prépara un verre d'eau sucrée et revint le lui présenter. Il le prit machinalement et en but quelques gorgées.

« Une autre fois, Pauline, dit-il avec effort, vous ne mettrez pas de sucre, vous entendez bien, pas de sucre ; il est trop cher pour nous. »

Mme Marcey, de plus en plus effrayée, croyait la raison de ce pauvre père pour jamais troublée. Elle multipliait les soins, les caresses, les questions, et n'en tirait que des mots sans suite. Midi sonna. Il releva la tête.

« Ah ! oui, dit-il, nous avons encore une pendule. C'est bien heureux, il faudra la vendre, nous en aurons un bon prix ; l'horloger est un brave homme, il en donnera ce qu'elle vaut. »

Mme Marcey se trouvait dans une cruelle situation, car elle brûlait d'aller chercher du secours et, en même temps, n'osait quitter son beau-père une seule minute dans la crainte de quelque catastrophe. Fort heureusement, elle entendit la clé de Françoise tourner dans la serrure et, laissant ouverte la porte de la chambre de M. Marcey, elle se précipita du côté de l'antichambre.

« Et monsieur ? demanda la pauvre fille dont l'émotion était visible.

— Il est là, dit Mme Marcey à demi voix ; mais je suis horriblement inquiète, ses idées sont toutes brouillées, je ne comprends pas un mot de ce qu'il me dit.

— Ah ! pauvre monsieur, il aura eu une révolution. Il y a bien de quoi. Si vous saviez, madame, ce que je viens de voir... c'est épouvantable. Ce monsieur Lefrêne, on le croyait la crème des honnêtes gens, n'est-ce pas ? Eh bien ! c'est un fripon, un voleur, un scélérat, un hypocrite, il ne vaut pas la corde pour le pendre. C'est défendu de dire du mal du prochain, sans ça je l'arrangerais joliment. Ah ! le monstre !

— Il a fait faillite, n'est-ce pas ? interrompit Mme Marcey.

— Oui, faillite, et une soignée encore... cinq millions !

— Ah ! pauvre père, je comprends tout, son air hagard, ses
bizarres idées d'économie... il est ruiné. Françoise, j'ai une peur
affreuse qu'il n'y résiste pas. Courez chez le médecin, dites que
c'est urgent, indispensable. Ah ! mais, je ne veux pas rester seule,
que Jacqueline descende, qu'elle quitte tout, qu'elle ne perde pas
une minute, vous comprenez bien. »

Françoise sortit en courant de toute la vitesse de ses jambes et
Mme Marcey resta en face de ce vieillard qui continuait à divaguer
dans son fauteuil. Le médecin, par bonheur, ne tarda pas à arriver
et ses prescriptions eurent un si bon effet que, deux heures plus
tard, le grand-père, qu'on avait recouché, put s'endormir assez
paisiblement.

Sa belle-fille n'osa pas le quitter de toute cette journée et elle le
veilla encore la nuit suivante. Françoise lui avait conté en détail
ce qui s'était passé rue de la Belle-Cordière où elle avait eu
grand'peine à pénétrer, car la nouvelle du désastre s'était répandue
et une foule énorme assiégeait les abords de l'étude.

« Il y avait du monde, disait-elle, jusque sur la place Bellecour
et, sans la gendarmerie, on se serait étouffé. Les uns juraient, les
autres criaient, beaucoup pleuraient; si vous aviez vu ces pauvres
femmes d'ouvriers en guenilles avec leurs petits enfants... Ça fendait
le cœur. Si M. Lefrêne, avait paru, je crois bien qu'on l'aurait étran-
glé; mais il a pris ses précautions, on dit qu'il est parti pour l'Amérique avec sa caisse. On ne retirera pas un sou et les pauvres gens
mourront de faim. Si c'est pas une horreur ! Est-ce que monsieur
avait beaucoup d'argent dans cette maison ? autant dire cette ca-
verne.

— Hélas ! Françoise, il y avait déposé toute sa petite fortune,
c'est une ruine, une ruine complète pour ce pauvre père; mais je
suis là, et quoique mes ressources soient bien bornées, j'espère que
je pourrai lui conserver toutes ses habitudes et son petit bien-être.

— D'abord, madame me fera le plaisir de ne pas me parler de
mes gages, dit Françoise d'un ton décidé; avec mes vieilles robes et
mes petites économies, je peux très-bien m'en tirer, et c'est toujours
quatre cents francs de gagnés. Que madame ne dise pas non, elle
me fâcherait. »

Mme Marcey leva les yeux et crut voir une nouvelle Françoise. La
bonté en effet transformait en ce moment cette vieille fille un peu

La foule assiégeait les abords de l'étude.

sèche, à la figure en casse-noisette, et semblait effacer les angles
de ses traits et de son caractère.

« Nous n'en sommes pas encore là, ma chère Françoise, dit sa
maîtresse d'une voix émue; mais si le malheur que je prévois se
confirme, voilà ce que je pourrai vous proposer : ce sera de venir
m'établir ici; vous m'aiderez à tenir le ménage commun et je
vous aiderai de mon côté à soigner M. Marcey. Après vingt-cinq ans

Il est parti pour l'Amérique avec sa caisse.

de bons services, vous auriez eu besoin d'un peu plus de repos, je
le sens, et je me vois forcée de vous imposer un peu plus de fatigue,
au contraire; mais je vous seconderai de manière que ce ne soit pas
trop lourd pour vous. Quant à Jacqueline, je tâcherai de la placer
convenablement. J'étais contente d'elle, mais elle n'est que depuis
trois ans à mon service et ne peut nous être attachée comme vous. »

En prenant ces arrangements, Mᵐᵉ Marcey renonçait à toute
liberté et faisait le sacrifice de tous ses goûts, mais là n'était pas sa
plus grande peine, et l'avenir de Georges la préoccupait bien
davantage. Elle connaissait la vivacité d'imagination de son fils; elle
savait que, s'il était capable de se passionner et de surmonter toutes
les difficultés en vue d'un but intéressant ou élevé, il était tout aussi
sujet à éprouver de vives répulsions pour tout ce qui ne se
rapportait pas à ses goûts et à ses aptitudes. La carrière que les
circonstances semblaient maintenant lui imposer avait eu de tout

temps le don de lui déplaire souverainement, et il avait juré plus
d'une fois que, malgré l'air de négoce que l'on respirait dans sa
ville natale, jamais, de près ou de loin, il ne s'occuperait d'affaires
commerciales. Comment faire cependant pour suffire aux dépenses
considérables et prolongées qui préparent l'entrée aux carrières
libérales? Mme Marcey avait beau se creuser la tête, le problème lui
semblait tout à fait insoluble avec le peu de revenus dont elle
pourrait disposer désormais. Elle résolut de ne rien cacher à son
fils, de le traiter en homme et de le livrer aux inspirations de son
cœur et de sa conscience. Pour cela, il était nécessaire de causer
longuement avec lui; cependant, comme elle ne pouvait encore
quitter son beau-père, elle se borna à informer Georges par un court
billet de la maladie de son grand-père, l'assurant que le mieux était
déjà tout à fait rassurant.

M. Marcey, en effet, avait recouvré l'appétit et le sommeil, mais
son esprit restait sous l'empire d'une idée fixe. Livré à lui-même, il se
fût laissé périr d'inanition. Il fallut le tromper, lui persuader qu'une
liquidation avait permis de solder en partie les créanciers de
M. Lefrêne. A force de précautions, d'adresse, de sollicitude, sa
belle-fille parvint à lui rendre une sérénité relative; mais elle vit
bien qu'elle ne pouvait plus attendre de lui ni secours ni conseils,
et qu'avec les infirmités croissantes, ce ne serait pas trop de toutes
ses ressources et de tout son courage pour procurer à ce pauvre
père une douce vieillesse.

Mais Georges? Georges? Fallait-il du même coup compromettre
son avenir? Ah! pour une mère, ce n'est rien de tout sacrifier
à sa tendresse, mais immoler, dans une certaine mesure, sa tendresse même au devoir, c'est l'épreuve suprême, et Mme Marcey ne
put s'y résigner sans un profond déchirement de cœur. Elle eut
besoin de regarder en haut pour y puiser la force qui lui était nécessaire, et pour comprendre qu'elle ferait plus pour son cher fils en
lui ouvrant la route de l'abnégation et du sacrifice qu'en le mettant
sur le chemin du succès et de la gloire.

CHAPITRE XXX

Changement de carrière.

Le dimanche suivant, Mme Marcey entrait avec une vive émotion dans le parloir de l'institution Legrand où Georges, qui l'attendait impatiemment, vint bientôt se jeter à son cou.

« Eh bien, comment va le grand'père ? Et toi, chère maman, tu as veillé, tu t'es fatiguée? je te trouve pâle, maigrie. Qu'est-ce que c'est donc que ce changement de position que tu ne m'expliques pas ? »

Georges fit ainsi coup sur coup vingt questions, et les réponses de sa mère lui apprirent tout ce qu'il devait savoir : la faillite de M. Lefrêne, la gêne de la famille, l'état d'esprit du grand'père. La physionomie expressive et mobile de l'écolier trahissait pendant ce récit toutes ses impressions. Il serrait ses mains l'une dans l'autre pour contenir son indignation, rapprochait ses sourcils pour ne pas laisser éclater son chagrin, puis il écoutait pensif et son air devenait grave et concentré. En même temps que la voix de sa mère résonnait à ses oreilles, une autre voix bien chère se faisait entendre à son cœur. Cette place au parloir, n'était-ce pas la même où tant de fois il avait reçu la visite de sa bonne grand'mère? Il croyait voir encore son regard caressant, ses cheveux blancs qu'il défrisait en l'embrassant, son sourire joyeux et doux, même son châle à grands ramages et son vieux sac de cuir vert, bourré de friandises. Pauvre grand'mère ! combien elle l'avait chéri, choyé, comblé de tendresse et, en le quittant, que lui avait-elle dit ?

14

« Pense à moi chaque fois que tu te trouveras en face d'un devoir difficile. »

Le moment était venu.

Georges n'était plus assez enfant pour ne pas savoir tout ce qu'il lui en coûterait; il voyait d'un coup d'œil toute l'étendue du sacrifice qu'il devait accomplir. Il savait qu'il allait être forcé de renoncer à ces études qui de jour en jour l'intéressaient davantage, à cet espoir de renommée qui naguère l'avait ramené soumis sous la férule de M. Gaillard. Son ambition pourtant avait été légitime, mais enfin l'amour-propre y entrait encore pour une bonne part et lui avait servi d'aiguillon; cette fois, il était mis en demeure d'accepter un renoncement obscur et qui ne serait adouci ni par les rêves brillants de l'imagination ni par les promesses de l'orgueil.

Il y avait certes de quoi le rendre perplexe et songeur; mais l'égoïsme se débattait en vain dans cette âme d'enfant; le sentiment du devoir, qui depuis quinze ans s'y développait lentement sous de saines et douces influences, était déjà assez puissant pour triompher de toutes les résistances.

« Ma chère maman sait bien que je dois faire, dit enfin Georges avec sérieux et fermeté; je dois l'aider au plus vite et non lui être à charge; ainsi, je vais dire adieu à ma rhétorique et commencer mes études commerciales. »

Puis, sentant le besoin d'égayer sa mère et de se réconforter en même temps, il se mit à plaisanter:

« Ah! le vieux proverbe a raison. Il ne faut pas dire : Fontaine, je ne boirai pas de ton eau. Je n'en voulais pas de l'eau de la Grand'Côte, pourtant j'en goûterai. Pauvres canuts (on désigne à Lyon par ce nom familier les ouvriers en soie), pauvres canuts, les ai-je assez regardés du haut de ma grandeur! Vous voilà vengés, mes bons amis : M. Georges Marcey sera canut tout comme vous, c'est une affaire décidée. »

En disant tout cela, il avait une larme au coin de l'œil, et il souriait cependant. C'est qu'en effet il était triste et content, désolé et courageux.

Les vacances étaient proches; il fit une dernière moisson de prix et de couronnes, puis alla prendre congé du directeur et de M. Gaillard et, avant de partir, embrassa cordialement Raynaud, consterné du départ de son camarade, quoique ce départ lui assurât des triomphes sans partage. A la porte de l'institution, il rencontra

maître Ganiveau qui, n'étant embarrassé d'aucun prix, s'en allait
sifflotant, les deux mains dans ses poches, et il lui donna le conseil
amical de travailler convenablement pendant qu'il en avait le temps
et les moyens.

Deux mois plus tard, Georges commençait une vie toute nouvelle.
Dès sept heures du matin, il se mettait en route pour la montée
Bonafous, à la Croix Rousse (pas trop loin de la Grand'Côte), où se
trouvaient les métiers d'un ancien chef d'atelier qui enseignait à
deux ou trois élèves la fabrication de la soie. C'est ce qu'on appelle
un maître de pratique. Georges trouva ce travail manuel plus difficile qu'il ne l'avait pensé et vit que, pour être seulement un bon
ouvrier, il faut dépenser une somme déjà fort respectable d'adresse,
d'intelligence et d'activité. Cela augmenta son estime pour l'espèce
humaine en général et la classe ouvrière en particulier.

L'après-midi, il se rendait chez son maître de théorie, homme
assez instruit, de manières agréables, qui l'initiait, avec une ving-
taine d'autres jeunes gens, à tout ce qui concerne la brillante
industrie de la soierie lyonnaise et lui apprenait à connaître les
différentes étoffes, à les apprécier, à les décomposer.

Georges, qui ne s'était mis à ces sortes d'études que par conscience
et volonté, mais en conservant à leur endroit une secrète répu-
gnance, fut tout surpris, au bout de très-peu de temps, de s'y
intéresser. Il est en effet bien peu de choses tellement arides qu'elles
ne puissent attacher lorsqu'on y apporte une application suffisante.
L'ennui, presque toujours, naît de la négligence et du travail super-
ficiel. Mais, est-ce la peine de le dire? n'apprend-on pas cela aux
petits enfants sous forme de contes et d'apologues? Malheureusement, ils y font peu d'attention, jusqu'à ce que dame expérience
prenne soin de le leur démontrer victorieusement.

Après ses journées laborieuses, Georges eût été bien content de
retrouver le coin du feu et la causerie de sa bonne mère, même la
partie de piquet du grand-père; mais il devait, trois fois par semaine,
sortir tout de suite après le dîner pour aller suivre un cours d'alle-
mand. Car la connaissance des langues vivantes est très-nécessaire
dans la carrière commerciale, et Georges, qui déjà savait passablement l'anglais, ne voulait entrer en campagne qu'avec un bagage
bien complet.

Toutes ces études, qui devaient le mettre plus tard en mesure de
refaire sa fortune, coûtaient cher en attendant; et Mme Marcey avait

bien été forcée d'accepter de sa sœur quelques avances d'argent.
Encore une dette que Georges devait acquitter au plus vite, ce qui
ne veut pas dire qu'il fût pressé de se débarrasser du poids de la
reconnaissance. Oh ! la reconnaissance, n'en aurait-il pas toujours
envers les habitants de ce cher Flavigny où il avait été tant aimé et
si heureux ! Que de fois, tout en préparant sa pièce, en jetant la
navette, il se souvenait de ce temps lointain où, fabricant de
soieries à sa manière, il faisait éclore sous son oreiller la graine de
vers à soie de ses cousines, où il aidait Cécile à cueillir la feuille de
mûrier, où il suivait curieusement les phases de la mue et de la
montée des bombyx ! Bien souvent il avait pris part à la grande
opération du décoconnage, puis admiré la dextérité de la fileuse
qui, semblable à une magicienne donnant la vie aux objets inanimés,
faisait danser les cocons dans la chaudière d'eau bouillante au bout
de son petit balai de bruyère. Ainsi, ses écheveaux mêmes le rame-
naient à Flavigny et peut-être bien aussi que, sans eux, son souvenir
y fût tout seul retourné.

Il employa huit mois à apprendre la partie technique de son futur
métier ; au bout de ce temps, il avait acquis des connaissances
suffisantes pour être à même de rendre des services comme
employé. Il s'agissait de se caser. Muni des lettres de recommandation de son professeur et de son chef d'atelier, il alla se présenter
dans plusieurs maisons de commerce où se trouvaient, lui avait-on
dit, des places vacantes. Il fut reçu poliment ; mais, après l'avoir
examiné et toisé, ne lui trouvant ni une taille assez élevée ni le
moindre poil de barbe au menton, on se borna à lui donner des
espérances vagues et, finalement, on le congédia en l'engageant à
revenir un an ou deux plus tard.

Ce fut partout la même chose.

« Et pendant ces deux ans, se disait le pauvre garçon, il faudra
donc mourir de faim ou faire de nouvelles dettes ? »

Au bout d'une semaine de courses et de sollicitations infruc-
tueuses, il rentra complétement fourbu et non moins découragé. Il
était d'autant plus malheureux qu'il ne put, pendant toute la soirée,
échanger avec sa mère que deux ou trois phrases à la dérobée. Le
grand-père n'avait plus la force morale nécessaire pour prendre sa
part du fardeau commun : il fallait lui cacher beaucoup de choses,
le tromper même parfois comme un enfant malade ; ainsi, pour le
déterminer, l'hiver précédent, à se laisser acheter une bonne robe

de chambre, on avait été obligé de lui persuader que Georges avait trouvé une position superbe et gagnait déjà beaucoup d'argent. Ce soir-là, il ne consentit à prendre le café qui lui était ordonné, et surtout à y mettre du sucre, qu'après s'être fait répéter que son petit-fils était en passe de devenir millionnaire. Ces belles assurances, si différentes de la réalité, augmentèrent la tristesse de Georges et de sa mère, et tous deux, agités par l'inquiétude, passèrent une fort mauvaise nuit.

CHAPITRE XXXI

C'est Françoise qui place son jeune maître, et à bonne école.

Les vieilles bonnes qui demandent à servir sans gages savent les petits secrets de la famille, et il y a à cela une bonne raison : c'est que, lorsqu'on ne les leur dit pas, elles les devinent. Françoise, frappée, en changeant les assiettes au dîner, de la mine piteuse de Georges, comprit que ses affaires étaient moins brillantes en ce moment que le grand-père ne se plaisait à le croire et, elle aussi, passa une partie de la nuit à ruminer sur la situation. Le lendemain matin, son plan était fait.

C'était un dimanche : elle se rendit comme à l'ordinaire à la messe de six heures et, quand elle fut finie, alla se poster sous le porche à demi souterrain de l'église d'Ainay. De cet observatoire, ses petits yeux perçants examinaient tous les passants et, chaque fois qu'elle démêlait dans le nombre une de ses bonnes amies, elle courait à elle, saisissait le bout de son châle ou de sa pèlerine pour l'attirer dans l'enfoncement, où elle lui contait à voix basse sa petite histoire :

« Vous comprenez bien ?

— Parfaitement.

— Il faudrait trouver ça tout de suite.

— Soyez tranquille ; je vous rendrai réponse ce soir ou demain matin. »

Grâce à ce procédé, Françoise sema ce jour-là par la ville une demi-douzaine d'émissaires dévoués. Et ce n'était pas une mauvaise idée; car les petits connaissent leurs semblables et, par cela même, sont plus en état d'aider les débutants; aussi la vieille Mathurine arriva-t-elle sur les huit heures porteuse de la bonne nouvelle.

Elle avait trouvé pour le jeune M. Marcey une place excellente. Ce n'était pas dans une grosse maison, mais chez de si braves gens, si peu fiers, si obligeants ! On pouvait s'y présenter le lendemain matin ; on donnerait tout de suite des appointements, si le jeune homme était un peu entendu et intelligent. Françoise et son amie guettèrent Georges et l'arrêtèrent au passage dans le vestibule pour lui faire part de ce beau résultat, et ma foi ! Georges embrassa sans façon sur les deux joues Françoise et la vieille Mathurine.

Le lendemain, il eut soin de choisir parmi ses chaussures celle qui avait les talons les plus élevés. « Si on allait encore me trouver trop petit ! » se disait-il avec anxiété. Il n'eut pas ce malheur. M. Gavet, l'ayant fait causer, ayant vu ses certificats, s'arrangea tout de suite avec lui et lui dit qu'il lui donnerait pour commencer cinquante francs par mois. C'était peu, mais c'était beaucoup que de mettre le pied à l'étrier. Georges accepta avec empressement. « Je ne coûterai presque plus rien, pensa-t-il, c'est le premier article de mon programme. »

Il entra en fonctions le jour même. M. Gavet, fils de ses œuvres, n'était pas un mauvais guide pour un commençant. Georges apprit avec lui à ne jamais se rebuter d'une ennuyeuse besogne, comme à toujours profiter d'une bonne occasion.

« Croyez-moi, lui disait son patron, chacun en ce monde rencontre au moins deux ou trois fois la fortune sur son chemin, mais les niais ne savent pas la voir ni les paresseux la saisir. Ensuite ils gémissent et envient les autres, qu'ils appellent chançards. Eh ! ils l'ont eue, la chance, et ils l'ont laissé échapper; ne faites pas comme eux. »

Parfois il racontait quelque épisode de sa jeunesse et disait comment l'ambition lui était venue; il expliquait par quels prodiges d'industrie son père, simple chef d'atelier, était parvenu à élever toute sa nichée d'enfants.

« Ah ! c'est qu'il avait une femme bien habile, ajoutait-il; jamais surtout je n'en ai vu une comme ma pauvre mère pour rendre neuves les vieilles culottes. Vous pouvez m'en croire sur parole, j'avais trois aînés et j'héritais tout naturellement de leurs nippes. Ah ! ce Christophe, qui venait justement avant moi, s'y entendait-il

Françoise alla se poster sous le porche de l'église d'Ainay.

à les mettre en loques! Ainsi, un jour, à sa fête, son parrain invente
de lui faire cadeau d'un superbe pantalon café au lait. Christophe
ne le mettait d'abord que les jours de cérémonie. Bon, me disais-je,
il deviendra trop court et c'est moi qui l'aurai. Mais voilà-t-il pas
qu'un dimanche où il y avait des joutes sur le Rhône, le parrain
emmène Christophe à l'île Barbe; mon Christophe fait des siennes,
veut dénicher des pinsons, grimpe sur un peuplier; une branche
l'accroche : crac! une estafilade, depuis le genou jusqu'à l'ourlet.
Christophe rentre l'oreille basse; la mère gronde, soupire, puis

Chacun rencontre la fortune sur son chemin.

elle se dit que les gronderies et les soupirs ne raccommodent pas le
pantalon et elle va chercher son grand sac. Il faut vous dire que ma
mère fourrait dans ce grand sac tous les bouts d'étoffe qu'elle pouvait ramasser à droite et à gauche; quand elle avait besoin d'une
pièce ou d'une doublure, elle fouillait là dedans et il était bien rare
qu'elle n'y trouvât pas ce qu'il lui fallait. Cette fois comme les autres
elle cherche et, au bout d'un moment, elle trouve un grand morceau
de drap de nuance isabelle. Avec le café au lait, ça n'allait vraiment
pas trop mal. La pièce est posée à l'envers, une fine reprise rapproche à l'endroit les deux bords de l'étoffe, et ma foi, après l'opération, le pantalon, lorsqu'on le regarde de quelques pas, fait encore
assez bonne figure. Christophe cependant me force deux mois plus
tard à l'accepter. Je suis d'abord assez content, je me pavane, mais

bientôt le drap s'élime, les points reparaissent, la reprise bâille, le drap isabelle fait des apparitions indiscrètes, mes camarades se moquent de moi. Voilà ma petite vanité tout à fait blessée ; je n'avais plus de cadet, moi, il fallait garder le pantalon. Un jour, l'impatience l'emporte, je prends un grand parti et, à un moment où je suis seul, je pèse sur la déchirure et j'arrache la pièce. Ma mère rentre, aperçoit ce chef-d'œuvre. Elle pâlit. « Ah ! malheureux, dit-elle, et le terme, le terme qu'il faut payer dans huit jours ! Allons, couche-toi, impossible d'acheter du neuf, je vais voir s'il n'y a pas moyen d'arranger ça, car jamais je ne laisserai mes enfants sortir déguenillés. » La pauvre chère femme veilla jusqu'à minuit. Le lendemain, je repris ma malheureuse défroque, plus détériorée que la veille. A partir de ce jour, bien loin de l'endommager, je la portais comme une relique ; mais chaque fois que mes yeux tombaient sur le raccommodage, je me disais : Il faut pourtant que je sorte de ce pantalon-là.

» Et j'en suis sorti, reprenait M. Gavet en se frottant les mains ; seulement, je l'ai conservé longtemps dans un tiroir de ma commode en souvenir du courage et de l'adresse de ma pauvre mère. Ah ! ceux qui ont tout à satiété ne se doutent pas de la peine que les autres sont obligés de se donner pour s'acheter seulement un pantalon ! »

Pour le bon petit homme qui avait pris cette peine, sa modeste aisance était une fortune et son humble bien-être presque du luxe.

Que pouvait-il souhaiter de mieux, puisqu'il avait, outre son magasin à boiseries de chêne, un salon décoré d'un beau meuble en velours d'Utrecht jaune, avec une cheminée surmontée d'une pendule à colonnes, genre empire ? puisqu'une petite servante rougeaude trottinait dans sa cuisine ? puisque au dernier jour de l'an il avait pu offrir à Mᵐᵉ Gavet un cachemire de l'Inde, longtemps rêvé, et dont l'excellente femme se faisait une joie de se parer le jour du mariage de son fils Cyprien ? puisque enfin ses affaires avaient pris assez d'extension pour que l'aide d'un employé lui devînt nécessaire ?

« Il sera traité comme le fils de la maison, » avait dit la vieille Mathurine en énumérant à Françoise les avantages que trouverait Georges chez M. Gavet ; et Mathurine n'avait pas menti. Seulement, le fils de la maison étant dans l'habitude de descendre à la cave, il n'y avait pas de raison pour que M. l'employé se dispensât de passer devant lui en portant la lanterne ; le fils de la maison éclaircissant les devantures le jour où la petite servante s'en allait au lavoir, il semblait également assez convenable que son subordonné s'emparât comme lui de la peau de chamois imbibée d'esprit-de-vin. Où étaient les beaux jours de Bagnols, les leçons d'équitation de Fernand, les cravates flamboyantes, les fines chaussures, tout ce petit bagage élégant qui chatouillait si agréablement un jeune amour-propre?

Ces splendeurs d'un jour s'étaient évanouies, et Georges, qui voyait de près les misères navrantes de plus d'un ménage d'ouvriers, ne pensait pas à s'en plaindre.

Lorsque, à la fin du mois, il toucha pour la première fois les cinquante francs promis, il s'en alla chez sa mère plus fier et plus content que s'il avait conquis tous les trésors de Crésus. Les meilleures joies, en effet, sont celles de l'âme, et le cœur peut donner un prix inestimable à l'obole gagnée par le travail et offerte par le dévouement.

CHAPITRE XXXII

Georges rencontre son ancien Pylade.

M. Georges Marcey descendant à la cave et nettoyant les devantures ne pouvait se refuser à porter les paquets le cas échéant. Il le faisait donc fréquemment, et même de fort bonne grâce.

Un jour qu'il s'en allait, chargé d'un gros ballot d'échantillons, de la rue Saint-Côme à Bellecour, il fut arrêté aux abords de la place d'Albon par un embarras de voitures. Un élégant petit panier, traîné par un petit cheval non moins élégant et conduit par un jeune homme pas trop petit, mais plus élégant encore, avait accroché une voiture de blanchisseuse ; deux ou trois fiacres, un omnibus et un camion avaient complété l'encombrement.

Les cochers juraient, les chevaux manœuvraient et les passants regardaient. Enfin, le terrain commençant à se déblayer, Georges ne pensait plus qu'à continuer son chemin, lorsqu'il s'entendit interpeller par une voix joyeuse :

« Eh ! parbleu, je ne me trompe pas, c'est mon ami Georges. »

Il leva la tête et il lui sembla que la figure de l'élégant jeune homme ne lui était point inconnue ; mais un lorgnon incrusté dans l'œil gauche et une jolie petite moustache brune se dessinant au-dessus de la lèvre supérieure déroutaient un peu ses souvenirs ; toutefois, après quelques secondes d'hésitation, il reconnut, à n'en pas douter, son ancien Pylade, Fernand de Lestange.

« Ah ! dit-il, quelle rencontre imprévue ! si je m'attendais à vous trouver rue Saint-Côme...

— *Vous*, reprit Fernand d'un ton de reproche; veux-tu bien me tutoyer et monter là tout de suite, ajouta-t-il en lui tendant la main.

— Moi, passe encore, répondit Georges gaiement, mais mon paquet? il est terriblement encombrant.

— Je n'ai nul besoin de James, dit Fernand, il va céder la place à ton bagage. »

Et il fit un signe au groom, qui descendit lestement, après avoir reçu l'ordre d'aller attendre son maître à l'hôtel.

« Tu vas scandaliser M. James, reprit Georges, il croira, vu mon équipage, que tu te familiarises avec ton tailleur.

— Je voudrais bien voir que M. James se permît d'avoir des opinions, répliqua Fernand. Réellement je suis enchanté de te retrouver, avec ou sans paquet, et je n'irai pas me priver sottement du plaisir de causer avec toi. Mais à propos, où allais-tu? puis-je te conduire? es-tu libre?

— J'allais place Bellecour, tu peux fort bien m'y conduire, si tel est ton bon plaisir et ta bonne volonté. Mais jusqu'à nouvel ordre j'appartiens exclusivement, corps et âme, y compris mon ballot, à mon patron, M. Gavet, qui m'enseigne les affaires commerciales et qui a, de plus, l'extrême bonté de me donner des appointements.

— Toi, commerçant! s'écria Fernand avec stupéfaction; crois-moi, mon cher, tu n'es pas du bois dont on les fait. Officier, ingénieur, marin, artiste, poëte, tout ce que tu voudras, mais négociant, c'est une anomalie, une énormité!

— Que veux-tu? répondit Georges en souriant; à l'entrée de ma nouvelle carrière, j'ai été d'abord aussi étonné que toi; mais l'homme propose et Dieu dispose, et un garçon ruiné, orphelin, chargé d'un vieux grand-père et d'une chère petite mère comme la mienne, n'a rien de mieux à faire, dans la bonne ville de Lyon, que de se plonger jusqu'au cou dans le négoce et la fabrication, quoi qu'il ait pu dire et penser dans des jours plus heureux. »

L'agile petit cheval filait rapidement et l'on était arrivé place Bellecour. Georges n'avait pas de temps à perdre, il fallut se séparer. Les deux amis convinrent de se revoir le soir même et ne se quittèrent qu'après force poignées de main. L'employé de M. Gavet courut bien vite à ses affaires et le charmant vicomte de Lestange s'en retourna comme à l'ordinaire à ses amusements.

« Je vous trouve tout enchafelé aujourd'hui, Georges, disait le

patron dans son langage riche d'expressions locales; seriez-vous
malade?

— Au contraire, monsieur Gavet, je me porte on ne peut mieux, »
répondait le jeune homme, qui se donnait alors du mouvement
pour cacher ou secouer ses pensées.

Le fait est que la rencontre de Fernand avait soudain réveillé
chez lui tout un monde endormi de souvenirs et, faut-il le dire? de
regrets. Quelle différence entre le genre de vie de son ami et le sien!
Mais, en pensant à sa mère, il triompha bien vite de cette faiblesse
et se réconcilia avec le travail et l'abnégation.

Le soir, il retrouva Fernand à l'hôtel de l'Europe, et cet aimable
compagnon de son enfance lui fit de nouveau de vives protestations
d'amitié.

« J'ai pensé à toi presque tous les jours, lui dit-il; malheureusement je ne savais plus ce que tu devenais; tu aurais dû m'écrire.

— Ah! par exemple, c'est un peu fort! s'écria Georges, confondu
de cette légèreté aussi naïve que complète; c'est toi qui m'avais
promis de commencer et qui n'as pas manqué de l'oublier.

— Eh bien, fallait-il être si formaliste? ne pouvais-tu prendre
l'initiative de notre correspondance?

— Non, mon cher Fernand, je ne le pouvais pas, par la raison
bien simple que ton père n'ayant pas encore d'installation à Paris,
tu ne m'avais point laissé ton adresse; mais tu avais juré de me
l'envoyer et... je l'attends encore.

— Sais-tu que tu me dis cela d'un petit air pincé? Voyons, sois
donc gentil, ne me garde pas rancune. Si tu savais dans quel tourbillon je me suis trouvé replongé dès mon retour à Paris, tu
m'aurais bien vite pardonné.

— Je te pardonne, répondit Georges du même ton qu'on dit : par-
lons d'autre chose. Et il demanda des nouvelles de M. de Lestange et
de Mⁱˡᵉ Berthe. Étaient-ils à Lyon avec Fernand?

— Mon père à Lyon! » reprit Fernand. Et il se mit à rire comme si
cette supposition eût été très-bizarre et très-inattendue. « Mon père,
reprit-il, mon père est à Constantinople depuis trois ans, huit mois
et six jours. Il nous a emmenés de Bagnols en octobre et nous a quittés
à Paris en janvier. Je dois dire que, pendant ces trois mois et demi,
il a vaillamment lutté; mais il ressemble aux chevaliers des temps
anciens et a bien de la peine à ne pas baisser pavillon devant les
dames. Ma tante Isabelle défendait ce qu'elle appelait ses droits et

15

les nôtres ; c'étaient tous les jours de nouvelles escarmouches ; nous pactisions, ma sœur et moi, avec l'ennemi : mon pauvre père ne savait à quel saint se vouer.

« Vous voulez donc faire de votre fils un savant en *us*, disait ma tante, et de votre fille une *Bélise?*

— Non, mais je voudrais vous empêcher d'en faire un gandin et une coquette, répliquait-il. C'était parfois comique, mais en général intolérable.

— Mon père a fait un coup d'État, puis a pris la fuite. J'ai passé trois ans à Sainte-Barbe et ma sœur aux Oiseaux. Maintenant le comte de Lestange est consul à Galata, son fils fait courir à Porche-fontaine, Berthe va au bal avec sa tante Isabelle, et tout est pour le mieux dans le meilleur des mondes.

— Et tes études? demanda Georges.

— Mes études? Elles sont achevées; un peu sommairement peut-être, car j'ai reculé devant le baccalauréat; mais jusqu'à présent la privation de mon diplôme ne s'est pas fait trop cruellement sentir.

— Alors, à quoi t'occupes-tu?

— A quoi je m'occupe? A m'amuser, donc. Comment pourrait-on s'occuper autrement à dix-huit ans, quand on a la bride sur le cou, ou à peu près?

— Ainsi, tu es heureux, satisfait?

— Heureux, heureux... Le bonheur, mon cher, n'est pas de ce monde; c'est si vrai, que c'est un lieu commun.

— Pourtant, rien ne te manque.

— Non, sans doute, et je n'ai pas l'injustice de me plaindre de mon sort; mais parfois je m'ennuie, je trouve la vie un peu plate; c'est le fait de l'inconstance naturelle au cœur humain.

— Vas-tu dans le monde comme ta sœur et ta tante?

— Ah! le monde! c'est fadasse, écœurant; j'aime mieux autre chose. Pense donc que j'y vais depuis l'âge de dix ans, dans le monde. A cet âge-là, ma foi, j'y avais beaucoup de succès; on m'y regardait comme un agréable phénomène. En grandissant, j'ai passé à l'état de simple mortel : c'est une déchéance; je proteste et me retire sous ma tente. »

Fernand disait toutes ces folies d'un ton moitié plaisant et moitié véridique. Georges, sincère par nature avec lui-même et avec les autres, sérieux depuis qu'il avait un but et une responsabilité, se

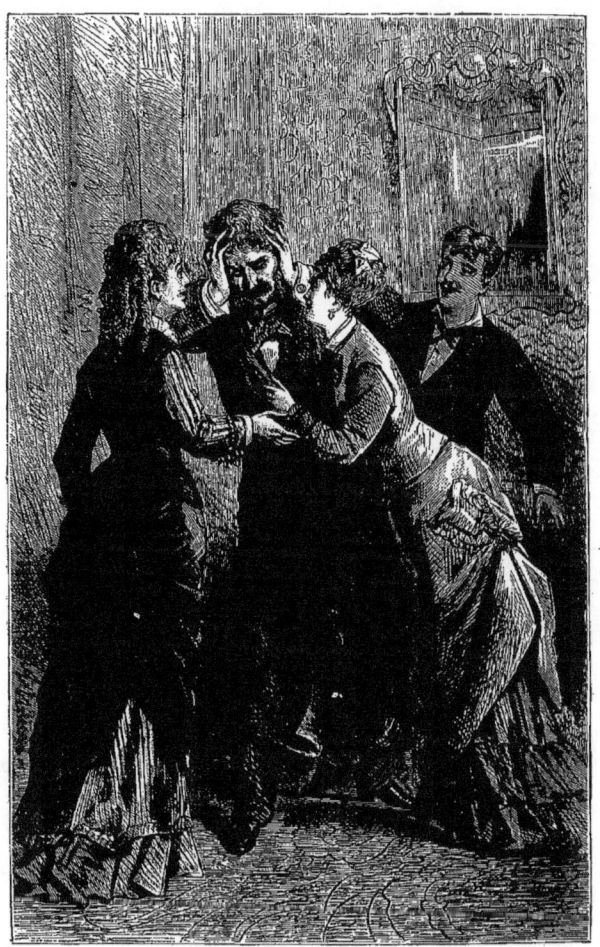

Mon pauvre père ne savait à quel saint se vouer.

trouvait un peu dérouté par ce verbiage sans logique et sans conviction.

« Tiens, se disait-il surpris, il me semble que je suis devenu l'aîné. »

Fernand, ayant vidé son sac, interrogea son camarade sur ce qui le concernait, et Georges, avec réserve, mais non sans émotion, parla de la mort de sa grand'mère, de la ruine de M. Marcey et des nouvelles obligations qui en résultaient pour lui.

Fernand, malgré sa vie frivole et desséchante, avait au fond assez de cœur. Il fut touché par le simple récit de son jeune ami et loua fort son courage. Il lui laissa cette fois trois ou quatre adresses, répondant à ses différents domiciles, et ne le quitta qu'après en avoir obtenu la promesse de s'adresser à lui si jamais il se trouvait dans quelque embarras pécuniaire. Georges sut gré à Fernand de cette preuve d'affection, tout en souhaitant à part lui de ne jamais se voir dans la nécessité de recourir à la bonne volonté de son opulent et oublieux ami.

CHAPITRE XXXIII

La maison Baudrand, Pautrier et Cⁱᵉ.

Fernand avait quitté Lyon depuis six mois, et il y en avait dix-huit que Georges faisait ses premières armes sous le commandement pacifique du bon M. Gavet, lorsqu'il fut envoyé dans les bureaux de MM. Baudrand, Pautrier et Cⁱᵉ pour toucher une traite récemment échue. Comme il attendait son tour, il vit l'honorable M. Pautrier s'approcher fort agité de son associé pour lui faire part d'un incident aussi fâcheux qu'inopportun. L'employé chargé de la correspondance anglaise venait d'être atteint d'une fièvre maligne, au moment même où son départ pour la Grande-Bretagne devenait indispensable par suite de l'état embrouillé des affaires de l'importante maison Hotworth.

Pour comble d'ennui, une lettre adressée par leur correspondant de Londres venait d'arriver à l'instant, et les deux associés connaissaient trop superficiellement la langue anglaise pour se fier à la traduction très-sommaire dont ils pouvaient être capables. Il y avait urgence, sans aucun doute ; à qui s'adresser ?

Pas un mot de cette communication, faite à voix basse, n'avait échappé à Georges ; mais comme il n'avait pas été invité à prendre part à la conversation, les convenances lui imposaient une feinte surdité. Le condamnaient-elles aussi au mutisme ? il ne prit pas le temps d'y songer, et, par un mouvement irrésistible, s'avança du côté de MM. Baudrand et Pautrier :

« Messieurs, dit-il à demi-voix, mais fort distinctement, mille pardons, mais je sais peut-être assez d'anglais pour traduire cette lettre. Je serais heureux de vous rendre ce léger service ; et, dans tous les cas, si ces pages renferment quelque mauvaise nouvelle, vous pouvez compter sur ma plus entière discrétion. »

M. Baudrand tourna la tête ; M. Pautrier, plus vif, fit un soubresaut. La physionomie de ce jeune homme, qu'il voyait pour la première fois, lui inspira confiance, et, de plus, dans les moments de détresse, il est naturel de s'accrocher à la première branche que l'on trouve sous sa main.

« Êtes-vous Anglais, monsieur ? demanda-t-il à Georges, sans se formaliser de son offre.

— Non, monsieur ; tout ce qu'il y a de plus Français, et qui plus est, Lyonnais, mais parlant et écrivant assez facilement la langue de nos voisins. »

M. Pautrier regarda M. Baudrand et M. Baudrand regarda M. Pautrier, car la même idée venait de leur traverser l'esprit en même temps.

« Êtes-vous au courant des affaires ? » demanda le premier, qui était porté par nature à aller de l'avant.

Georges répondit qu'il s'en occupait avec assiduité depuis dix-huit mois dans la maison de M. Gavet.

M. Baudrand, flegmatique et circonspect, avança la lèvre inférieure avec une nuance de dédain.

« Très-honnête homme, reprit avec bienveillance M. Pautrier.

— Un peu tatillon, un peu mesquin en affaires, objecta M. Baudrand.

— Pour un commerçant, ce n'est certainement pas une mauvaise école, affirma M. Pautrier. Avez-vous des engagements avec M. Gavet ? » ajouta-t-il.

Georges expliqua que, quoique fort reconnaissant des bontés de son patron, il ne lui avait pas caché la nécessité où il se trouvait de chercher à améliorer sa position.

M. Baudrand le garda pendant un quart d'heure sur la sellette et parut assez content de ses réponses, dont le bon M. Pautrier se montra complétement satisfait.

« Allons, dit enfin M. Baudrand, asseyez-vous à cette table et, puisque vous le voulez bien, traduisez-nous cette lettre. »

Georges ne perdit pas un instant ; mais, quoique sûr de lui, ne voulant rien donner au hasard, il fit d'abord un brouillon, le recopia de sa plus belle écriture, et porta ensuite brouillon et copie à M. Baudrand.

Celui-ci lut la traduction, la passa à M. Pautrier et la relut une seconde fois avec la plus grande attention.

« C'est bien cela, murmura-t-il à l'oreille de son associé, parfaitement cela, tout à fait d'accord avec les messages précédents de notre correspondant. Il n'y a pas à hésiter, il faut envoyer quelqu'un à Londres, dès demain. Ce jeune homme semble très-intelligent,

M. Baudrand le garda sur la sellette.

mais il n'a pas assez de surface, pas assez de barbe au menton ; il n'aura pas la main assez ferme. »

M. Pautrier, dont la sympathie pour Georges croissait à vue d'œil, combattit chaudement les défiances de M. Baudrand.

« Allons voir Gavet, » finit-il par proposer.

Georges était en veine, comme aurait dit son patron, auprès de qui les deux associés allèrent séance tenante se renseigner. Inutile d'ajouter que M Gavet porta aux nues son jeune employé. A l'instant, M Pautrier imagina une combinaison. M. Baudrand, comme cela devait être, y trouva nombre d'inconvénients.

Il fallut vingt-quatre heures et des pourparlers réitérés pour élucider cette grave question. Enfin, comme le temps pressait, l'étoile de Georges sortit des nuages, et, dans l'après-midi du deuxième jour, son départ pour l'Angleterre fut décidé irrévocablément.

Il alla au plus vite faire ses adieux à son premier patron, qui était radieux, et au gros Cyprien, qui avait envie de pleurer.

« Vous verrez, disait le père, vous irez loin, c'est moi qui vous le prédis.

— Eh bien, je vous le devrai, répondait Georges; n'est-ce pas vous qui m'avez répété maintes fois de prendre la fortune aux cheveux? J'ai suivi votre conseil et je crois qu'il est bon. »

Il n'était pas absolument sûr que Georges se fût souvenu de ce conseil à point nommé; mais enfin, puisque sa démarche s'y était trouvée conforme, il pouvait bien en faire honneur à l'excellent homme qui ne se sentait pas de joie et de fierté en voyant qu'il avait formé un sujet digne d'être admis dans l'illustre maison Pautrier.

Georges partit pour Londres le lendemain. On lui avait donné pour mentor le vieux M. Trémisot, attaché depuis trente-cinq ans à la manufacture, versé dans tous les secrets du métier, imbu de toutes les bonnes traditions, pénétré enfin de l'admiration la plus vive pour le génie indiscutable de ses patrons.

C'était lui qui devait juger et diriger; mais, comme il ne pouvait le faire qu'en français, Georges était chargé de lui servir de doublure et de lui fournir tout l'anglais nécessaire en cette importante conjoncture.

Ils s'entendirent à merveille, et, en moins de quinze jours, récupérèrent à eux deux plus de cent cinquante mille francs pour le compte de MM. Baudrand et Pautrier.

Au retour, ils furent admis à l'honneur de rendre compte de leur mission; et M. Trémisot, qui n'ambitionnait rien pour lui-même, puisqu'il devait deux mois plus tard se retirer dans sa petite maison de Collonges et se livrer au bord de la Saône à la pêche aux goujons, M. Trémisot fit de son jeune interprète l'éloge le plus chaleureux et le plus complet.

M. Baudrand écouta son récit en silence, M. Pautrier l'interrompit par de nombreuses marques d'approbation; les deux employés se retirèrent et la porte se referma.

« Baudrand? » dit M. Pautrier.

M. Baudrand releva ses lunettes sur son front pour regarder son interlocuteur et attendit.

« Ce jeune homme a dè l'étoffe, reprit le bienveillant M. Pautrier, nous devrions nous l'attacher.

— Il faudra voir, » répondit le laconique Baudrand, en rabattant
ses lunettes sur son nez et en baissant la tête sur son registre.

. . . .

L'optimisme de M. Pautrier et la prudence de M. Baudrand abou-
tirent momentanément à un compromis qui donna à Georges l'entrée définitive dans la maison et lui assura un appointement annuel
de trois mille francs.

Si M. Pautrier ne fut content qu'à demi, Georges le fut tout à
fait.

Trois mille francs pour lui, c'était une fortune : il n'avait plus
besoin de tromper le grand-père et se trouvait bien réellement en
état de lui acheter des robes de chambre.

Cette situation dura quatre ans, quatre ans qui, dans un récit,
passent comme une seconde, mais qui n'en font pas moins mille
quatre cent soixante jours et une infinité d'heures laborieuses, mo-
notones, fatigantes.

Georges sut y astreindre son impatiente nature, triompher des
dégoûts, résister à l'inconstance, vaincre les difficultés.

Il devint un négociant de mérite, instruit dans sa spécialité, mais
surtout il devint un homme, c'est-à-dire un être habitué à l'effort,
rompu au travail et soumis au devoir.

Sa mère qui, elle aussi, avait eu pour lui toutes les ambitions,
qui avait secrètement pleuré plus d'une fois sur la perte de ses espérances, ne pouvait plus rien regretter en voyant à quel point il
avait progressé en courage et en bonté.

Son intelligence en même temps n'avait rien perdu.

Un esprit élevé voit largement toutes choses, et une industrie
comme celle de la soierie lyonnaise se rattache à des questions de
tout genre : économiques et financières, humanitaires, artistiques.
Georges, à mesure qu'il posséda mieux les détails, eut une vue plus
nette de l'ensemble et comprit que le champ ouvert devant lui était
infiniment plus vaste qu'il ne l'avait supposé d'abord.

Il ne s'étonna plus de la fortune des Médicis, ces marchands de
laine de Florence, devenus avec le temps chefs de l'État, égaux des
princes, arbitres de l'Italie, protecteurs des arts, élevés enfin, du
comptoir de leurs ancêtres, au trône pontifical dans la personne de
Léon X.

La dynastie Marcey n'aspirait point à tant de gloire, mais elle pouvait prétendre à celle de bien faire et de faire le bien.

Georges étudia la classe ouvrière dans ses besoins, ses mérites, ses misères et ses vices, et il vit que là aussi son dévouement pourrait plus tard trouver utilement à s'exercer.

CHAPITRE XXXIV

Perrine Branjon et Sosthènes Dupitel.

Tandis que l'horizon de Georges s'éclaircissait, celui de M. et Mme Branjon devenait au contraire plus noir et plus rétréci. Les bonnes gens cependant allaient marier leur fille; mais Mme Branjon, noyée dans le trousseau de Perrine et les préparatifs de la noce, ne trouvait dans cet événement qu'un surcroît de fatigues et de préoccupations.

« Je voudrais déjà que ce fût fini », disait-elle. Son mari pensait autrement et voyait avec effroi s'approcher le jour qui lui enlèverait, avec la société de sa fille, tout ce qui restait de vie et de gaieté dans sa maison.

Quant à Mlle Perrine, elle était fort décidée, enchantée de se marier par la même raison qu'elle avait été ravie d'aller en pension; seulement, le mariage lui promettant beaucoup plus de distractions et de liberté, elle lui donnait de beaucoup la préférence. Plusieurs prétendants des pays environnants s'étaient mis sur les rangs, mais la jeune fille les avaient éconduits sans hésiter.

« Moi? disait-elle, femme de vigneron, dame de village? Non, non, c'est bien assez d'avoir été pendant vingt ans demoiselle de campagne. La lessive, les confitures, la cuisine et le nettoyage, j'ai goûté largement de toutes ces douceurs et j'ai envie d'essayer d'autre chose. »

Elle eut soin de dire cela bien haut et de le répéter partout, si

bien qu'un beau jour M. Sosthènes Dupitel, amené par maître Chassignon, notaire à Villefranche, vint sous un prétexte quelconque
présenter ses hommages à M. et Mme Branjon et, par la même
occasion, examiner soigneusement leur domaine et jeter un rapide
coup d'œil sur mademoiselle leur fille. Il trouva que le domaine
était fort beau et que la jeune personne n'était pas laide; en conséquence, maître Chassignon revint deux jours plus tard faire
dans toutes les formes une demande en mariage au nom de son
ami.

Le parti était sortable et Perrine fut instruite de cette nouvelle
candidature. M. Dupitel, avec ses cheveux d'un blond ardent,
séparés par une raie médiane, ses favoris en côtelettes de même
nuance, ses yeux clignotants d'un bleu faïence, sa physionomie
insignifiante, n'avait rien de très-particulièrement séduisant; mais
il habitait Lyon, mais il comptait s'installer dans la rue de l'Hôtel-
de-Ville, mais il eut soin de faire entendre qu'il tiendrait à conduire
sa femme dans le monde. Un agent de change bien avisé ne doit-il
pas, en effet, après avoir payé son quart de charge avec la dot,
couvrir sa femme de velours et de dentelles, puis la promener de
salon en salon comme une réclame vivante et un certificat convaincant
du bon état de ses affaires? Cette perspective plut à Perrine :
M. Dupitel fut agréé et autorisé à faire sa cour.

Perrine qui, en devenant plus instruite, était aussi devenue plus
indépendante, sut bien vite faire comprendre à son futur époux
qu'elle avait l'intention d'être une ménagère infiniment moins
remarquable que Mme Branjon.

« Je ne sais pas si j'ai toutes les perfections, répondit-elle un soir
aux compliments exagérés du beau Sosthènes, sans remarquer que
sa pauvre mère était assise non loin d'eux, mais je sais fort bien
que le ménage n'est pas mon fait. J'ai abusé jusqu'à présent des
choses positives et je suis très-décidée, par compensation, à m'en
affranchir après mon mariage ; ainsi, je vous engage à vous pro-
noncer en toute sincérité si cela se trouvait contraire à vos vues. Ma
franchise doit faciliter la vôtre. »

Cela fut dit d'un petit ton sec parfaitement significatif, et M. Dupitel
qui, pour plaire à Mme Branjon, avait affecté une vive passion pour
les soins du foyer, baissa immédiatement pavillon en disant
mille fadeurs à sa fiancée.

Perrine n'en demanda pas davantage ; peu lui importait que son mari fût une girouette, pourvu que ce fût elle qui fît souffler le vent. Le mariage décidé, on prit jour pour sa célébration.

Au retour de l'église, Perrine alla changer de toilette et partit immédiatement pour Paris avec l'heureux Sosthènes, aussi pommadé, aussi roux et aussi insignifiant qu'à l'ordinaire.

Mᵐᵉ Branjon se mit aussitôt en devoir de rétablir dans sa maison l'ordre accoutumé; car le désarroi inévitable d'un pareil jour l'avait beaucoup chagrinée. Toutefois son enthousiaste activité semblait bien diminuée; parfois elle s'arrêtait court au milieu d'un nettoyage ou bien murmurait d'un air absorbé quelques paroles inintelligibles. Sa servante s'en étonnait, son mari n'y comprenait rien. Pauvre Mᵐᵉ Branjon, une peine secrète la dévorait: l'inconcevable incartade de Perrine, déclarant qu'elle voulait rompre à tout jamais avec un ennuyeux passé, lui avait arraché le bandeau et déchiré le cœur. Elle voyait ses soins perdus, ses instructions oubliées, ses traditions méprisées. Elle n'avait pu faire de sa fille la ménagère modèle, la femme d'élite qu'elle avait toujours rêvée; la malheureuse enfant allait se jeter éperdument dans les plaisirs et les frivolités, et sa mère ne pouvait s'en consoler, car elle avait une idée, assez fausse assurément, mais très-arrêtée du devoir.

« Ma pauvre femme va faire une maladie, pour sûr, disait quelques jours plus tard M. Branjon; elle ne dort plus, elle ne mange plus, *elle ne range plus;* je suis très-inquiet.

— C'est le chagrin du départ de sa fille, lui répondait-on; elle s'y fera. »

Mais elle ne s'y faisait pas; elle commençait à maigrir et son mari, qui l'aimait malgré ses travers, ne savait qu'inventer pour la distraire. Il la forçait à venir en visite chez ses voisins, arrangeait des parties de plaisir; mais la sombre mélancolie de Mᵐᵉ Branjon persistait.

Un jour que M. Branjon devait l'emmener dîner à Villefranche, elle jeta les yeux sur la chemise brodée de son mari et y aperçut une vilaine marque jaune.

« Qu'est-ce que je vois là? s'écria-t-elle, une tache de rouille, mais c'est abominable! Carette, notre repasseuse, devient d'une négligence intolérable. Tu vas bien vite ôter cette affreuse chemise; je mourrais de honte si on te voyait à Villefranche avec cette tache.

— Mais ne te tourmente donc pas, ma bonne amie, répondit

M. Branjon. En boutonnant mon gilet un peu haut, cette tache ne se verra pas et il est temps de partir.

— Ah! Branjon, ne me désole pas, change de linge, j'ai bien assez de chagrin, donne-moi au moins le plaisir de te voir mis convenablement.. »

La pauvre femme dit cela d'une voix attendrie, car elle était reconnaissante de la sollicitude que lui témoignait M. Branjon et qui faisait un si grand contraste avec l'insouciante gaieté de Perrine dont elle n'avait encore reçu qu'une seule lettre.

« Allons, il faut t'obéir, dit M. Branjon avec bonhomie, mais cette chemise me suffisait parfaitement, je t'assure.

— Oui, oui, je te connais, tu n'es pas exigeant, et je me reproche de t'avoir un peu négligé. Il faut me pardonner, j'ai souvent tant de tracas! N'importe, à partir d'aujourd'hui, tu auras des chemises éblouissantes, je t'en réponds, car c'est moi qui vais les blanchir et les repasser.

— Ne te donne donc pas cette peine, à quoi bon te fatiguer? D'ailleurs, tu n'as pas d'emplacement convenable.

— Tu crois? En effet, le grenier est glacial, la cuisine est encombrée... Ah! mais, j'y pense, j'ai mon affaire, ce sera parfait.

« Quoi donc?

— Ton capharnaüm.

— Mon capharnaüm! » répéta M. Branjon, profondément consterné.

Il appelait ainsi une petite pièce du rez-de-chaussée, laide, étroite et nue, où il avait installé son tour, où il allait lire son journal le matin et faire sa sieste l'après-midi. C'était le seul endroit de sa maison où il se sentît chez lui, le seul où il pût se croire le maître. Il avait la satisfaction d'y entrer avec des bottes poudreuses, la joie d'y fuir les balais et les plumeaux, qui partout ailleurs le poursuivaient obstinément, le plaisir enfin de pouvoir s'y livrer à une innocente distraction et de tourner, les jours de pluie, des barreaux de chaise et des pieds de table. Et c'était ce dernier asile de paix et de liberté qu'on voulait lui enlever. Certes, contre tout autre, il l'eût défendu avec acharnement; mais, contre sa femme, que pouvait-il faire?

« Je cherchais pour elle une diversion, se dit-il, la voilà toute trouvée; mais pourquoi, bon Dieu, faut-il que ce soit celle-là! »

M. Branjon, qui était la bonté même, et qui depuis longtemps avait abdiqué, comprit qu'il ne pouvait affliger sa femme qui se faisait tant de joie de blanchir ses belles chemises, et il lui remit en soupirant la clé de son cher capharnaüm.

Dans sa joie, Mme Branjon renonça immédiatement à aller dîner en ville.

« Tu m'excuseras, dit-elle à son mari ; tu diras que je suis retenue par des arrangements tout à fait urgents. »

M. Guérin rencontra en chemin M. Branjon et fut frappé de sa mine allongée. M. Branjon, comme tous les malheureux, avait besoin de s'épancher et lui fit volontiers ses confidences.

« Charbonnier est maître chez lui, répétait-il ; je voudrais bien être charbonnier ; vous verrez qu'un de ces jours je mourrai sur la grand'route. »

Pendant ce temps-là Mme Branjon faisait, sans aucun délai, transporter le tour au grenier, établir dans le capharnaüm son appareil de lessive et se disait de la meilleure foi du monde :

« Mon pauvre Branjon va être bien content, jamais de sa vie il n'aura eu des chemises si fermes et si blanches. »

16

CHAPITRE XXXV

M. Branjon perd une blanchisseuse et retrouve une compagne.

« Cécile, dit un jour Mme Guérin, qui n'oubliait jamais personne, va donc voir un peu si Mme Branjon commence à se consoler du départ de Perrine. Elle a de l'amitié pour toi, tâche de la distraire, je t'accorde toute l'après-midi. »

Cécile ne se fit pas prier; les sympathies sont ordinairement réciproques, et elle supportait mieux que personne les bizarreries de Mme Branjon. Elle trouva la barrière entr'ouverte et pénétra dans le jardin sans difficulté; mais la porte de la maison était fermée intérieurement et la jeune fille fut obligée de sonner à plusieurs reprises. Personne ne venant lui ouvrir, elle se disposait à s'en retourner, lorsqu'elle crut entendre des gémissements qui semblaient partir de la toiture. Elle prêta l'oreille plus attentivement et acquit la conviction qu'elle ne s'était pas trompée.

Cécile n'était pas une de ces petites demoiselles qui s'évanouissent par sensibilité chaque fois qu'on a besoin de leur aide; aussi n'eut-elle d'autre pensée que de chercher à pénétrer dans la maison. Elle fit le tour de l'enclos, explora les dépendances et finit par découvrir sous un hangar une petite échelle de jardinier qu'elle vint appliquer contre le mur; elle y monta et se trouva au niveau de la fenêtre de la cuisine dont elle brisa un carreau avec une pierre. Cela fait, elle put faire tourner l'espagnolette et sauta à l'intérieur. Elle avait parcouru sans rencontrer personne le rez-de-chaussée et le

premier étage, lorsqu'au second elle aperçut, au pied du petit
escalier du grenier, qui était un véritable casse-cou, une masse
informe, cachée sous des étoffes feuille-morte. Elle s'approcha tout
émue et reconnut Mme Branjon, complétement évanouie. Aussitôt
courant chercher de l'eau, du vinaigre, des compresses, elle rafraîchit le front de sa vieille amie, dénoua ses cordons, défit ses agrafes
et, à force de soins, la vit, au bout de quelques minutes, reprendre
connaissance. Il n'était pas possible de la transporter dans sa
chambre, car elle ne pouvait se tenir debout, et son pied droit la
faisait horriblement souffrir. Cécile prit le parti d'aller chercher un
des matelas du petit lit de Perrine, le traîna le long de l'escalier et le
posa enfin au bas de l'échelle de meunier, de sorte que Mme Branjon n'eut qu'à faire un tour sur elle-même pour s'y trouver
étendue.

« Ah! ma bonne petite, dit-elle, après un instant de repos qui
lui fit recouvrer un peu de force, sans vous j'allais mourir dans mon
coin; car mon mari doit passer au Bois-d'Oingt la nuit prochaine
et ma domestique est partie ce matin.

— Alors, vous voilà toute seule! » s'écria Cécile, navrée de cette
triste situation.

— Mon Dieu oui, mon enfant; cette incorrigible Madelon a laissé
ce matin épaissir mon amidon, malgré toutes mes recommandations... J'en avais justement besoin pour les chemises de M. Branjon... Ma vivacité l'a emporté, j'ai congédié Madelon, qui est partie
en me narguant. Là-dessus, j'ai été obligée de monter au grenier,
je n'aurai pas bien regardé en descendant où je mettais le pied, je
suis tombée comme une masse de la seconde marche et, si vous
n'étiez venue à mon secours, votre ennuyeuse Mme Branjon s'en
serait allée, sans s'en douter, dans l'autre monde. Ah! mon pied!
mon pied! il est cassé, je parie; car je souffre comme une vraie
martyre.

— Ne vous inquiétez pas, bonne madame, dit Cécile, ce n'est
peut-être qu'une entorse; en tout cas je vais chercher quelqu'un
qui puisse avertir M. Castignac. Restez bien tranquille en m'attendant. Avez-vous envie de quelque chose?

— Il me semble qu'un peu de lait me ferait grand bien, mais
justement il n'en reste pas une goutte à la maison, dit Mme Branjon.

— Qu'à cela ne tienne, répondit Cécile, je vais traire la Rousse.

— Traire?... traire?... une belle petite demoiselle comme vous, proprette et savante? C'est inconcevable, je n'ai jamais pu l'apprendre à Perrine.

— Oh bien! moi, je l'ai appris toute seule, pour m'amuser, et même maman m'a reproché quelquefois le parfum rapporté de l'étable; mais aujourd'hui elle ne s'en plaindra pas, j'en suis bien sûre. »

Elle descendit légèrement, courut avertir un vigneron, prit le seau dans la laiterie et s'en vint traire la Rousse comme si elle n'avait fait autre chose de sa vie.

« Elle sait traire et elle joue du piano! se disait Mme Branjon sur son lit de douleur; elle n'a pas sa pareille, en vérité. »

Cécile lui apporta sa tasse de lait fumant, essaya de la soulager en renouvelant sur son pied meurtri les compresses d'eau glacée et eut pour elle toutes les attentions qu'elle put imaginer.

« Vous êtes trop bonne, ma chère enfant, disait la pauvre invalide, vous devez mourir de faim et je n'ai à vous offrir que du pain et des fruits. Madelon est partie avant d'avoir fait nos provisions et je n'ai pas eu envie de la retenir; à ce moment-là, j'étais trop enchantée d'en être débarrassée... mais à présent, à cause de vous, je ne suis plus enchantée du tout. »

M. Castignac arriva avec le vigneron; on transporta dans sa chambre la malade, qui ne s'était pas trompée et dont le docteur se mit en devoir de réduire la fracture. Cécile assista à l'opération, rendit mille services, sans que son courage se démentît une minute.

Catherine était venue savoir ce qui se passait, car on s'inquiétait à Flavigny de la longue absence de Cécile. Elle fut chargée de faire toutes les emplettes nécessaires; mais cela ne suffisait pas, il était indispensable de se procurer une domestique et Mme Branjon se tourmentait beaucoup, moins encore pour elle que pour son mari.

« Que va-t-il devenir, disait-elle, puisque je ne suis plus bonne à rien? »

Cécile lui promit de la tirer d'embarras et s'en alla tout droit chez Madelon. Cette jeune fille, un peu impatiente peut-être, était active, intelligente, puis elle connaissait la maison: c'était un grand avantage. Cécile lui dépeignit la triste situation de Mme Branjon, et l'assura que ce serait une bonne œuvre de lui venir en aide.

Madelon avait bon cœur, elle fut touchée et consentit à reprendre le service qu'elle venait de quitter, à condition que ce ne serait qu'en attendant et jusqu'au rétablissement de Mme Branjon. Celle-ci,

qui de sa vie n'avait renoué avec une servante, disant pour se justifier « qu'un bouillon réchauffé n'a jamais rien valu », approuva,
cette fois, les arrangements pris par Cécile et avoua que Madelon
était une bonne fille de ne pas lui garder rancune.

Cécile ne s'en retourna que le soir, après avoir donné toutes les
indications utiles pour la nuit et la matinée suivante. Mme Branjon
souffrait beaucoup, mais ce n'était pas ce qui la tourmentait le
plus.

« Mon mal ne serait encore rien, disait-elle, si j'avais l'esprit
tranquille ; ce qui me tympanise, c'est de penser que tout va s'en
aller à vau-l'eau. » Cependant elle se calma, lorsque Cécile lui eut
promis de venir passer auprès d'elle la plus grande partie de ses
journées.

La pauvre femme, qui toute sa vie n'avait fait autre chose que
d'agir, se voyait maintenant obligée de réfléchir. Elle n'en avait que
trop le temps, puisqu'elle était condamnée pour six semaines à une
immobilité complète. Elle crut d'abord qu'elle tomberait malade
d'impatience et d'ennui ; mais Cécile prit soin de la distraire et parvint même à lui faire goûter des plaisirs qu'elle n'avait jamais
connus. Le piano de Perrine fut transporté au premier étage et la
jeune fille s'en servit pour amuser la blessée. Son jeu facile et
brillant, qui laissait quelque chose à désirer sous le rapport de
l'expression, plaisait par le brio et la vivacité. C'était justement ce
qu'il fallait à Mme Branjon ; elle écoutait volontiers les mazourkas et
les allegros joués par sa jeune amie ; mais on ne peut faire de la
musique du matin au soir. Cécile essaya de la lecture, et la malade,
qui ne l'avait jamais aimée, ne s'y prêta d'abord que par complaisance ; bientôt elle fut toute surprise de s'y intéresser. Le secret de
ce succès, c'est que Cécile lisait très-bien, et c'est un talent beaucoup
plus rare qu'on ne pense. Alice le possédait et l'avait transmis à sa
sœur, qui en comprenait maintenant le charme et l'utilité.

Madelon, que l'on dirigeait sans la tourmenter, faisait de son
côté des merveilles et, sous la surveillance de Cécile, devenait un
vrai cordon bleu. Bien des fois cependant Mme Branjon, lorsqu'elle
arrangeait sa chambre, eut encore envie de se fâcher, trouvant
qu'elle s'y prenait mal ou qu'elle nettoyait incomplétement. Vous
êtes une maladr…! » s'écriait-elle, puis elle s'arrêtait par égard pour
sa jeune amie qui la lui avait ramenée, par affection pour M. Branjon, qu'elle ne pouvait condamner à mourir de faim. Le pauvre

homme dînait donc sous son toit, pouvait lire près de sa femme ou causer avec elle et, s'il devait encore, avant d'entrer dans sa chambre, quitter ses bottes et chausser ses pantoufles, il se trouvait heureux d'avoir retrouvé à ce prix un intérieur, une société, et d'être délivré du spectacle fatigant d'une activité sans mesure et sans trêve. Sa femme finit par le comprendre.

« Je vois, mon pauvre Branjon, lui dit-elle un jour, que je ne t'ai pas rendu fort heureux ; ce n'est pas faute de bonne volonté. Je croyais pouvoir me passer de domestique, parce que je sais mieux me tirer d'affaire que toutes celles que j'ai rencontrées ; mais cela me forçait à te négliger ou à te tourmenter un peu ; cela a pu aussi jeter Perrine dans un excès contraire. Allons, j'avais dit de mettre tes chemises en réserve ; je voulais les repasser quand je serais guérie, mais je vais décidément les donner à la Carette. Seulement tu la feras monter, je veux lui parler et lui recommander de prendre bien garde de ne pas les étendre sur des clous, afin d'éviter les taches de rouille. »

M. Branjon, à cette bonne nouvelle, ne put s'empêcher d'embrasser sa femme. Il perdait sans doute en elle une excellente blanchisseuse ; mais il avait retrouvé une compagne et une amie, et c'était encore gagner au change.

CHAPITRE XXXVI

Georges inventeur.

Georges Marcey, enfermé dans sa chambre, feuilletait des papiers à la pâle lueur d'une bougie.

« Oui, je crois que j'y suis ; il me semble que je puis maintenant aller consulter M. Baudrand, » se disait-il.

Il se levait, se promenait de long en large en continuant à se parler à lui-même, puis revenait s'asseoir devant sa petite table et réfléchissait de nouveau profondément. Il était si absorbé qu'il n'entendit pas la clé tourner dans la serrure.

« Eh bien, je t'y prends encore ; on ne dort donc jamais dans cette maison ? » dit une douce voix.

C'était Mme Marcey qui, depuis quelque temps, s'était aperçue des veilles prolongées de Georges et qui s'en inquiétait.

« Bon, voilà ma petite mère qui m'espionne à présent, dit le jeune homme en riant. Je vais te gronder à mon tour, car tu devrais être endormie depuis longtemps ; je parie que c'est Françoise qui m'a dénoncé.

— Nullement, c'est tout simplement le compte de mon épicier ; de petites gens comme nous sont obligés d'y regarder de près en fait de dépense. Je voyais à toutes les lignes : bougie, un demi-kilo, deux kilos. Or nous n'en brûlons presque pas, puisqu'une seule lampe éclaire nos veillées ; je ne pouvais soupçonner Françoise : restait mon Georges. Justement je lui trouvais l'air fatigué, les yeux cernés ; le coupable était découvert.

— Chère maman, dit Georges gaiement, rassure-toi, je crois que bientôt tu ne seras plus obligée de faire des économies de bouts de chandelle.

— As-tu donc trouvé la pierre philosophale ?

— Peut-être. Voyons, ne me demande pas mon secret, car je brûle de te le dire et ne te résisterais pas. Puis, si je m'étais trompé, si j'avais à t'avouer une déception, quels ne seraient pas mon chagrin, mon humiliation !

— Eh bien, je me tais, je me fie à toi aveuglément, mon Georges ; mais au moins couche-toi, ajouta-t-elle avec cette insistance des mères qui, dans leur fils devenu homme, voient toujours le délicat enfant qu'elles choyaient et dorlotaient.

— A l'instant, chère maman, à condition que tu en fasses autant, » dit Georges, en embrassant Mme Marcey.

Cinq minutes après, la bougie, qui ne s'élevait plus que d'un doigt au-dessus de la bobèche, était soufflée consciencieusement.

Georges, pour s'être couché tard, ne s'en leva pas moins matin. Il avait serré ses papiers dans un portefeuille et avait placé ce portefeuille sous son bras. Il sortit et s'en alla tout droit chez M. Baudrand. Pourquoi M. Baudrand, puisque M. Pautrier avait été pour lui meilleur encore, et surtout plus encourageant ? C'est que Georges n'avait pu rester quatre ans dans la maison sans comprendre que ce patron maussade et ce causeur monosyllabique représentait la tête, la volonté, le génie pratique de l'association.

M. Baudrand n'avait pas l'habitude de s'occuper d'affaires ailleurs que dans ses bureaux ; il fut un peu surpris qu'on vînt le relancer jusque dans son appartement et accueillit Georges par une espèce de sourire qui ressemblait à s'y méprendre à une grimace.

« Qu'est-ce donc qui vous amène ? demanda-t-il.

— Monsieur, répondit Georges, il m'est venu une idée ; voilà six mois que j'en cherche l'application et je crois l'avoir enfin trouvée.

— Voyons un peu ça, » dit l'impassible patron.

Georges ouvrit son portefeuille et fit passer ses notes sous les yeux de M. Baudrand, en les accompagnant de quelques explications.

Il s'agissait d'un procédé, aussi simple qu'ingénieux, au moyen duquel le fabricant pouvait constater, c'est-à-dire déjouer, cette sorte de fraude du teinturier en soie connue à Lyon sous le nom de *piquage d'once*. M. Baudrand, pour le coup, écoutait avec une

profonde attention, car il comprenait que cette découverte rendrait
un immense service à l'industrie lyonnaise en la délivrant d'une
taxe aussi onéreuse qu'illicite. Plus la chose lui semblait importante,
plus il croyait devoir l'étudier à fond. Il compulsait les notes. Il
mettait ses lunettes, il les relevait au-dessus de son front, suivant
son habitude, lorsqu'il voulait réfléchir ou écouter les réponses
de Georges. Cette sage lenteur plongeait le pauvre garçon dans
l'huile bouillante. Il éprouvait mille terreurs, il craignait de s'être
trompé.

« Si je n'ai pas réussi, se disait-il, me voilà perdu dans l'esprit
de M. Baudrand et condamné à végéter à perpétuité dans les bas-
fonds. »

Il cherchait à saisir sur la physionomie du patron la trace de ses
impressions, mais autant aurait valu interroger la face immobile du
sphinx de Giseh que le masque froid de l'impénétrable négociant.

Enfin, les lèvres de M. Baudrand se desserrèrent et ses yeux se
fixèrent sur le jeune employé.

« Le procédé me paraît bon, » dit-il.

Quelle joie pour Georges ! Avec un homme pareil, cette phrase
courte et prudente équivalait aux plus enthousiastes éloges.

« Voici ce que je pense faire, reprit le patron. Nous prenons un
brevet d'invention à terme, au nom de la maison, et, si la chose
réussit, comme il est probable, nous le renouvelons. Vous ne per-
drez rien à n'être pas titulaire, je n'ai pas besoin de vous le dire,
vous nous connaissez. »

Georges, qui savait fort bien que toute invention risque beaucoup
de sombrer avec l'inventeur si elle ne peut s'abriter sous un patro-
nage puissant, n'avait rien à désirer de mieux, et il commençait à
remercier M. Baudrand avec effusion, lorsque celui-ci, jugeant
sans doute que c'était du temps perdu, se leva pour lui montrer
qu'il ferait bien de prendre congé. Georges se rendit à cette invi-
tation muette, et il touchait déjà le bouton de la porte lorsque le
patron le rappela :

« Monsieur Marcey?

— Monsieur? dit Georges, qui resta immobile au port d'armes.

— Ne parlez pas encore de cela à M. Pautrier, vous entendez?
il est si vif qu'il éventerait la mèche. »

Georges se contenta de saluer en inclinant la tête pour assurer
M. Baudrand qu'il pouvait compter sur sa discrétion, car les allures

compassées du patron avaient une influence contagieuse sur son organisation impressionnable.

« Ah ! reprit M. Baudrand, au moment où pour le coup il tournait le bouton, vous ne vous êtes encore absenté que pour affaires de service ; voici la morte saison, je vous donne quinze jours de congé. »

Georges revint chez sa mère aussi joyeux qu'un écolier en vacances. Que de fois il s'était dit :

« Ah ! si jamais je puis avoir quelques jours de liberté et un peu d'argent disponible, je m'en irai dans le Midi, en Suisse, en Italie. » Mais l'homme est un être inexplicable. Il avait cette fois quelque argent, quinze grands jours devant lui, et il s'en alla tout droit à Flavigny.

CHAPITRE XXXVII

Visite à Flavigny. Mariages et mariées.

Alice et Cécile achevaient de mettre en ordre un trousseau de
mariée et nouaient coquettement des piles de linge bien blanc avec
d'étroits rubans de couleurs claires. Parfois elles s'interrompaient
pour babiller amicalement. Alice relevait une boucle folle sur le
front de Cécile, ou bien Cécile, en passant, déposait un gros baiser
sur la joue d'Alice. On comprenait du premier coup d'œil combien
elles s'aimaient, et on s'oubliait volontiers à les regarder, car rien
ne fait plaisir à voir comme deux sœurs qui s'aiment.

Ce plaisir, pensera-t-on, doit être fort commun, car enfin le
monde est tout peuplé de sœurs qui s'aiment, cela n'est pas douteux. Seulement il est des sœurs qui, tout en se chérissant, savent
se garantir de tout aveuglement. Ainsi telle cadette, qui adore son
aînée, avoue pourtant, sans en être trop priée, que la proéminence
de son épaule droite nuit beaucoup à l'élégance de sa taille. L'aînée,
également, ne manque pas une occasion de s'apitoyer sur ce malheureux trait dans l'œil qui diminue si notablement la beauté de sa
cadette. D'autres fois, un ruban rose ou bleu vient jeter le trouble
dans ces tendres cœurs. « Pourquoi, se demande la brune, a-t-on
donné à ma sœur le ruban bleu? C'est que nos parents la préfèrent
et cherchent tous les moyens de faire valoir son teint fadasse. »
La blonde, pendant ce temps-là, se dit à part elle : « Il me semble
que le ruban rose m'aurait bien mieux convenu qu'à ma sœur, qui
est noire comme une taupe ; mais il est certain que les parures les

plus fraîches et les plus jolies iront toujours à son adresse, car on a pour elle un faible très-visible, sinon très-justifié. » S'agit-il de mariage, la cadette convient sans difficulté que celui qui se prépare pour sa sœur est assurément très-brillant, mais que tout ce qui brille n'est pas or et que la fortune s'achète bien souvent beaucoup plus cher qu'on ne croit. L'aînée, de son côté, lorsque vient le tour de sa douce cadette, n'hésite pas à reconnaître que le futur est un homme bien agréable; toutefois elle fait aussi remarquer très-judicieusement qu'il est rare que les jeunes gens trop agréables fassent de bons maris.

Et ainsi de suite; les nuances de caractère de ces sœurs-là et de beaucoup d'autres demanderaient un détail infini; mais l'expression de leurs sentiments ne présenterait peut-être pas le spectacle attachant dont nous parlions en commençant.

L'amitié de Mlles Guérin était d'autre sorte, et l'aînée voyait sa cadette se marier avant elle sans que l'ombre d'une pensée amère ou jalouse vînt troubler la sérénité de sa tendresse. Elle se complaisait au contraire à s'occuper du bien-être futur du jeune ménage, et avait fait avec sa sœur plus d'une visite à cette jolie maison de Villefranche, dont Cécile serait dame et maîtresse, et qui portait si bien sur sa façade élégante la date du xvᵉ siècle. Par ses soins, des plantes grimpantes jetaient déjà leurs festons autour de la galerie à jour, et un lavage intelligent avait rendu tout son lustre à l'écusson des ducs de Bourbon sculpté au-dessus de la porte principale. Mais, pour ce jour-là, la tâche des deux jeunes filles était achevée, et elles descendirent ensemble au jardin.

Pendant qu'elles refermaient la porte qui y conduisait, une main empressée poussait la barrière qui s'ouvrait sur la route, et un jeune homme, qui n'était autre que Georges Marcey, entrait dans la cour déserte. Personne ne lui fit accueil, si ce n'est le père l'oie et sa troupe; les maîtres étaient à la promenade et les vignerons au travail. Georges traversa le passage voûté et se trouva dans le jardin, à l'entrée de la grande allée. Que les arbres lui semblaient beaux, l'air pur et vivifiant! Il faisait doux, le soleil couchant empourprait l'horizon. Georges se souvint de ce soir d'automne où il avait, convalescent, cueilli les dernières violettes pour sa petite amie, souffrante encore. Il arrivait justement à ce rond-point où s'était arrêtée la voiture de la jeune malade.

Ah! maintenant, on ne pouvait plus lui donner ce nom; Georges le vit bien quand, à son approche, elle se leva souriante, la joue rosée et les yeux brillants de joie. Elle s'avança pour le recevoir. Hélas! elle boitait encore, cette infirmité était irrémédiable; mais, si elle diminuait quelque peu sa grâce aux yeux des indifférents, elle ne pouvait inspirer à Georges qu'une tendre compassion, mêlée de remords. On s'embrassa; on échangea mille questions et mille réponses; on avait tant à se dire! Cécile en particulier avait hâte de confier son secret. Sa mère, sans s'en douter, avait été prophète, en l'appelant quelquefois par plaisanterie « une petite Mme Branjon », car les bans de son mariage avec Antoine Branjon devaient se publier quinze jours plus tard.

La nouvelle commençait déjà à transpirer et les gens positifs, qui ont l'habitude de fourrer des chiffres partout, trouvaient, en supputant les fortunes, que Mlle Guérin « faisait un beau mariage » M. et Mme Branjon ne doutaient pas de leur côté que leur fils n'en fît un excellent.

« Cette petite est un trésor, disait Mme Branjon; elle est bonne, active, précieuse en ménage; il n'y en a point comme elle. Elle joue du piano et elle sait tr.... »

Cécile, si quelque étranger se trouvait présent, ne manquait jamais d'arrêter ainsi à moitié chemin l'expression de l'enthousiasme de sa belle-mère, car elle avait assez de tact pour comprendre que certains petits talents, fort bons à cultiver en famille, ne sont pas destinés à être vantés en public.

Antoine, qui était un garçon instruit et sensé, appréciait les aptitudes domestiques de sa future, mais n'était pas fâché de trouver dans cette adroite bergère et cette ménagère accomplie une femme pourvue de quelques agréments et d'un peu de savoir.

On avait donné à Georges son ancienne chambre. Il dormit avec délices dans ses draps bien blancs, de toile un peu grosse et parfumée d'iris. Le lendemain le soleil et les oiseaux vinrent le réveiller de bon matin. Il ouvrit les yeux tout étonné, ne sachant d'abord où il était, puis soudain recouvra la mémoire et la joie en même temps. Il sortit pour flâner par les chemins et reprendre possession de son cher Flavigny. Il ne voyait qu'endroits mille fois parcourus, que figures de connaissance : Vincent, qui s'en allait à la vigne, sa pioche sur l'épaule, le père Vignot, qui arpentait le village en blouse bleue, avec son chapeau de cuir vernis; puis M. Latuile, qui se dandinait avec son air de supériorité accoutumé; et le grand

Tournichon trônant comme autrefois sur sa charrette, mais moins joli garçon depuis qu'il s'était ébréché une dent de devant en essayant de casser un noyau de pêche, et un peu déchu aussi dans l'esprit de sa Fanchon depuis l'aventure du faux chien enragé.

Un peu plus loin, c'était le père Belou, portant un fagot de sarments, le boulanger revenant du moulin, M. le curé rentrant au presbytère. La tête ébouriffée de Chapotin manquait à la collection. Le malheureux garçon, enlevé par la conscription deux ans auparavant, avait dû mettre un terme à ses exploits malfaisants. Le régiment lui avait été moins indulgent que son pays natal et l'avait envoyé expier ses peccadilles dans un bataillon de *zéphyrs* cantonné à Mascara, en pleine province d'Oran.

Georges rencontra encore Mme Guérin, qui sortait de l'église et, avant de rentrer chez elle, allait visiter deux ou trois pauvres malades; mais il fallait être aussi diligent que son neveu l'avait été ce jour-là pour la surprendre en flagrant délit de charité, car elle cachait ses bonnes actions avec autant de soin que le commun des mortels cache ses défauts ou ses vices.

M. Guérin, lui, ne mettait aucun mystère à ses agissements et faisait le bien à sa manière et au grand jour. Georges l'aperçut de loin devant la porte de la mairie. Il tenait tête tout seul à cinq ou six interlocuteurs; André autrefois avait appelé cela « le club du père ». On y parlait de tout : de l'élevage du bétail et de la culture de la vigne, de l'assainissement des étables et de l'engrais des terres, de la petite vérole et de l'oïdium, enfin, si on y était très-sobre sur la question politique, on y mettait résolûment en déroute les ignorants avocats de village qui se mêlaient de vouloir réformer la société sans en avoir seulement compris les fondements et les conditions.

Georges, après avoir écouté un moment la discussion, aperçut au bout du chemin une petite bonne femme qui portait un panier presque aussi grand qu'elle : c'était maman Michon. Son Benjamin la rejoignit en quatre enjambées.

« Donne-moi vite ce panier, mais il pèse comme un plomb; qu'est-ce qu'il y a dedans?

— Regarde voir un peu, » dit Mme Michonneau en riant.

Elle avait appris le matin même l'arrivée de son chéri et, tout aussitôt, avait ouvert son pétrin, chauffé son four et fabriqué un gâteau de campagne.

Georges leva le couvercle du panier et, ma foi, il n'y tint pas, il cassa avec ses doigts un beau morceau du croûton doré et y mordit comme il faisait à quatre ans. Le palais a ses souvenirs! quel Marseillais ne redevient gourmand en face d'une bouillabaisse? quel Alsacien peut passer indifférent devant un plat de choucroute? Georges savoura donc avec une certaine sensualité la *pogne* croustillante de sa nourrice.

« Qu'en penses-tu? » dit-elle.

Georges rendit justice à la perfection de la *pogne* en dévorant son croûton à belles dents; ce qui ne l'empêcha pas de gronder maman Michonneau, qui avait bourré son panier de provisions de toutes sortes : noisettes et pommes, noix fraîches et fromages de chèvre.

« Ah! dit Georges, à propos de fromages, comment se porte ta voisine, la Bigolette? »

Hélas! la Bigolette avait depuis deux mois quitté, à son grand regret, ce monde où elle s'accordait pourtant si peu de jouissances. Elle avait rendu le dernier soupir couverte d'une loque et couchée sur une paillasse; mais, dans cette paillasse, on trouva huit mille francs, qui allèrent enrichir un arrière-cousin que l'avare ne pouvait souffrir.

M. Castignac, appelé au dernier moment, prétendit qu'elle succombait à une pleurésie, compliquée de gastrite. Maman Michonneau soutint que les médecins avaient la manie de donner des noms savants aux choses les plus simples et que la Bigolette était morte en réalité de froid et de faim. «Je l'avais bien prédit, » ajoutait-elle, en guise d'oraison funèbre.

Georges donna toute la matinée à maman Michon, à la famille; l'après-midi, il alla voir les voisins de campagne. M. Loreau le reçut à merveille, quoiqu'il arrivât chargé d'une belle robe de soie pensée pour Mme Loreau. Ce fut la bonne dame cette fois qui se récria. Une si belle robe à elle, quelle folie! jamais elle ne trouverait pour la porter d'occasion assez importante. A la fin, elle en prit son parti en disant qu'elle la garderait pour le mariage de Georges. Georges ne voulut pas la contredire, mais ne pût s'empêcher de penser que son mariage n'était pas près de se faire, puisqu'une femme devrait épouser en même temps que lui sa mère et son grand-père.

M. et Mme Branjon devant s'allier prochainement à la famille, Georges ne pouvait manquer non plus d'aller leur rendre ses devoirs. En arrivant chez eux, il rencontra dans le vestibule une

17

jeune dame maigre et languissante, à laquelle il fit un profond
salut.

« Comment, Georges, dit-elle, vous ne me reconnaissez pas? »

C'était Perrine; mais qui aurait jamais pu le deviner au premier
coup d'œil? Comment soupçonner que cette personne autrefois
si fraîche, si potelée, et qui riait toujours, eût pu devenir si vite
une pauvre femme aux joues creuses, au teint plombé, à l'air triste
et découragé? C'était elle pourtant; un an de vie mondaine avait
suffi pour opérer cette transformation. Ne se reposer jamais, faire
de la nuit le jour, avoir mille soucis d'argent et mille préoccupations
de vanité, c'est un régime qui ne convient pas à tout le monde.

Perrine cependant aurait pu s'y faire (Mithridate s'était bien habitué au poison), mais il aurait fallu y mettre le temps, et elle s'était
trop pressée.

« Vous devriez allez passer quelque temps chez votre mère, lui
dit M. Dupitel d'un ton paterne, votre santé s'en trouverait bien. »
Le fait est qu'il était ennuyé de ses syncopes et de ses airs langou-
reux. La pauvre Perrine n'avait pas été dupe de sa feinte sollicitude.
Son ménage n'était pas heureux et elle ne pouvait s'en plaindre,
puisque le mariage, qui doit être l'union de deux dévouements,
n'avait été pour elle comme pour Sosthènes que l'association de
deux égoïsmes. Mme Branjon, deux ou trois fois, en allant voir à Lyon
sa fille et son gendre, avait entendu, de l'antichambre, l'éclat de
leurs aigres discussions et savait à quoi s'en tenir sur leur bonne
harmonie. Elle en était toute triste et laissait en partie les détails de
son ménage aux soins de Madelon, si bien dressée par Cécile; aussi
Georges, qui s'attendait à la trouver fourbissant une casserole ou
époussetant une étagère, fut tout étonné d'être reçu par elle au salon
avec un empressement inusité.

CHAPITRE XXXVIII

Ces fournisseurs sont d'un ridicule!

Georges devait, cet automne-là, revoir tous ses anciens amis; car, à peine de retour à Lyon, il reçut la visite de Fernand de Lestange. Ce n'était pas d'ailleurs la première fois depuis leur rencontre de la rue Saint-Côme : Lyon est sur la route d'Hyères, de Chamonix, de Gênes, d'Aix-les-Bains, et Fernand, deux ou trois fois par an, venait tomber comme une bombe, soit dans les bureaux de la maison Pautrier, soit dans le petit appartement du quai de la Saône.

« Comme tu es devenu calme! disait-il à Georges; moi, je vis dans une agitation perpétuelle.

— C'est que cela te plaît.

— Pas toujours; ah! j'ai bien mes fatigues, mes ennuis, va! »

Il faisait alors ses confidences. Ne venait-il pas de perdre au jeu sa pension de toute l'année! Il avait eu affaire à un chevalier d'industrie, ce n'était pas douteux; mais M. de Lestange ne regarderait pas cela comme une excuse : aussi ne lui en dirait-il rien; il aimait mieux emprunter.

« Les emprunts! s'écriait Georges, ce sont des gouffres : tu vas tomber dans les griffes des usuriers.

— C'est probable; mais, en vérité, je ne sais plus de quel bois faire flèche. »

Une autre fois, le sort avait pour lui des rigueurs tout exceptionnelles; il pariait sur Buridan, et Coverley l'emportait d'une demi-tête. Un certain été, il arrivait furieux de Trouville : un jeune élégant, fat et idiot, avait eu tous les honneurs de la saison; c'était réellement agaçant, intolérable.

Mais, à cette dernière visite, Georges le trouva plus nerveux et plus irrité que jamais.

« Sur quelle herbe as-tu donc marché? lui dit-il; tu fais des mines de beau ténébreux; je ne vois pourtant rien de particulièrement fatal dans ta destinée.

— Ah! mon cher, c'est que tu ne sais pas; si tu savais!... » Et Fernand se leva brusquement, se promena par la chambre comme un lion en cage, fit craquer ses bottes, sonner ses talons, épousseta les meubles à coups de badine, se rassit, ouvrit la bouche comme pour parler, la referma par un acte de volonté énergique, enfin donna tous les signes d'une douleur profonde et contenue.

Georges fit appel à leur vieille amitié, sollicita sa confiance, et Fernand parut attendri; mais son jeune ami dut encore employer toutes les ressources de son éloquence avant de lui arracher le secret de ses peines. Pauvre Fernand, il avait fui Paris, pour lui plein d'embûches, il était tombé de Charybde en Scylla. Il aurait dû s'en douter : les gens sans éducation sont, en province, d'une mesquinerie inimaginable. Bref, ses fournisseurs de Lyon n'étaient-ils pas venus le relancer à l'hôtel. Comment avaient-ils appris son arrivée? ils payaient donc des espions? Ces êtres méticuleux ne méritaient pas l'honneur de sa clientèle. Lui faire une avanie pour une misère, un rien! six ou sept cents francs peut-être... C'était humiliant, ridicule, l'indignation le suffoquait.

« Que veux-tu? disait Georges, ces pauvres gens ne vivent probablement que de leur travail.

— Eh! je n'avais pas l'intention de leur faire tort, mais ils devaient attendre.

— Ils ne le pouvaient peut-être pas, insinuait Georges.

— Si, si, ils devaient le pouvoir, répondait Fernand outré. D'ailleurs, tu en parles bien à ton aise, tu n'as jamais eu de ces affronts-là. »

Georges en convenait avec douceur.

« Ah! tu es bien heureux! » s'écriait Fernand.

Bien heureux! cet enfant gâté de la fortune osait le dire à un pauvre garçon qui, depuis près de sept ans, soutenait sa famille au prix de tous les sacrifices. Fernand cependant avait raison, Georges était plus heureux que lui. « Je suis aussi plus riche, se disait le

Il venait de perdre au jeu.

brave garçon, puisque je suis à l'abri des inquiétudes et des dettes. »
L'amitié qu'il portait à Fernand l'empêchait d'ajouter : « Et des
indélicatesses. » Il se contentait de penser que la fortune et l'oisi-
veté ont des pentes bien glissantes et bien dangereuses; puis il
fouillait dans son tiroir et en retirait ses derniers cinq cents francs
qu'il glissait dans la main de Fernand.

« Je prierai le caissier de m'avancer un demi-terme, se disait-il,
et je me passerai d'habits neufs pour cette saison. »

Le jeune vicomte, touché de cette preuve d'affection, dont il com-

Les emprunts ce sont des gouffres.

prenait toute la générosité, essayait de se défendre ; mais l'insistance
de Georges, mais la pression des circonstances surtout, triomphaient
de sa résistance ; il se résignait à accepter le secours très-effectif de
cet ami, auquel il n'avait jamais fait que des offres de service.

Il le remerciait encore avec beaucoup de reconnaissance, et autant
de honte pour le moins, lorsqu'un grand blondin, à la taille élancée,
se précipita dans la chambre.

« Je suis reçu ! je suis reçu ! cria-t-il à tue-tête ; cinquante-
sixième, ce n'est pas mal. »

Et il levait les bras et faisait, dans sa joie, mille extravagances.

Fernand regardait avec surprise cet écervelé, et sa surprise ne
faisait qu'augmenter en reconnaissant à la fin, dans le grand blondin, le petit André qu'il n'avait pas vu depuis fort longtemps.

« Reçu? dit-il, où ça?

— A Saint-Cyr, répondit orgueilleusement André, qui était d'humeur à en informer l'univers entier.

— A Saint-Cyr et le voilà ravi, pensa Fernand, c'est inconcevable! »

Il le félicita pourtant et s'esquiva pour aller amadouer ses impertinents fournisseurs au moyen de l'à-compte qu'il devait à Georges.

« Comment, se disait-il, ce petit trembleur, qui mourait d'effroi dans les oubliettes de Bagnols, s'avise de vouloir être quelque chose et finira peut-être par devenir quelqu'un, et moi, qui suis né vicomte de Lestange, j'arriverais à n'être rien du tout! Accepter ces cinq cents francs de Georges, qui les gagne à la sueur de son front, allons, je suis forcé de me l'avouer, c'est une vilenie; mais on ne m'y reprendra plus; je m'en vais à Bagnols faire des réflexions et des économies. »

Il tint parole, passa deux mois dans son vieux château et y serait peut-être demeuré plus longtemps si sa tante ne l'eût appelé pour l'accompagner à Nice.

CHAPITRE XXXIX

Le thermomètre de M. Baudrand.

En octobre, Cécile se maria; en novembre, André entra à l'École militaire; enfin, pour continuer en manière d'éphémérides, la maison Pautrier et Baudrand fit en décembre beaucoup parler d'elle.

D'abord, ce fut à cause du brevet d'invention, qui éclata comme le tonnerre sur la tête des piqueurs d'once et résonna comme une salve de triomphe aux oreilles des fabricants. Le jour où la nouvelle s'en répandit, la place de la Bourse bourdonnait comme une ruche.

« Ah! ces teinturiers vont être mis à la raison, c'est bien heureux, ils nous en ont fait voir de belles depuis quelques années, disait un fabricant.

— Teinturiers, teinturiers! il faudrait distinguer. A vous entendre, on dirait qu'ils sont tous des voleurs, répliquait aigrement un de ceux que l'opinion publique épargnait le moins dans ses soupçons.

— Je n'ai nommé personne, reprenait le premier, tant pis pour ceux qui se reconnaissent.

— Il paraît que ce procédé est merveilleux, disait-on dans le groupe voisin.

— Ce n'est pas sûr, je ne crois guère à ces belles inventions, répondait quelqu'un qui avait grand'peur de celle-là.

— Qui est-ce qui a trouvé ce procédé?

— Pautrier sans doute, c'est un homme plein d'idées.

— Je crois plutôt que c'est Baudrand, il parle moins et agit plus.

— Ni l'un ni l'autre, c'est un de leurs employés, un tout jeune homme appelé Marcin, Marcy...

— Marcey, dit un petit homme qui n'était autre que M. Gavet.

— C'est cela même.

— Bah! on fait beaucoup de bruit de cette découverte; vous verrez que ce sera la montagne qui accouche d'une souris, » affirma un monsieur dénigrant.

Mais le monsieur dénigrant se trompait, on le sut bien vite. L'invention fit son chemin, portée aux nues par les fabricants, vouée en secret à l'exécration par un certain nombre de teinturiers d'autant plus furieux qu'ils ne pouvaient exhaler leur colère sans risquer de se dénoncer.

Quinze jours plus tard, nouvelle victoire de messieurs Baudrand, Pautrier et Compagnie. Cela ressemblait aux bulletins de campagne du premier Empire, on n'avait pas le temps de respirer. Cette fois, M. Baudrand était bien réellement le héros de l'affaire. Il avait fait un achat considérable, juste la veille d'une hausse invraisemblable. Et les conversations d'aller leur train sur la place de la Bourse.

« Eh bien, vous savez, il gagne d'un coup cinq cent mille francs.

— Comment diable a-t-il deviné ce qui allait arriver?

— Je n'en sais rien, mais c'est un fin matois.

— Dites plutôt un vrai sorcier.

— Il est né coiffé.

— Il a un talisman. »

Celui-là disait vrai; le père Baudrand en avait un qu'on n'aurait jamais imaginé, puisque c'était tout simplement.... son thermomètre.

Georges l'apprit trois ou quatre jours plus tard en allant prendre des nouvelles de son patron; car, au beau milieu de son triomphe, une pleurésie l'avait mis au lit sans miséricorde.

« Eh bien, monsieur Georges, vous savez, lui dit le vieux domestique, qui depuis quelques mois avait vu très-souvent le jeune homme et l'avait pris en amitié, voilà monsieur en danger, et je vous demande un peu pourquoi? Il sera bien avancé avec tous ses millions, s'il faut qu'il s'en aille dans l'autre monde.

— Que voulez-vous, mon pauvre Baptiste, la fortune n'y fait rien, chacun y arrive à son tour, mais j'espère bien que pour cette fois M. Baudrand va se tirer d'affaire.

— Et moi, je n'en suis pas sûr du tout; cet homme-là a le diable au corps, il faudrait le garder à vue.

Il avait allumé une petite lanterne.

— Je pense que c'est ce qu'on fait et qu'il est bien soigné.

— Ah! certes, on n'y épargne rien, mais il est si malin! Quand il a une idée, il trouve bien le moyen de se débarrasser de vous.

— Enfin, je ne pense pas que son idée soit de se tuer à plaisir.

— Je crois que si, ma parole. Tenez, n'en parlez pas, mais je vais vous dire, moi, comment il a attrapé sa pleurésie. »

Baptiste conta alors que le samedi précédent, par un froid épouvantable, son maître s'était levé au milieu de la nuit, avait allumé une petite lanterne d'appartement, et, en sortant de son lit bien chaud, s'en était allé prendre l'air sur le balcon. « J'ai le sommeil léger, ajoutait Baptiste, j'entends du bruit, je me lève et qu'est-ce que je vois?... Monsieur, en robe de chambre et en bonnet de coton, qui refermait la fenêtre. Il me demande d'un air furieux ce que je viens faire là. Je lui réponds que je venais voir ce qu'il y avait, rapport aux voleurs. Il lève les épaules comme pour se moquer de moi; je n'ose plus souffler mot et je m'en retourne coucher. Le lendemain, voilà-t-il pas qu'en allant balayer la neige sur le balcon je vois qu'elle est toute piétinée, juste devant le thermomètre. Monsieur était allé voir le froid qu'il faisait. Je vous demande un peu quel besoin il avait de savoir ça, à deux heures du matin? »

Georges venait à l'instant de le comprendre, mais il ne jugea pas à propos de révéler à Baptiste le but de l'expédition nocturne de M. Baudrand. Pour lui, tout cela était clair comme le jour; l'achat de soie si opportun qui étonnait toute la ville était expliqué. Le patron, dans cette fameuse nuit, qui lui coûtait si cher, tout en lui faisant gagner beaucoup d'argent, le patron avait vu le mercure de son thermomètre à douze degrés au-dessous de zéro; il en avait conclu que les mûriers du midi de la France seraient inévitablement gelés, que les magnaneries ne feraient presque rien et que le prix de la soie hausserait avant peu considérablement. Il avait prévenu cette hausse, rempli ses magasins, réalisé un beau bénéfice, le tout au prix d'une pleurésie; et les badauds, pendant qu'il souffrait et tremblait la fièvre, disaient encore qu'il était né coiffé! Combien de fois regarde-t-on ainsi comme un don de l'aveugle hasard le succès qui n'est qu'une juste récompense de la vigilance infatigable et de la sagace observation!

Georges retourna très-souvent chez le malade et fut reçu au bout de quelques jours. Humanité et reconnaissance à part, M. Baudrand l'intéressait. Il admirait l'énergie de ce paysan du mont Pilat qui, descendu à seize ans de son village, sans fortune, sans protection, sans éducation première, avait su se faire, par le travail et l'intelligence, une large place au soleil. Un peu plus causeur depuis que la maladie le forçait dans tous les cas à perdre son temps, le patron se laissait aller à raconter comment il s'était trouvé un beau matin au milieu de la grande ville avec quarante sous dans sa poche ; comment il avait gagné quarante francs à toutes sortes de petits métiers et les avait employés à s'habiller décemment. Après cela, il s'était trouvé heureux d'obtenir la faveur d'entrer dans un magasin pour y faire les commissions et, au bout de dix ans, il avait réalisé un capital de quarante mille francs. « C'est pour celui-là, disait-il, qu'il y a eu du tirage, ensuite ce n'a rien été d'arriver à quatre cent mille francs. Le bonhomme s'arrêtait là dans sa multiplication, mais Georges savait bien qu'il ne s'y était pas arrêté dans ses bénéfices.

« Eh bien oui, reprenait tristement M. Baudrand, j'ai peiné, j'ai trimé pendant quarante-cinq ans pour fonder une maison, et, après moi, cette maison va péricliter ou disparaître. Ne vous imaginez pas que je tienne à l'argent autant que j'en ai l'air, c'était pour l'honneur que je travaillais. Je tenais à montrer que la maison était bien menée et que le père Baudrand ne perdait pas la tramontane. Mais je ne suis plus bon à rien, j'attrape des pleurésies ; un de ces jours, la mort me présentera son billet, payable à vue. Je n'ai point d'enfants, Pautrier non plus, et mon neveu ne fera jamais rien qui vaille. Allez, ce n'est pas gai d'être vieux et de savoir qu'après vous la débâcle viendra comme une échéance et à coup sûr. »

En attendant, puisqu'il était encore là, le patron voulait faire les choses dans les règles. Dès qu'il put tenir une plume, il s'en servit pour rédiger de nouvelles conventions avec Georges. Il fut arrêté qu'à l'avenir celui-ci recevrait un traitement annuel de douze mille francs et qu'il prélèverait un dixième sur les bénéfices de la maison. C'était juste ; Georges trouva que c'était large et généreux. Il aimait à savoir gré, comme d'autres tiennent à garder rancune et à se plaindre.

CHAPITRE XL

Les années passent lentement, mais le travail les abrége pour Georges, dont les occupations ont doublé d'importance.

Mme Marcey est fière de son fils; le grand-père rassuré renonce peu à peu aux privations. Mme Guérin, plus libre, parce que sa maison est moins pleine, visite assez souvent sa sœur, les jours où elle vient voir à sa pension son plus jeune fils, qui a changé le nom trop enfantin de Toto contre celui de Gaston.

En son absence, Alice la remplace pour le gouvernement domestique. La jeune fille est d'ailleurs toujours prête à accepter toutes les tâches, à rendre tous les services, et, dès que Cécile se trouve dans quelque embarras, elle n'a qu'à dire un mot pour la voir accourir.

Parfois l'heureuse jeune femme s'étonne de l'inaltérable sérénité de son aînée, de son calme intérieur au milieu des agitations matérielles.

« Sais-tu, lui dit-elle, que lorsque tu es là, je me souviens toujours de Marthe et de Marie, ces deux sœurs de l'Évangile. Moi, je suis comme la première, je me trouble et m'inquiète de beaucoup de choses; et toi, tu ressembles à Marie, qui avait choisi la meilleure part.

— Je ne l'ai pas choisie, dit Alice doucement.

— Alors, c'est encore mieux, car rien n'est plus difficile que la résignation.

— Oh ! résignation est un grand mot qui ne me convient pas; je suis heureuse.

— Oui, à ta manière.

— Très-réellement, je t'assure ; j'ai mon bonheur à moi, et puis le tien, chérie, le comptes-tu pour rien ? Crois-tu que je ne le sente pas? » ajoute-t-elle en caressant doucement la tête brune de sa sœur.

Le fait est que, si Alice a quelque chose à désirer ou à regretter, il est impossible de s'en apercevoir, tant son humeur, est égale et sa bonne grâce constante.

Fernand de Lestange n'approche pas de cette perfection, mais il s'est beaucoup amendé. D'abord, il a eu soin de se libérer promptement vis-à-vis de Georges, et la honte de son emprunt l'a empêché de contracter de nouvelles dettes.

Un peu nomade comme son père, il fait à Lyon des apparitions qui, depuis quelque temps, deviennent beaucoup plus fréquentes.

Souvent il passe un mois à Bagnols, sans autres distractions que la chasse, la lecture et la société de ses voisins de campagne. Tante Isabelle s'en effraie :

« Il finira par s'enterrer comme sa sœur, » dit-elle.

C'est que Berthe de Lestange a trompé déjà toutes ses espérances ; mais il faut dire que c'est beaucoup moins sa faute que celle de son mari, M. de Lesparre.

Ce mari, Berthe l'a justement choisi parce qu'il était très-brillant et très-homme du monde ; seulement elle n'a pas prévu que cet homme du monde se mariait pour se faire homme d'intérieur. Quinze jours après la bénédiction nuptiale, il emmenait sa femme dans son château au fond du Poitou, au grand scandale de la tante Isabelle.

« Mais, monsieur, disait-elle, pourquoi, s'il vous plaît, épouser une femme charmante et spirituelle, puisque vous aviez l'intention de la séquestrer ?

— Pourquoi? Madame, vous me le demandez? Parce que la retraite avec une femme désagréable et sotte m'aurait paru peu souhaitable, » répondait M. de Lesparre.

Il la quittait sur cette réplique, et tante Isabelle demeurait outrée.

Quatre ans s'étaient écoulés depuis ce coup d'État et Berthe n'avait pas mis si longtemps à s'apercevoir que la vie peut être fort supportable en Poitou, quand on y habite un beau château, au milieu

d'un pays agréable et avec un mari aimable et bon, aussi plein d'é-
gards et d'esprit que de fermeté.

Mᵐᵉ de Lesparre avait en outre deux enfants qu'elle élevait elle-
même et, malgré ses fatigues et ses occupations, se portait à merveille, de sorte qu'elle se trouvait avec raison très-heureuse, pendant
que tante Isabelle continuait à s'apitoyer sur son sort et à parler
d'elle comme d'une victime.

« Cette pauvre enfant a le caractère faible, disait-elle, avec moi

Tante Isabelle demeurait outrée.

les choses se seraient passées autrement ; mais elle est complète-
ment annihilée par son mari qui, malgré ses airs gracieux, a une
volonté de fer.

» Je devais aller la voir, puis je ne me décide pas ; j'ai peur de
ne plus la reconnaître et de trouver une vraie paysanne au lieu
d'une femme élégante. Pour achever de me désoler, Fernand semble
disposé à s'engouer de la province ; c'est une maladie de famille,
mais je ne la partagerai jamais, Dieu merci ! »

Chaque fois qu'elle s'étendait sur ce sujet, la pauvre tante en
avait des insomnies ; elle était pourtant bien loin de se douter de
l'imminence du danger.

Fernand venait de la quitter pour s'en aller à Bagnols et, en passant à Lyon, il entra chez son ami Georges.

18

Le jeune vicomte de Lestange avait ce jour-là un air tout à fait particulier, recueilli en vérité et presque solennel.

Cela était si peu dans ses habitudes, que Georges ne put manquer d'en être frappé et de lui en faire la remarque.

Fernand avoua qu'il était en effet absorbé par une pensée dominante et qu'il avait de grands projets.

« Devine un peu lesquels? » dit-il à Georges.

Mais Georges ne devinait pas et Fernand fut forcé de confesser son intention de devenir un homme sérieux, et enfin... de se marier, le plus tôt qu'il lui serait possible. Georges, fort étonné, ne pouvait cependant qu'applaudir à une si sage résolution.

« Ton approbation m'encourage, dit Fernand, et je vais très-prochainement m'occuper de cette grave affaire.

— Est-ce que tu aurais déjà choisi ta fiancée? demanda Georges en souriant.

— Sans doute, et même depuis assez longtemps, mais j'hésite à me déclarer.

— Ah vraiment! C'est que tu es bien modeste ou qu'elle est bien exigeante et bien haut placée.

— Exigeante, elle en a le droit; haut placée, cela dépend de la manière dont on l'entend.

— Comment veux-tu que je me fasse une opinion si tu restes aussi énigmatique?

— Tu ne devines donc pas de qui je veux parler?

— J'en suis à cent lieues.

— Tu la connais pourtant.

— Moi, qui ne m'occupe que d'affaires et ne vais pas dans ton monde? c'est extraordinaire. Allons, aide-moi un peu.

— Elle est blonde.

— Ce n'est pas une indication, il y a tant de blondes.

— Elle est parfaite.

— Tous les prétendants en disent autant.

— Musicienne dans l'âme, dessinant à ravir.

— Cela devient invraisemblable.

— Mignonne, gracieuse, d'un esprit très-fin et très-élevé, d'une vertu indulgente et contagieuse, d'une égalité d'humeur incomparable; bref, je n'ai pu résister à tant de charmes modestes et de qualités attachantes.

— Je ne connais qu'une personne à laquelle ce portrait ressemble, et ce n'est sûrement point celle à laquelle tu penses, répondit Georges un peu rêveur.

— Décidément, tu manques de pénétration, il te faut un signalement tout à fait complet. Sache donc que celle qui m'occupe, et à laquelle volontiers l'imagination prêterait des ailes, ne marche sur la terre qu'avec un peu de difficulté et d'hésitation, en un mot, qu'elle est légèrement boit.....

— Alice? s'écria Georges.

— Tu y es, c'est bien heureux! Tu vois que je n'exagérais rien, et que ma fiancée en espérance est bien réellement parfaite.

— Oh! certainement, cette fois, je ne te contredirai pas; mais tu es beaucoup trop jeune pour elle.

— Nous sommes juste du même âge et, avec son teint rosé, son regard limpide, la douce sérénité de toute sa physionomie, on ne lui donnerait pas vingt ans.

— Peut-être, mais dans tous les cas ce mariage ne te convient pas; il y a trop de disproportion entre vos fortunes.

— Mais si je me trouve assez riche pour deux, tu n'as plus rien à dire.

— J'ai à dire que M. de Lestange verra ce projet avec beaucoup de mécontentement.

— Mon père? Il est la bonté même et ne veut que mon bonheur; d'ailleurs, il vous chérit tous, je lui ai fait mes confidences et je sais qu'il est prêt à m'envoyer, dès qu'il sera requis, son consentement et sa bénédiction. »

Georges s'était levé et se promenait avec agitation tout autour de la chambre; Fernand trouvait étrange qu'il ne lui eût pas déjà sauté au cou.

« Allons, dit-il, je vois qu'il faut en ce monde s'attendre à tout, mais je n'aurais vraiment pas cru trouver pareil accueil. Je t'aime comme un frère et tu ne parais pas même disposé à m'acccepter pour cousin. »

Georges s'était déjà rapproché et, par un mouvement brusque, avait tendu la main à Fernand.

« Pardonne-moi, dit-il, c'est de l'étonnement, de l'émotion. Je m'attendais si peu.... mais tu sais bien que tu peux compter sur mon amitié, mon intérêt.... certainement, je souhaite.... »

Il n'acheva pas sa phrase, le pauvre Georges n'était pas éloquent ce jour-là.

« Oui, reprit Fernand en le regardant attentivement, je sais que tu es bon, et que je puis compter sur toi.

— Oh! tu as bien raison; je serais bien fâché de te voir malheureux.... C'est pour cela qu'il faut que je t'avertisse, que je t'empêche de courir au-devant d'un refus. C'est très-blessant, les refus, et tu ne dois pas y être exposé. Sache donc qu'Alice n'est pas le moins du monde dans l'intention de se marier.

— Je le craignais un peu, et, de plus, je le comprends : elle ne peut guère espérer de rencontrer un mari digne d'elle.... C'est bien ce qui me rendait si hésitant et si timide.

— As-tu déjà cherché, demanda Georges avec effort, à pénétrer ses intentions?

— Non, je n'ai fait aucune démarche, je tenais à t'en parler avant tout; je t'avoue même que j'avais compté sur ton aide, sur toute ta sympathie au moins.

— Et tu as eu bien raison, affirma Georges, en donnant un grand coup de poing sur la table. Tente donc la fortune; un prétendant comme toi a bien des chances de plaire à une jeune fille et d'éblouir ses parents.

— Éblouir, dit Fernand en riant, est-ce que cela signifierait par hasard que je leur jetterai de la poudre aux yeux.

— Pas le moins du monde; tu prends les choses tout de travers aujourd'hui.

— Moi? s'écria Fernand, c'est un peu fort, tu ne te vois pas, mon cher ami, mais je t'assure que ce matin tu m'as fait grise mine. N'importe, je ne te garde pas rancune, on n'est pas tous les jours de bonne humeur. Adieu, je vais boucler ma valise et partir pour Bagnols. Je te reverrai avant peu et j'espère qu'alors nous pourrons nous entendre.

— Oh! je n'en doute pas, mon cher Fernand, répondit Georges; tu sais bien que j'ai toujours souhaité ton bonheur.

— C'est étonnant, se disait Fernand en s'éloignant, c'est étonnant comme ces travailleurs restent naïfs. »

CHAPITRE XLI

Ce jour-là, les employés de la maison Pautrier et Baudrand furent tout étonnés des distractions de M. Marcey. Il fallait l'interpeller deux ou trois fois avant qu'il vous entendît et, lorsqu'il se décidait à répondre, il avait l'air de revenir des antipodes. Il n'arrivait pourtant que de Flavigny.

« Elle acceptera, se disait-il penché sur ses registres; vicomtesse de Lestange, châtelaine de Bagnols, c'est assez engageant; puis, si Fernand ne possède qu'une instruction superficielle, il a de l'esprit naturel, de la bonne grâce, de l'élégance et même, j'en suis sûr, beaucoup de cœur. Alice sera séduite par tous ces avantages, touchée surtout du désintéressement et de l'affection de ce beau garçon, c'est tout naturel, cela doit être. Nous sommes vraiment singuliers dans la famille, égoïstes peut-être; nous semblions avoir fait une convention tacite de garder cette perle pour nous seuls. C'est un peu sa faute : elle nous disait toujours qu'elle se devait toute à ses parents qui avaient tant fait pour elle; nous l'avons crue sur parole. Il était si doux de pouvoir compter sur cette affection, de recourir à ce conseil, de s'adresser à ce dévouement! Mais nous en avons joui assez longtemps, nous devons lui laisser la liberté d'être heureuse à son tour. Et pourtant, tout cela m'attriste. Je crois que Fernand a raison, et que je deviens bizarre et misanthrope. »

Comme son ami ne lui avait pas demandé le secret, Georges crut pouvoir parler à sa mère d'une chose dont il était si fortement

préoccupé, et Mme Marcey parut réellement bouleversée de cette
confidence.

« Serait-ce possible! serait-ce possible! » murmura-t-elle avec un
air d'angoisse dont Georges fut très-peiné et encore plus surpris.
« Allons, se dit-il, ma pauvre chère mère est tout comme moi.
Qu'est-ce que nous avons à prendre si mal un événement qui, en
somme, devrait nous faire plaisir? »

Il s'efforça de calmer Mme Marcey en lui faisant tous les beaux
raisonnements qu'il se faisait à lui-même et qui, à la vérité, ne semblèrent pas avoir beaucoup de prise sur elle; enfin, il conclut en
disant que sans doute ils sauraient bientôt à quoi s'en tenir.

En cela, il ne se trompait pas, car, le lendemain, Fernand arrivait dans son bureau. Georges darda sur lui un regard si pénétrant
qu'il en eût été transpercé si le rayon visuel était un stylet; mais le
jeune vicomte était cuirassé, paraît-il, car ce foudroyant coup d'œil
ne sembla lui faire aucun mal. Il se montrait ce soir-là d'un sérieux
inaccoutumé; y entrait-il de la tristesse? on n'aurait su le dire.

Sans doute on l'a ajourné sans le décourager, pensa Georges.
« Eh bien ? » demanda-t-il... Il n'en put dire davantage.

« Eh bien! mon cher ami, je suis éconduit, répondit Fernand
d'une voix un peu émue.

— Je te l'avais bien dit, elle ne veut pas se marier, s'écria
Georges, avec plus de vivacité que de compassion.

— Elle ne veut pas se marier... avec moi, reprit lentement Fernand, mais...

— Mais parle donc; tes paroles se figent dans ta bouche. Elle en
épouserait un autre! ce serait absurde, inexcusable. Elle t'aurait
accepté, passe encore, mais tous ces petits messieurs de Villefranche
et du Bois-d'Oingt sont parfaitement incapables de l'apprécier à sa
valeur.

— Aussi, le petit monsieur dont il s'agit n'est-il ni du Bois-d'Oingt,
ni de Villefranche.

— De Lyon, alors? »

Fernand baissa la tête en signe d'assentiment.

« C'est un homme de mérite et de cœur?

— Évidemment.

— Aimable?

— Quelquefois; je lui ai vu dernièrement des inégalités d'humeur...

— Mais alors, il faut empêcher ce mariage; elle sera malheureuse avec lui.

— Je ne pense pas; elle a, comme tu sais, un caractère d'ange, et puis une disposition très-prononcée à l'indulgence en faveur de ce monsieur-là....

— Et il s'appelle?...

— Je ne suis peut-être pas autorisé à le dire.

— Quelle est sa position, son âge, sa fortune?

— Très-convenables.

— Et tu dis qu'il habite Lyon; est-ce que je le connais?

— Certainement.

— Depuis longtemps?

— Sans aucun doute.

— Ah! tu me feras damner. Où demeure-t-il?

— Sept ou huit heures par jour, rue Sainte-Catherine, n° 16. »

Georges fit un saut sur son fauteuil.

« Ici? mais alors, je ne vois que M. Paul Mathieu, notre premier employé?... »

Fernand, qui avait tiré de sa poche un petit portefeuille et cherchait quelque chose au milieu de ses cartes de visite, ne se pressait pas de répondre.

Ce n'est pas M. Paul Mathieu, dit-il enfin avec un affectueux sourire, c'est... le jeune homme que voici. »

Et, en même temps, il mettait sous les yeux de son ami le portrait photographié de Georges Marcey lui-même.

Fernand croyait avoir très-habilement ménagé les transitions; il vit cependant que le pauvre Georges n'avait rien soupçonné et que ce bonheur qui lui tombait du ciel lui faisait physiquement le même effet qu'une tuile qui, du toit, lui serait tombée sur la tête. Il était devenu très-pâle et avait porté la main vers la région du cœur.

« Allons donc, dit Fernand qui courut ouvrir la fenêtre, un peu d'énergie; vas-tu te trouver mal comme une petite maîtresse? »

Georges déjà dominait son émotion.

« J'espère, dit-il, que ce n'est point une plaisanterie, elle serait cruelle.

— Et j'en suis tout à fait incapable, » répondit Fernand.

Georges n'en pouvait croire ses oreilles.

« C'est ton amitié pour moi qui t'aura trompé, disait-il. Jamais je n'aurais supposé qu'Alice voulût bien m'accepter... je n'aurais jamais eu la présomption...

— Bon, et comme elle aurait toujours eu la modestie de penser qu'elle n'était pas un parti convenable pour toi, cela aurait pu durer indéfiniment. Heureusement que je suis arrivé fort à propos pour arranger vos affaires.

— Ah! mon cher Fernand, tu es le meilleur des amis, jamais je ne pourrai reconnaître ce que tu fais pour moi, car enfin, tu te sacrifies.

— Nullement, j'étais bel et bien refusé dans tous les cas. Un oisif, un garçon qui a fait des dettes, M¹¹ᵉ Alice ne voulait point en entendre parler. Elle préférait un autre type; seulement ce type avait un nom qu'elle ne savait pas deviner. J'ai été obligé de l'aider un peu... pas beaucoup.

— Ah! je vois ce que c'est : tu auras plaidé ma cause avec tant de chaleur qu'elle a fini par se laisser persuader; elle est si bonne, elle aura craint de me rendre malheureux.

— C'est-à-dire qu'elle avait peur de ne pouvoir te rendre assez heureux, c'est bien différent : elle objectait toujours son âge, son infirmité.

— Est-il possible! Fernand, viens avec moi, nous allons courir ensemble chez ma mère : elle sera bien étonnée, mais ravie, j'en suis sûr. »

Mᵐᵉ Marcey fut ravie en effet comme Georges le pensait, mais beaucoup moins étonnée qu'il ne l'aurait cru. C'est que les mères ont des intuitions singulières quand il s'agit de leurs chers enfants.

Le même soir, Georges partait avec elle pour Flavigny. On avait compté sur sa visite, il fut reçu comme un fils. Mais cela était-il nouveau? n'en avait-il pas toujours été ainsi? Quant à Alice, elle avait peine à croire à la réalité.

« C'est donc vrai, Georges, disait-elle, ton ami Fernand n'a pas inventé un roman invraisemblable?

— Mon ami Fernand n'a rien inventé du tout, il a traduit tout au plus, et encore n'a-t-il pu exprimer la moitié de l'affection que j'éprouve pour ma chère Alice.

— C'est inconcevable! reprenait-elle. Georges qui pouvait si bien choisir, se contenter de...

— Tais-toi, tais-toi », disait Georges indigné.

Mais elle y revenait toujours : « Une vieille fille, murmurait-elle, une petite boiteuse ! ».

Ah ! pour le coup, Georges fut sur le point de se fâcher tout à fait ; puis il se ravisa et, voyant Alice si obstinée, lui accorda tout ce qu'elle voulut. Certainement, elle avait une figure à faire peur, un caractère intolérable ; n'importe, les choses étaient arrangées de telle façon qu'on ne pouvait se passer d'elle. Ne fallait-il pas que Mᵐᵉ Marcey pût prendre enfin un peu de repos ? Depuis des années, absorbée par les soins à donner au grand-père, elle avait à peine respiré. Ah ! le rusé diplomate, comme il avait trouvé le joint ! Alice déjà se promettait de se faire aimer de M. Marcey, de donner une vie bien libre et bien douce à sa chère tante.

Mais ces personnes qui ont l'habitude de penser aux autres trouvent toujours le moyen de se tourmenter ; elle redoutait pour Mᵐᵉ Guérin le vide et la solitude et ne put s'empêcher d'exprimer cette crainte à un moment où Georges s'était éloigné.

« Et moi donc ? me compte-t-on pour rien ? » lui répondit une voix grave et un peu grondeuse.

C'était celle de Lucien, revenu depuis quinze jours avec son diplôme de docteur en médecine, et hésitant jusque-là sur le choix de sa résidence. Il avait le plus vif désir de se fixer à Flavigny, mais n'osait se déclarer dans la peur de contrarier ses parents qui souhaitaient sans doute le voir s'établir à Lyon. Le mariage d'Alice modifiait la situation. Il profita de l'occurrence pour expliquer comment, sans autre ambition que celle d'être utile, sans autres attachements que ceux de la famille et du pays natal, il serait heureux de reprendre sa place dans la vieille maison. « Les villes sont encombrées de médecins sans malades, dit-il, mais dans les campagnes, au contraire, combien de malades manquent de médecin ! » Il se souvenait en parlant ainsi de cette terrible journée où, bien jeune encore, il avait compris toutes les angoisses de sa mère et de sa tante devant le lit de douleur de leurs enfants.

Sa proposition fut accueillie avec joie ; car cet excellent garçon tenait dans les affections de ses proches une place bien plus grande que celle qu'il occupe dans ce récit. Heureux, a-t-on dit, les peuples qui n'ont pas d'histoire ; peut être en est-il de même des enfants, et celle de Lucien n'est si courte que parce qu'il n'avait pas été malade comme Alice, paresseux d'esprit comme Cécile, orgueilleux comme Georges, timide et poltron comme André.

« A vous tous, ajouta-t-il, vous saurez bien me trouver une bonne petite femme, capable d'aimer et de soulager notre mère, qui alors n'aura plus rien à envier à ma tante. »

Comme tout cela était bien arrangé ! comme il eût été agréable de savourer ensemble toutes ces espérances ! Malheureusement, Georges n'avait que deux jours de congé et se voyait forcé de repartir. Ah ! le devoir est quelquefois bien importun, mais enfin, c'est le devoir, c'est-à-dire le maître, et on lui obéit. Georges se consolait d'ailleurs en pensant qu'il allait s'occuper des formalités de son mariage, acheter la corbeille. Il voulait qu'elle fût jolie, cette corbeille, et il y mettrait la moitié de ses économies; seulement, il n'en dirait rien à Alice qui sûrement l'aurait grondé.

CHAPITRE XLII

La maison Baudrand vivra encore quelque temps.

« Ah! monsieur Georges, vous voilà c'est bien heureux, dit Françoise en ouvrant la porte, pour une fois que vous revenez par le
dernier train, il faut qu'il y ait un événement. On a été toute la
journée pendu à la sonnette pour savoir si vous n'arriviez pas. Il
paraît que c'est un de vos patrons qui est bien malade, le vieux,
celui qui a l'air si raide; il voudrait absolument vous parler. »

Malgré l'heure avancée, Georges courut chez M. Baudrand et fut
reçu par Baptiste, qui ne se couchait pas cette nuit-là. Son maître
avait une fluxion de poitrine, et le médecin était très-inquiet.

« Vous a-t-il assez demandé toute la journée, ce pauvre monsieur,
dit Baptiste. M. Marcey, M. Marcey, il n'avait pas d'autre idée dans
la tête; et vous savez, ordinairement il n'est pas tracassant, il faut
qu'il y ait quelque chose qui le tourmente ferme. »

Georges aurait bien voulu parler au malade, mais celui-ci était
tombé dans un profond état de somnolence et le docteur avait
défendu de lui causer la moindre agitation. Pendant une semaine
encore, M. Baudrand passa sans interruption du délire à la torpeur
et Georges prit le parti de ne pas le quitter, couchant sur un lit de
camp et recommandant de l'avertir dès que la connaissance reviendrait tant soit peu. Le médecin ne se prononçait pas : la maladie
était bien grave, mais le patient bien résistant; il fallait attendre.
Enfin, le neuvième jour, les symptômes devinrent plus rassurants,

la respiration plus libre, l'état général plus calme et Georges eut la
permission d'entrer et de s'asseoir au pied du lit. Le malade, dès
qu'il l'aperçut, lui témoigna par un clignement d'yeux qu'il le
reconnaissait.

« Allons, dit le docteur, beaucoup de silence, de repos, de
bouillons et de consommés, et tout ira bien. Vous entendez, monsieur Marcey, du silence, beaucoup de silence. »

Il sortit sur cette recommandation, M. Baudrand ne le contredit
pas, le laissa ouvrir et refermer la porte de la chambre, traverser le
salon, prendre sa canne dans l'antichambre, repousser la lourde
porte du palier ; puis, quand il fut bien sûr qu'il ne reviendrait pas :

« Monsieur Marcey, dit-il immédiatement.

— Ah! je vous en prie, ne parlez pas, dit Georges vivement, vous
savez que cela vous est bien défendu.

— Monsieur Marcey ! » répéta le malade un peu plus haut et avec
une intonation impérieuse.

La perplexité de Georges était grande, mais le patron après tout
n'était pas un enfant, et, avec son caractère, un petit effort physique
devait être moins fatigant qu'une préoccupation d'esprit. Après
une seconde d'hésitation, le jeune homme se rapprocha donc de
lui afin de l'empêcher d'élever la voix.

La clé, sous mon oreiller », dit tout bas M. Baudrand.

Georges chercha et trouva cette clé. Le patron lui montra du
doigt son secrétaire. Georges mit la clé dans la serrure, ouvrit et
revint se pencher sur l'oreiller du malade.

« Premier tiroir à droite, apportez-le. »

Georges apporta sur le lit le tiroir et son contenu. M. Baudrand
étendit un peu sa main pâle et amaigrie et saisit un papier plié en
quatre qu'il démêla parmi les autres. Georges comprit qu'il n'avait
plus après cela qu'à remporter le tiroir, le remettre en place, refermer le secrétaire et rapporter la clé. Quand ce fut fait, M. Baudrand
lui tendit le papier et lui dit dans son style concis : « Lisez. »

Georges obéit. C'était la minute d'un acte d'association entre
MM. Baudrand, Pautrier, Marcey et Cⁱᵉ, c'est-à-dire la promesse
d'une fortune et d'une position bien au-dessus de ses espérances.
M. Baudrand suivait attentivement sur sa figure l'expression de son
étonnement et de sa reconnaissance.

« C'est trop, monsieur, dit Georges, avant même d'avoir fini ; vous
me comblez. M. Pautrier aurait trop de sujet de faire des objec-

tions; d'ailleurs, nous aurons tout le temps de songer à cela lorsque vous serez complétement rétabli.

— C'est bon, c'est bon, » répondit laconiquement le malade; puis il reprit son brouillon, le replaça sous son traversin et n'ouvrit plus la bouche. Il passa le reste de la journée à sommeiller, à boire du bouillon, à suivre enfin toutes les prescriptions du docteur avec une parfaite docilité. Le soir, Georges, le voyant beaucoup mieux, se demandait s'il ne devait pas retourner chez sa mère. En réfléchissant

Georges ouvrit le tiroir.

un peu, il s'aperçut que ce désir lui venait bien moins des progrès de la convalescence que des intentions de M. Baudrand à son égard. Il craignait que, n'ayant pas quitté son patron depuis le commence-ment de la maladie, on pût l'accuser de motifs intéressés, de capta-tion, et sa délicatesse voulait se mettre complétement à l'abri des soupçons. Pourtant il se rassura en pensant que cette minute sans signature n'avait aucune valeur légale et que M. Baudrand, en la lui montrant, n'avait fait probablement que céder à une fantaisie de malade qui se dissiperait avec la maladie. « Dans tous les cas, se dit-il, il ne serait pas juste que je voulusse moins faire pour lui parce qu'il a voulu faire davantage pour moi. »

Il resta donc encore cette nuit-là, et il eut raison, car, si le res-pect de l'opinion doit nous empêcher de faire le mal, il ne doit pas nous arrêter lorsqu'il s'agit de faire le bien.

Quant à M. Baudrand, il dormit parfaitement, reprit des forces, garda son idée et, le lendemain, dès la première heure, fit mander dans sa chambre M. Marcey en même temps que M. Pautrier. Il s'expliqua alors en peu de mots, mais très-catégoriquement, et, pour plus de clarté, tira son acte d'association de dessous son oreiller. M. Pautrier avait toujours aimé Georges; de plus, il se trouvait assez riche et désirait prendre un peu de repos ; aussi approuva-t-il complétement les intentions de son associé et, séance tenante, M. Marcey dut copier sur papier timbré cet acte qui lui était si avantageux. Ses patrons, après cela, y apposèrent leurs signatures ornées de beaux paraphes et, huit jours plus tard, la plaque de cuivre clouée sur la porte des bureaux apprenait à tous et à chacun que la maison poursuivait son existence sous la raison sociale :

BAUDRAND, PAUTRIER, MARCEY ET Cie.

« Ça la fera encore durer quelque temps, se disait le convalescent enveloppé dans sa robe de chambre ; autrement, moi parti, Pautrier liquidait et tout était dit. »

Georges n'avait pu, pendant toute cette maladie, s'occuper de sa chère corbeille ni de tout le reste ; enfin, une sœur de M. Baudrand étant arrivée pour passer quelque temps près de lui, il crut pouvoir en profiter et annoncer timidement à son ancien patron qu'il ne reviendrait pas le voir ce soir-là.

« Pourquoi donc? demanda M. Baudrand, à cause de ma sœur? je vous assure que vous ne nous gêneriez pas.

— Ce n'était pas cela... c'était... »

Vraiment, Georges était assez embarrassé. Il aurait voulu trouver des mots faits exprès, ou du moins tout à fait choisis, pour annoncer une nouvelle aussi importante et aussi heureuse que celle de son mariage, et justement il ne lui en venait point. Pourtant le patron le regardait tout étonné, il fallait absolument finir cette phrase difficile.

« Enfin, monsieur, je vais me marier, acheva-t il en prenant son grand courage.

— Ah! c'est donc ça, fit le bonhomme, que ne le disiez-vous plus tôt? Comment? vous vous mariez, et vous passiez vos journée à écouter tousser le vieux père Baudrand! Allons, c'était bien à

L'église avait peine à contenir la foule.

vous; mais en voilà assez, je vous rends votre liberté. Eh bien, ajouta-t-il en riant (lui qui riait si peu), j'ai eu de l'à-propos. Cet acte d'association tombe comme pain bénit dans un jeune ménage. Ma foi, je croyais l'autre jour signer mon testament, et il se trouve que c'est un contrat. Franchement, j'aime mieux ça, c'est beaucoup plus gai. »

. . . .

Six semaines plus tard, la petite église de Flavigny avait peine à contenir la foule des parents et des amis qui se pressaient au mariage de M. Georges Marcey et de Mlle Alice Guérin.

Maintenant, faut-il absolument finir par une moralité? Les jeunes filles sérieuses comme Alice sauraient bien la trouver toutes seules; mais les petits garçons, vifs et curieux comme Georges, aimeront mieux qu'on leur en évite la peine.

Eh bien! c'est qu'il ne faut jamais jeter le manche après la cognée, c'est que la vie a des retours heureux pour quiconque fait toujours son devoir et accepte *un regret plutôt qu'un remords;* c'est qu'enfin, comme le dit la vieille sagesse des nations : A quelque chose malheur est bon.

FIN.

TABLE DES MATIÈRES

FIN DE LA TABLE DES MATIÈRES.

3814. — Imprimeries réunies B, rue Mignon, 2.